DIE Hexe VON BLACK ISLE

HIGHLAND HEILERINNEN 2

KEIRA MONTCLAIR

KAPITEL EINS

Spätfrühling im Jahre 1292, Black Isle

DAS SCHLIMMSTE WAR eingetreten.
Jennet Ramsay sah, wie der Tag, vor dem sie sich ihr ganzes Leben lang gefürchtet hatte, einfach gekommen und wieder vergangen war. Niemand war sich des unverzeihlichen Affronts bewusst, der ihr widerfahren war. Sie hatte endlich ein kleines bisschen Interesse an einem Mann bekundet, nur um festzustellen, dass das Gefühl nicht auf Gegenseitigkeit beruhte.

Diese Tatsache wurde ihr erst später bewusst, als sie neben Ethan Matheson stand.

Der Tag hatte ganz unschuldig begonnen. Brigid, ihre Cousine, frisch verheiratet mit Ethans Bruder, war in ihre Kammer gekommen, die Jennet mit Tara teilte. „Kommt ihr mit auf die Jagd?"

„Was für eine Jagd?", fragte Tara, kletterte aus dem Bett und flocht ihr langes braunes Haar.

„Marcas will Wildschweine und Hirsche jagen. Die drei Brüder gehen alle mit, und sie möchten euch beide einladen."

„Aber warum sollte ich mitkommen? Ich bin keine Bogenschützin", wunderte sich Jennet, wobei ihre Vernunft wie üblich jede Subtilität unterdrückte.

Brigid ging zu ihrem Bett hinüber und zerrte sie hoch. „Bitte komm. Marcas sagte, er würde uns die Gegend zeigen, in der die Feen leben. Er sagte, dass es dort in der Nähe tolle Jagdgründe gibt, und Tara möchte das gerne sehen. Ich glaube, es wird dir auch gefallen. Ich möchte nicht, dass du allein zurückbleibst. Es sieht nach einem herrlichen Frühlingstag hier in den Highlands aus. Ich trage schon meine Hosen und habe vor, diesen Ausflug mit meinem Mann zu genießen."

Jennet bedachte ihr Angebot, entschied sich dann aber dagegen. „Ich komme hier schon zurecht. Es gibt ein paar Bücher, die ich gerne lesen würde, Bücher, die Marcas' Vater vor einiger Zeit gekauft hat. Gisela hat sie mir gezeigt." Jennet verstand den Reiz der Jagd und des Tötens von Tieren nicht.

Brigid hob ihre Augenbraue und schaute ihre Cousine und besten Freundin an. „Jennet, Ethan kommt auch mit."

Das weckte zwar ihr Interesse und war ein wenig besser als das erste Angebot, aber sie war immer noch nicht davon überzeugt, dass sie mitgehen sollte. Nach kurzem Zögern und ohne ihre Gedanken zu verraten, antwortete sie: „Warum sollte das eine Rolle spielen?"

Tara lachte auf und warf ein nasses Tuch, das sie gerade für ihr Gesicht benutzt hatte, nach Jennet und traf sie an der Schulter. „Ich bin dankbar, dass du mir das Tuch mit deinem Dreck und Schmutz nicht direkt ins Gesicht geworfen hast."

„Jennet, du solltest heute versuchen, etwas Spaß zu haben. Du wirst nicht lange hier sein, alleine, ohne dass deine Eltern jeden deiner Schritte beobachten. Liebst du es nicht, frei zu sein und dich nicht darum sorgen zu müssen, dass jemand all deine Handlungen beurteilt? Das tue ich nämlich." Brigid ging zum Waschbecken, um ihre wilden Locken ein wenig zu befeuchten, und nutzte dann die Gelegenheit, um sie flechten. „Danke, dass du mich daran erinnerst, Tara. Wenn ich das jetzt nicht mache, vergesse ich es. Marcas hat es zwar lieber, wenn ich mein Haar offen trage, aber ich will nicht, dass sich Blutspritzer darin festsetzen."

Jennet konnte nicht leugnen, dass sie es genossen hatte, Ethan ohne Unterbrechung durch ihren Bruder Torrian oder ihre Schwestern Lily und Bethia beobachten zu können. Sie hatte nicht geglaubt, dass sie sich jemals auf diese Weise für einen Mann interessieren würde, aber Ethan war anders. „Ich muss dir zustimmen, was die Freiheit angeht. Torrian gibt immer einen Kommentar zu dem ab, was ich tue. Und dein Vater natürlich auch." Obwohl sie Onkel Logan sehr lieb hatte, hatte er eine besondere Art sich einzumischen und zu versuchen, einen in seinen schlechtesten Momenten zu erwischen. Sie wusste, dass sie sich vor ihm in Acht nehmen musste, denn er war nicht zimperlich, wenn es darum ging, den ganzen Haushalt und den ganzen Landstrich darüber zu in Kenntnis zu setzen, was sie angestellt hatte.

„Ich glaube, da hat sich jemand in Ethan verliebt", rief Tara in einem neckischen Tonfall, der Jennet irritierte.

„Ich werde mich nie in jemanden *verlieben*, geschweige denn ihn *lieben*. Meine Neugier hält sich in Grenzen. Ich habe mich immer wieder gefragt, ob ich mich für die Ehe und ihre körperlichen Aspekten erwärmen könnte. Ich habe festgestellt, dass es *ein bisschen* könnte, aber nicht genügend."

„Körperliche Aspekte?", spie Tara und verschluckte sich fast an ihren Worten. „Ich vergesse, dass du so viel klüger bist als der Rest von uns. Du weißt immer das richtige Wort für alles in der Welt der Heiler."

„Das solltest *du* aber auch", entgegnete Jennet. „Du hast doch das schöne Buch deiner Mutter, in dem die Lage aller Gefäße und Organe des Körpers verzeichnet ist." Sie starrte einen Moment lang an die Wand und stellte sich den schweren Wälzer vor, der ein Geschenk von Taras Vater gewesen war. „Ich wünschte, ich hätte auch so eins."

„Wahrhaftig? Wie kannst du nicht neugierig auf Männer sein?", fragte Brigid stirnrunzelnd. Sie überging den Themenwechsel. „Und wenn du es nicht bist, solltest du es sein. Mit der richtigen Person ist es einfach fabelhaft."

Tara fügte hinzu: „Jeder hat ein anderes Tempo. Die Matheson-Brüder sind ein gutes Beispiel dafür. Shaw ist der Jüngste, aber ich würde wetten, dass er mehr Erfahrung hat als die beiden anderen."

Brigid warf Tara einen selbstgefälligen Blick zu und meinte: „Nein, das hat er nicht. Nicht mehr als Marcas."

„Wie auch immer, ich glaube nicht, dass Ethan in der Hinsicht mehr weiß als ich", warf Jennet ein. „Ich weiß, dass du uns gerne zusammenbringen würdest, genau wie Tara und Shaw, aber es ist sehr unwahrscheinlich, dass das passiert." Brigids Anspielung auf ihre körperliche Beziehung zu Marcas machte sie stutzig. Geschah da mehr als ein Austausch von Spucke?

Sie erinnerte sich an ihren ersten und letzten Kuss von einem Jungen, der inzwischen das Ramsay-Land verlassen hatte. Sie hatte mit dem heftigen Bedürfnis reagiert, seinen Speichel von ihrem Mund zu wischen, während der Junge mit stolz geschwellter Brust und einem breiten Lächeln davonlief.

„Hör auf, an deinen ersten dummen Kuss vor ein paar Jahren zu denken. Ich sehe es an deinem finsteren Blick. Ich verspreche dir, es wird nicht dasselbe sein. Er war noch unerfahren. Versuch es noch einmal mit dem richtigen Mann, und du wirst es bestimmt genießen", versprach Brigid mit einem frechen Grinsen.

„Daran erinnere ich mich", stimmte Tara ein. „Brigid hat recht. Diese jungen Küsse sind nicht dasselbe wie der Kuss eines Mannes, der sich auskennt." Sie hob die Augenbrauen und sah Jennet vielsagend an. „Ein Mann wie Ethan."

„Ihr seid euch so ähnlich, in vielerlei Hinsicht", beharrte Brigid, die nun vor Jennet stand und an ihrem Haar herumfummelte. „Und du hast keine

Ahnung, wie hübsch du bist."

Ihr war das egal. Jennet blickte ihre Cousine an. Ihr Gesicht glühte vor Stolz und verriet den hohen Stellenwert, den sie der Schönheit in allen Aspekten ihres Lebens eingeräumt hatte. Aber für Jennet hatte das kaum Bedeutung. „Bitte, Jennet. Für mich?"

Jennet stieß einen großen Seufzer aus, und ihr Widerstand wurde schwächer. *Nur für diese beiden*, dachte sie. „Solange du zugibst, dass Ethan und ich uns *nicht* ähnlich sind. Ich weiß, dass wir Cousinen sind, und wir sind seit ich mich erinnern kann die besten Freundinnen, aber wir haben uns mit dem Alter verändert. Jetzt denke ich sogar oft, wie gegensätzlich wir sind." Jennet war zwar ein Jahr älter als Brigid, aber sie waren schon immer in vielerlei Hinsicht anders gewesen. Nie waren diese Unterschiede deutlicher geworden als zu dem Zeitpunkt, als die drei gefangen genommen und nach Black Isle gebracht worden waren, um den Matheson-Clan zu retten. Brigid hatte sich in ihren Entführer verliebt, während Jennet sich gewünscht hatte, dass er vom Magistrat festgenommen wurde.

Aber so sehr sie sich auch gegen den Gedanken wehrte, Jennet hatte bemerkt, wie ähnlich sie und Ethan sich waren, auch wenn sie es nur schwer zugeben konnte. Jennet war schon immer anders gewesen als die meisten Mädchen. Solange sie sich erinnern konnte, hatte sie sich für die Kunst des Heilens interessiert, nie für Jungs.

Es war das erste Mal, dass sie und Brigid mehr Zeit außerhalb des Ramsay-Clans verbracht hatten, und sie waren froh, dass ihre Cousine Tara Cameron ebenfalls entführt worden war. Man hatte die drei fälschlicherweise für die besten Heilerinnen des Landes gehalten – das waren ihre Mütter –, aber sie waren auch selbst Heilerinnen und hatten es geschafft, den Fluch des Matheson-Clans aufzudecken und zu beseitigen. Seit sie auf Eddirdale Castle angekommen waren, hatte es keine weiteren Todesfälle gegeben. Der „Fluch" hatte sich als ein rachedurstiger Mann herausgestellt, der den Clan verdeckt angegriffen hatte, indem er vergiftete Milch in den Brunnen geschüttet hatte. Viele waren gestorben, und viele andere waren krank geworden.

Mit Hilfe ihrer logischen Fähigkeiten hatte das Trio die Ursache der Krankheit herausgefunden, und Brigid hatte sich dabei in den Laird des Clans verliebt. Jennet war einfach geblieben, weil sie nicht gerne weit von ihrer lieben Cousine entfernt war.

Zumindest redete Jennet sich ein, dass sie deshalb geblieben war und *nicht* wegen Ethan.

Und dann war da noch Tara, die wegen Shaw geblieben war.

Brigid umarmte sie flüchtig. „Ich mache alles, was du sagst, solange du mit uns kommst. Jennet, ich möchte, dass du die Zeit hier genießt. Ich weiß, dass ich schnell geheiratet habe und es für dich eine Umstellung war, aber ich hoffe, dass auch du deinen Partner fürs Leben finden wirst."

„Vielleicht, aber er muss nicht unbedingt hier auf Black Isle sein. Mein zukünftiger Mann könnte auf dem Land der Ramsays sein. Bitte zwing mich nicht, eine Beziehung einzugehen, nur damit du glücklich bist." Obwohl sie keine Ahnung hatte, wen sie sonst für eine Heirat in Betracht ziehen würde, musste sie etwas sagen.

„Du hast recht. Das kann ich nicht bestreiten, aber ich sehe dich schmollen, und das bist nicht du. All die Jahre, die wir zusammen verbracht haben, waren größtenteils voller guter Erinnerungen. Ich möchte, dass dieses Jahr auch ein gutes ist."

„Ich schmolle nicht", brummte sie, obwohl sie wusste, dass das eine Lüge war. „Na gut, ich werde versuchen, mich zu bessern."

„Ich danke dir, liebe Cousine", sagte Brigid mit einem Lächeln und umarmte sie noch einmal kurz. „Cousinen. Für immer zusammen." Sie drehte sich um, um das Zimmer zu verlassen, hielt dann aber noch einmal inne. „Wir treffen uns in einer halben Stunde bei den Ställen."

Brigid hatte ihren Lieblingsausdruck verwendet, den sie seit ihrem fünften Sommer oder so benutzten. *Für immer zusammen.* Sie waren früher unzertrennlich gewesen, aber ein Mann hatte das alles geändert.

Ein Mann.

Jennet grummelte ein wenig, als sie ihre Morgentoilette beendete, obwohl sie annahm, dass sie jetzt wenigstens etwas zu tun haben würde. Im Moment gab es keinen großen Bedarf für ihre Heilungskünste, und das würde sich erst wieder ändern, wenn die Mathesons ihren Clan wieder zu dem gemacht hatten, was er einst gewesen war. Wenn sie jemand fragen würde, würde sie zugeben, dass sie sich langweilte, aber die Aussicht, ein neues Buch zu lesen, fand sie ziemlich aufregend. *Ich nehme an, dafür wird später noch genug Zeit sein,* dachte sie.

Auf dem Weg zu den Ställen sah sie Ethan, der ihr entgegenkam, also ging sie auf ihn zu. Sie würde tun, was sie konnte, um Brigid eine Freude zu machen, und das bedeutete, freundlich zu Marcas' Bruder zu sein. Ethan trat auf sie zu, wenn auch nicht mit einem Lächeln im Gesicht, aber er blieb stehen, um mit ihr zu sprechen.

„Gehst du mit auf die Jagd?"

„Aye." Jennet begegnete seinem Blick, als er auf etwas mehr wartete, und fand, dass ihre Antwort völlig ausreichend war. Sie war ihm keine Erklärung schuldig, und es stand ihm nicht zu, das zu verlangen. Aber als sie bemerkte, wie ernst er aussah, wurde ihr klar, dass sie sich ähnlicher sein könnten, als sie dachte. Vielleicht war er auch nicht glücklich darüber, dass Brigid Marcas geheiratet hatte.

„Aber du bist keine Bogenschützin und du jagst nicht." Er sah sie ein wenig zu eindringlich an, als dass sie sich wohlfühlte. Seine grauen Augen schienen ihre Seele zu berühren, und sie hatte gar nicht gewusst, dass ein Mann dazu im Stande war. Sein langes dunkles Haar war fast schwarz und bewegte sich wie die Wellen auf dem Meer. Jennets Willensstärke, die sie einst besessen hatte, um die Anziehungskraft seines starken Kiefers, seiner Lippen und sogar der seltsamen Narbe über seinem einen Auge zu verleugnen, ließ sie im Stich.

Sie war sich sicher, dass es nur die Neugier

einer Heilerin war, die sie dazu brachte, diese Narbe berühren zu wollen, um ihre Geheimnisse zu enthüllen.

„Stimmt, aber meine Cousinen haben mich angefleht, mitzukommen, also habe ich ihnen den Gefallen getan. Ich bin nicht begeistert von der Aussicht, aber die Reise ins Feenland könnte interessant werden."

„Ich bin froh, dass du mitkommst. Ich genieße deine Gesellschaft, Jennet. Wir haben oft interessante Unterhaltungen." Er wirbelte herum und lief zu den Ställen.

Sie ging in die gleiche Richtung. Wenn Ethan gerne mit ihr redete, warum lief er dann so schnell weg?

Das machte nichts. Ethan war auch anders als die meisten Männer. Er war rücksichtsvoller und hielt sich gerne an die Regeln; zumindest in diesem Punkt hatten sie eine gemeinsame Grundlage. Der Mann war ehrlich, gutaussehend und ehrenhaft. Sie fühlte sich in Ethans Nähe immer sicher, und er kam ihr vor wie die Sorte edler Highlander, die ihrem Vater gefallen würde.

Sie ertappte sich dabei, dass sie sich fragte, ob er jemals geküsst worden war. Sie gab ihrer Cousine die Schuld dafür, dass sie darüber nachdachte, wie es wohl wäre, Ethan zu küssen. Wenn sie raten müsste, würde sie sagen, dass er sanft und speichellos sein würde… ohne Spucke. Aye, *speichellos* − wenn das vorher kein Wort gewesen war, hatte sie es gerade zu einem gemacht.

Das wäre ihr erstes Kriterium für die Einstufung eines guten Kusses − speichellos.

Sie ging in den Stall und suchte in den Boxen nach einem Pferd, das zu ihr passte. Nach ein paar Minuten führte sie eine kastanienbraune Stute nach draußen. Sie holte einen Apfel aus einem Korb und reichte ihn dem Tier, bevor sie aufstieg. Sie testete die Stute, um sicherzugehen, dass sie ihre Kommandos gut genug befolgte und sie nicht schon bei der ersten Gelegenheit abwarf. Als Jennet zufrieden war, wartete sie geduldig auf die anderen.

Die restliche Gesellschaft eilte aufgeregt herbei. Es dauerte einige Zeit, bis sich die Gruppe bereit gemacht hatte, aber Jennet hatte es nicht eilig. Als sie sich umsah, fand sie schnell eine andere Ablenkung, um sich die Zeit zu vertreiben. Ein Wolfshund näherte sich ihnen mit einem Wurf Welpen, die in einem Durcheinander hinter der Mutter herliefen. Jennet beobachtete ihre Bewegungen genau. Enten marschierten in schönen, ordentlichen Reihen, aber die Welpen tollten wild herum, wo es ihnen gefiel. Sie fürchtete, dass die Mutter oft nicht wusste, wo ihre Jungen waren, bis ihnen etwas zustieß. Mit ihrem Mutterinstinkt würde sie aber im richtigen Moment zur Stelle sein, um sie zu retten. Fasziniert sah sie zu, wie der Wolfshund seine Jungen zusammenführte. Sie verstand nicht, warum die Mutter nicht einfach den Wurf zurückließ – die Aufgabe, die Kleinen zu beschützen, war unglaublich anstrengend. Es konnte auch nicht angenehm sein, so viele kleine Biester an den Zitzen zu haben.

Tara folgte ihrem Blick und sagte: „Ach, Jennet.

Willst du nicht eines Tages eigene Kinder haben?"

Jennet schaute sie überrascht und finster an. „Nein."

Tara runzelte die Stirn. „Jennet, du hältst dich gerne für anders, aber im Grunde sind wir gleich. Du kannst mir nichts vormachen." Als sie sich umsah, entdeckte sie Shaw, der sich von der Gruppe entfernte, und ritt sofort in seine Richtung.

Was hatte Tara damit gemeint? Sie *war* anders, das hatte sogar ihre Mutter zugegeben. Heirat und Kinder waren überhaupt nicht das, was sie sich für ihre Zukunft vorstellte. Sie würde ihre Zeit viel lieber damit verbringen, ihre Heilkraft weiterzuentwickeln.

Es gab Männer, die ihr Leben damit verbrachten zu lernen, wie man Menschen aufschnitt, um sie zu retten. Wie faszinierend das war! Aber diese Möglichkeit war nichts für sie. Sie hatte versprochen, noch ein wenig länger auf Black Isle zu bleiben, um sicherzugehen, dass der Fluch endgültig aufgehoben war. Der Bastard, der das Brunnenwasser vergiftet hatte, indem er verdorbene Ziegenmilch hineingeschüttet hatte, war tot, aber sie und ihre Cousinen waren gründlich. Er hatte viele unnötige Todesfälle und Krankheiten herbeigeführt, und die Mädchen würden nicht eher ruhen, bis ihre Theorie bewiesen war und die Sorgen des Clans ausgeräumt waren.

Bisher gab es keine weiteren Erkrankungen, die auf die Milch zurückzuführen waren, und der ursprüngliche Brunnen war trockengelegt worden.

Dieser Durchbruch hatte dazu beigetragen, die Stimmung aufzuhellen, wie sich kurze Zeit später zeigte, als Brigid Marcas, das Oberhaupt des Clans, heiratete. Obwohl sie froh war, dass Brigid ihr Glück gefunden hatte, fühlte sich Jennet durch die Heirat ziemlich vernachlässigt. Tatsächlich hatte die Veränderung sie unglücklich gemacht. Zu viel war zu schnell passiert, sie hatte ihr Zuhause verlassen, ihre Cousine hatte geheiratet, ein Mann interessierte sich für sie. Ihre Gedanken waren völlig durcheinander.

Und sie vermisste ihre Mutter und ihren Vater sehr. Sie hätte mit Onkel Logan zurückkehren sollen, aber stattdessen hatte sie entschieden, bei ihren Cousinen zu bleiben. Vielleicht hatte sie damit einen kolossalen Fehler gemacht, der nicht mehr zu korrigieren war.

„Kommst du, Jennet?" rief Brigid ihr zu.

„Aye", antwortete sie. Sie bemerkte, dass Ethan näher kam, um zu ihrer Linken zu reiten, während Tara sich an ihrer rechten Seite hielt. Sie machten sich auf den Weg, zusammen mit zehn Wachen, die Marcas zur Bewachung der Gruppe ausgewählt haben musste.

„Gibt es wirklich eine Feenschlucht, Ethan?", fragte Tara.

„Aye, so sagt man. Glaubst du an Feen?" Er blickte zu ihr hinüber.

Tara entgegnete: „Aye, das tue ich. Und die meisten in meiner Familie auch."

Jennet dachte einen Moment lang nach und bemerkte dann: „Ich habe mich noch nicht entschieden.Viele Menschen, denen ich vertraue, glauben an sie, aber ich denke nicht, dass ich solide Beweise für ihre Existenz gesehen habe. Ich bin aber geneigt, mehr darüber zu erfahren." Jennet war für alles offen und liebte einzigartige Entdeckungen, vor allem, wenn sie in Büchern darüber lesen konnte. Und wer würde nicht neugierig auf Feen sein?

Sie waren schon eine Weile schweigend unterwegs, als Marcas die Hand hob, um die Gefolgschaft zu bremsen. Stille trat ein. Er sprach: „Das Feentor soll sich in dieser Gegend befinden. Wir sind fast in Rosemarkie, und es gibt eine Schlucht, in der es Gerüchten zufolge Feen geben soll. Rund um die beiden Wasserfälle."

Marcas führte sie in die Schlucht, wo die sechs abstiegen, dann schickte er die Wachen los, um die Gegend abzusuchen, und wies seine beste Wache, Torcall, an: „Wenn ihr etwas seht, das es sich abzuschießen lohnt, tut es bitte. Wartet nicht auf uns. Wir möchten morgen Abend ein großes Festmahl veranstalten."

Die Wachen ritten weiter und prahlten lautstark mit ihren Fähigkeiten, aber Jennet ignorierte sie. Plötzlich spürte sie eine seltsame Vorahnung in sich aufsteigen. Sie schaute zu Tara, deren Schwester eine Seherin war, um zu sehen, ob sie auch etwas spürte.

Tara war abgestiegen und lief durch die Schlucht und genoss die Schönheit der Natur. „Das ist eine schöne Gegend, Marcas. Ich danke dir, dass du uns hierher gebracht hast. Ich kann mir gut vorstellen, wie die Feen auf den

Felsen über den Wasserfällen tanzen." Auf der gegenüberliegenden Seite der Schlucht, nicht weit vom Wasserfall entfernt, blieb Tara stehen und drehte sich langsam im Kreis. „Das ist die Stelle."

„Welche Stelle?", wollte Brigid wissen.

„Hier" bekräftigte Tara, blieb stehen und blickte über ihre Schulter. „Ich spüre etwas, eine Aura. Ich bin mir nicht sicher, was es ist, aber hier ist eine besondere Aura. Sie lässt mich an Cousine Elyse denken. Das wäre der perfekte Ort für Tante Avelina und Elyse, um sich mit einer Fee zu treffen." Tante Avelina hatte schon einmaleine besondere Fee getroffen, obwohl es schon viele Jahre her war. Es war zu der Zeit geschehen, als sie zur Hüterin des Saphirschwerts ernannt worden war. Es war immer noch eine ihrer Lieblingsgeschichten, die sie sich gerne erzählten.

Marcas und Brigid standen auf der anderen Seite, während Jennet sich zu Tara, Shaw und Ethan gesellte. „Es ist ein schöner Wasserfall, auch abgesehen von der Feenschlucht", bemerkte Jennet mit wachsamem Blick.

Tara lächelte, sagte aber nichts. Jennet wollte gerade etwas hinzufügen, als sie durch Brigids Schrei unterbrochen wurde. Ein Keiler griff sie an. Bevor Marcas reagieren konnte, traf der Hauer des Wildschweins ihr Bein und schleuderte sie durch die Luft.

Shaw wirbelte herum und ließ seinen Dolch fliegen. Er traf die Bestie in ihrem dicken Hals und verlangsamte sie damit erheblich. Marcas bewegte sich auf das Tier zu und zog sein Schwert aus der Scheide. Er war bereit, den Keiler zu töten, aber er musste erst an ihn herankommen.

Das Wildschwein sprang gequält vor Schmerz herum, als drei weitere Wildschweine auftauchten und alles angriffen, was sich ihnen in den Weg stellte. Die Tiere schienen wild entschlossen zu sein, ihren Kameraden vor den Angreifern zu schützen.

Tara hatte aufgeschrien, als sie Brigid durch die Luft fliegen sah, und schrie wieder auf, als die nächsten drei Schweine durch den Wald brachen. Die drei steuerten direkt auf Brigid statt auf Marcas zu, was Jennet einen Moment lang verwirrte. Als sie sah, wie das kleinste der drei Wildschweine sich an Brigids Bein heranmachte und sich mit seinem breiten Maul in ihrer dünnen Wade festbiss, verlor Jennet die Fassung. Ihre Wut auf die verdammten Tiere nahm überhand und trieb sie zum Handeln an.

Die drei Männer konzentrierten sich immer noch auf das größte Wildschwein. Nur sie und Tara konnten etwas gegen die anderen Schweine tun, aber Tara schrie immer noch und drehte sich vor Angst wie wild im Kreis.

Brigid versuchte, dem Wildschwein ins Auge zu stechen, verfehlte es aber. Jennet ging hinter das Tier, packte seine Hinterbeine, riss sie hoch und unter ihm weg. Die unbarmherzige Bestie ließ endlich von Brigid ab. „Lauf, Brigid."

Das Tier wog weniger als Jennet, also behielt sie es in der Luft und hielt damit seine Kiefer von ihr und den anderen fern. Brigid rollte sich mit einem leisen Wimmern unter dem Tier hervor und rannte zu ihrem Pferd. Sie hinkte merklich. Ethan erschien an Jennets Seite und schnitt der Bestie die Kehle durch, bevor sie den Kopf drehen konnte. Blut spritzte in alle Richtungen. Sie ließ das Hinterteil des Tieres fallen und rannte ins Gebüsch, weil sie befürchtete, dass sie sich gleich übergeben würde.

Ethan folgte ihr. „Geht es dir gut? Hat es dich gebissen?"

„Nein" erwiderte sie, noch immer keuchend von der Anstrengung. „Es geht mir gut."

„Du siehst ein bisschen grün aus. Meine Mama hat mir immer gesagt, ich soll mich hinsetzen, wenn ich mich übergeben muss." Ein merkwürdiger Ausdruck ging über sein Gesicht. „Warum fühlst du dich so? Du bist Heilerin. Du siehst ständig Blut."

Jennet konnte ihm nicht widersprechen und streckte unwillkürlich ihre Hand aus, um sich an seinem Unterarm festzuhalten. „Vielleicht, weil ich nie absichtlich töte? Du hast es getan."

„Es war ein Wildschwein, das dich und Brigid angegriffen hat. Das ist auch Fleisch für meinen Clan."

Jennet holte tief Luft und trat zurück, dankbar, dass Ethan bei ihr blieb. So konnte sie die Kontrolle über ihre Sinne wiedererlangen. „Mir geht es jetzt gut, und ich schulde dir meinen Dank, dass du mir geholfen hast." Er war die ruhige Kraft gewesen, die sie in diesem Handgemenge gebraucht hatte.

Als sie über seine Schulter blickte, sah sie, wie

die anderen Wachen die Lichtung betraten. Sie freuten sich über die erlegten Wildschweine, von denen sie nun drei hatten. Das vierte war weggelaufen.

Sie erinnerte sich an Brigid und sah sich suchend nach ihr um. Marcas hatte sie auf sein Pferd gesetzt, während Tara ihr Bein untersuchte. Jennet eilte zu ihnen hinüber und betete voller Sorge, dass das Tier keine offene Bisswunde hinterlassen hatte. „Brigid, bist du schwer verwundet?" Ihr Blick suchte Brigids Körper nach Anzeichen für eine Verletzung, austretendes Blut oder eine ungewöhnliche Schwellung ab.

Tara drehte sich zu Jennet und antwortete für sie. „Nein, ich denke, dank der schweren Wolle, die ihre Mutter für ihre Hosen verwendet hat, haben die Zähne die Haut nicht verletzt. Sie wird blaue Flecken und Schmerzen haben, aber um das Fieber muss sie sich keine Sorgen machen. Wir werden sie baden, wenn wir zurückkommen."

Marcas sah Jennet an. „Wo hast du diese Technik gelernt?"

„Welche Technik?", fragte Jennet verblüfft. Sie hatte Brigid noch nicht geheilt, also wusste sie nicht, wovon er sprach.

„Die Hinterbeine hochzuhalten. Ich habe gesehen, wie du das gemacht hast, und das Wildschwein hat sofort von ihr abgelassen."

„Oh, das. Torrian hat mir das beigebracht. Er züchtet schottische Wolfshunde, und wenn sie miteinander kämpfen, macht er genau das. Er sagt, das funktioniert einwandfrei bei allen Hunden, weil es sie aus dem Gleichgewicht bringt. Aber

Ethan ist gekommen und hat die Bestie davon abgehalten, sich gegen mich zu wenden. Ich weiß nicht, wie lange ich das Tier noch hätte aufhalten können. Es war sehr stark."

Brigid sagte: „Ich schulde dir eine feste Umarmung, Cousine. Ich werde dich in die Arme schließen, wenn ich auf dem Boden bin, aber mein Bein tut im Moment zu sehr weh."

„Und du wirst nicht absteigen", mischte sich Marcas ein. „Du reitest mit mir zurück. Du kannst sie später umarmen." Marcas verschränkte entschlossen die Arme. Seine Haltung verriet Jennet, dass Brigid in dieser Angelegenheit keine Wahl hatte.

Jennet drehte sich zu Ethan um. Zu ihrer eigenen Überraschung, vielleicht beflügelt durch die Welle der Erleichterung nach dem Kampf, sagte sie: „Dann schulde ich dir wohl auch eine Umarmung, weil du das Wildschwein von mir abgelenkt hast."

Die Blicke seiner Brüder ruhten neugierig auf ihm. Ethan trat einen Schritt zurück. „Bitte nicht."

Jennet fragte ein wenig beleidigt: „Warum nicht?"

„Ich möchte nicht berührt werden."

Jennet stieß einen tiefen Atemzug aus. Das bisschen Hoffnung, das sie in sich hatte aufkommen lassen, dass sie ihren ersten richtigen Kuss mit Ethan erleben würde, verwandelte sich plötzlich in Enttäuschung. Wenn er nicht gerne berührt wurde, wollte er sicher auch nicht, dass ihre Münder Speichel austauschten. Vielleicht schreckte er zurück, weil er wusste, dass sie nicht so speichellos sein würde wie er.

Sie musste nach Hause. Selbst sie musste zugeben, dass sie hier nicht mehr gebraucht wurde. Wenigstens konnte sie auf Ramsay-Land ihrer Mutter als Heilerin für den Clan zur Seite stehen.

Dieses Abenteuer auf Black Isle hatte sich für Brigid als wunderbar erwiesen, für sie jedoch als das genaue Gegenteil. Sie war dazu verdammt, allein zu sein.

KAPITEL ZWEI

SIE SCHAFFTEN ES in kurzer Zeit zurück nach Eddirdale Castle, und die Leute in den Dörfern applaudierten ihnen, als sie die drei Wildschweine sahen, die sie dabei hatten. Marcas sagte zu Torcall, einem seiner besten Krieger: „Bring das Fleisch zur Feuerstelle. Biete ihr so viele Männer an, wie Jinny braucht, um die Tiere zu kochen oder zu räuchern. Ein Wildschwein werden wir heute Abend essen, aber wir können die anderen für später räuchern."

Torcall machte sich auf den Weg und nahm Mundi, einen weiteren Krieger, und die Wildschweine mit.

Ethan stieg ab und sagte zu Shaw: „Kann ich mit dir sprechen?"

Shaw nahm den Sattel von seinem Pferd und hängte ihn über den Haken, bevor er seinem Bruder antwortete. „Ich kann so viel mit dir plaudern, wie du willst, sobald ich mein Pferd gestriegelt habe. Kannst du einen Moment warten?"

„Aye" gab Ethan zurück und sah sich in den Ställen nach einer Aufgabe um, mit der er sich beschäftigen konnte, während er wartete. Er beschloss, sein eigenes Pferd abzubürsten. Die Arbeit machte ihm nichts aus, solange das Tier einverstanden war. Manche Tiere – und die meisten Menschen – verstanden Ethan und seine seltsame Art nicht. Aber das lag daran, dass sie nicht wussten, was Ethans Stärken waren. Zahlen und Münzen, die Sterne, das Erinnern von Details, Wegbeschreibungen – das waren die Dinge, in denen er gut war, nicht im Umgang mit Tieren und Menschen. Auch wenn er riskierte, als kalt oder unfreundlich abgestempelt zu werden, war es für ihn einfacher, sich zurückzuziehen, als zu versuchen, es zu erklären.

Ethan bürstete sein Pferd so gut er konnte, bis es anfing, von einem Bein auf das andere zu treten. Das sagte ihm, dass es Zeit war, sich zu verabschieden. „Shaw, ich warte draußen, bis du bereit bist." Er beugte sich zu seinem Pferd hinunter und flüsterte: „Es tut mir leid, wenn du dich wegen mir unwohl fühlst."

Shaw folgte ihm zu einem Baum, von wo aus sie das Kampftraining beobachten konnten. Gavin Ramsay, Brigids Bruder, war jetzt für die Übungsläufe zuständig. Während sie ihm zusahen, bemerkte Shaw: „Er ist ein verdammt guter Schwertkämpfer."

„Und ein verdammt guter Bogenschütze. Ich würde das Bogenschießen gerne ausprobieren. Denkst du, ich könnte gut darin sein?"

„Ich glaube, du wärst großartig darin, Ethan. Also, was beunruhigt dich?" Er fuhr sich mit der Hand durch seine roten Locken, immer bemüht, etwas zu richten, das in Unordnung geraten war. Die drei Brüder hatten zwar die gleichen grauen Augen, aber ihre Haarfarbe war unterschiedlich. Marcas und Ethan waren dunkelhaarig, während Shaw das rote Haar seiner Mutter geerbt hatte. Gisela hatte kastanienbraunes Haar und grüne Augen.

„Du magst Tara." Es war eine Feststellung, keine Frage, denn er wusste, dass dem so war.

„Aye, also was willst du wissen?" Shaw lehnte sich gegen den Baum und verschränkte die Arme.

„Bist du an Jennet interessiert?"

Er runzelte die Stirn, verärgert darüber, dass er so leicht durchschaut werden konnte. „Vielleicht bin ich das. Aber ich bin mir nicht sicher. Woher weißt du, dass du an ihr interessiert bist?"

Shaw lächelte, lachte aber zum Glück nicht über ihn. „Es ist schwer zu sagen, was es genau ist, Ethan. Es ist mehr, als nur zu denken, dass ein Mädchen hübsch ist."

„Was zum Beispiel?"

„Zum Beispiel, wie intelligent sie ist, wie sehr sie dich zum Lachen bringt. Wie gerne du sie küssen, sie in deinen Armen halten würdest – obwohl das nicht auf dich zutreffen würde. Aber wenn sie die Richtige für dich ist, wirst du sie eines Tages in deinen Armen halten wollen. Kommt dir einer dieser anderen Empfindungen bekannt vor?"

Ethan schüttelte den Kopf. „Ich weiß, dass Jennet intelligent ist, aber sie bringt mich nicht zum Lachen. Aber seit ich zehn Jahre alt war, hat mich niemand mehr zum Lachen gebracht. Ich denke nicht daran, sie zu küssen, also bin ich wohl nicht an ihr interessiert, wenn das die Kriterien sind, die ich anwenden muss."

Shaw stieß sich vom Baum ab und trat näher an ihn heran. „Ethan, da du anders bist als ich, bedeutet es für dich vielleicht etwas anderes. Vielleicht möchtest du etwas mit ihr besprechen. Findest du sie interessanter als andere? Würdest du lieber mit Jennet reden als, sagen wir, mit Gisela oder Jinny?"

„Auf jeden Fall. Ich schätze ihre Meinung, und ich kann viel von ihr lernen."

„Dann solltest du um sie werben. Du hast es nicht eilig, Ethan, und wenn du ein Mädchen gefunden hast, das dich mehr interessiert als andere, warum verbringst du dann nicht mehr Zeit mit ihr? Das ergibt doch Sinn."

Ihr Gespräch wurde von einem kichernden Paar unterbrochen. Es waren Marcas und Brigid, die lachten, als er sie in die Burg trug. Marcas hielt sie in seinen Armen, aber er drohte mehrmals, sie fallen zu lassen, was jedes Mal einen Aufschrei zur Folge hatte.

„Er fängt sie immer auf. Er würde Brigid nie auf den Boden fallen lassen, warum tut er dann so, als würde er sie fallen lassen?" Ethan hatte sich das schon einmal gefragt, nicht bei Marcas, sondern bei anderen. Vor dem Fluch, als der Hof noch voller Clanangehöriger war, hatten die Männer die Mädchen immer so lange gehänselt, bis sie gekichert hatten.

„Nein, er würde sie nie fallen lassen. Er tut es, um sie zu necken, weil er sie gerne zum Lachen bringt. Das ist Teil des Liebesspiels, des Werbens."

„Marcas lacht jetzt die ganze Zeit", bemerkte Ethan, und sein Blick folgte dem frisch verheirateten Paar. „Mit Freda hat er nie gelacht." Freda war Marcas' erste Frau gewesen. Sie war durch das verseuchte Wasser gestorben, aber sie und Marcas hatten nie ein enges Verhältnis gehabt. Alles an seiner Beziehung zu Brigid war anders, vor allem, weil sie viel zusammen waren.

„Nein, das hat er nicht. Deshalb sollten wir alle sicherstellen, dass wir die richtige Partnerin für uns finden. Es gibt sie. Wir müssen nur mit Bedacht entscheiden."

„Und du glaubst, Tara gehört zu dir?" Ethan fing die eine verirrte Locke auf, die im Wind wehte, und richtete sie wieder. Sein Haar war lang, aber fast immer ordentlich.

„Ich bin mir nicht sicher, aber ich werde es nie herausfinden, wenn ich nicht um sie werbe."

„Werbe?"

„Ich versuche, mehr Zeit mit ihr zu verbringen. Ich finde, je mehr wir zusammen sind, desto mehr mag ich sie. Du solltest es mit Jennet versuchen. Vielleicht magst du sie mehr. Vielleicht auch nicht. Aber wenn du es nicht versuchst, wirst du es nie erfahren."

Ethan wandte seinen Blick von seinem Bruder ab und entdeckte einen Vogel, der in einem nahen Baum sang und seine Aufmerksamkeit auf sich zog. „Ich wünschte, es wäre nicht so, aber du weißt, wie ich bin und wie sehr ich mir wünsche, dass die Ereignisse anders verlaufen wären. Aber ich kann die Vergangenheit nicht ändern. Diese

Weiber haben meinen Verstand beeinflusst, und ich würde alles dafür geben, das rückgängig zu machen, aber wie kann ich das? Könnte mich das daran hindern, eines Tages eine Frau und Kinder zu haben?"

Shaw berührte sanft seine Schulter. „Ethan, du musst mit ihr nicht gleich körperlich werden. Ich weiß, du magst es nicht, wenn dich jemand außer Marcas, Gisela und mir berührt. Wenn sie die Richtige ist, wirst du sie eines Tages berühren wollen, das verspreche ich dir. Ihr werdet feststellen, dass ihr viel gemeinsam habt. Und Ethan, nimm mir das nicht übel."

Ethan unterbrach ihn, weil er erraten konnte, was er sagen wollte. „Ich bin besonders, also wird es schwer für mich sein. Ich mag es nicht, als etwas Besonderes angesehen zu werden. Ich bin genauso wie die anderen, vielleicht ist mein Verstand schärfer als der anderer, aber ich trainiere für den Kampf…"

„Körperlich bist du genauso wie alle anderen. Du hast sogar mehr Muskeln aufgebaut als die meisten von uns. Aber du bist in anderer Hinsicht besonders. Nimm es nicht als Beleidigung. Ich glaube, Jennet ist auch etwas Besonderes. Und besonders bedeutet in ihrem Fall intelligenter und organisierter als die meisten Menschen. Kommt dir das bekannt vor?"

Ethan nickte, sein Entschluss stand fest. Er würde mehr Zeit mit Jennet verbringen. „Ich dachte, du würdest mehr über die Mädchen von früher reden. Ich versuche, nicht an sie zu denken, aber wenn sie nicht gewesen wären, könnte ich jetzt mit Cori verheiratet sein."

„Und vielleicht haben sie dir einen Gefallen getan, auf eine seltsame Art und Weise. Jennet passt besser zu dir als Cori. Ich denke, ihr passt gut zusammen."

„Ich wäre dir dankbar, wenn du Tara oder Jennet gegenüber nichts über meine Vergangenheit sagen würdest."

„Nein, das werde ich nicht. Dieser Vorfall ist lange her, und es ist an der Zeit, dass du das hinter dir lässt. Ich denke, da sind wir uns einig, nicht wahr?"

„Aye." Er war sich sicher, dass er sie vergessen sollte, aber er konnte es nicht. Mindestens einmal pro Woche tauchten die Gedanken an diese grausamen Mädchen, die ihn ausgelacht hatten, in seinem Schlaf auf und verwandelten seine Träume in Albträume.

Das Ganze hatte sich während eines Festes beim Milton-Clan zugetragen. Er war hingegangen, weil er Cori sehen wollte, aber als er ankam, war er überrascht, sie mit einem anderen Jungen zu sehen. Zwei ihrer Freundinnen hatten Ethan umringt und gehänselt.

Nicht wegen ihr, sondern weil sie geahnt hatten, dass er anders war. Sie vermuteten, dass er noch nie geküsst worden war.

So hatte jede von ihnen versucht, ihn zu küssen. Er hatte sie weggestoßen, als sie sich ihm näherten, ihn neckten und ihn in große Verlegenheit brachten. Alva hatte seine Abwehr überwunden und ihn trotzdem geküsst, aber es war Ethan ziemlich unangenehm gewesen. Dunn war weniger erfolgreich gewesen, aber auch sie hatte ihn verärgert.

„Ethan, ich weiß, dass du dich in Gedanken schon wieder dorthin zurückversetzt hast, aber du darfst nicht vergessen, dass sie das nur getan haben, um ihren eigenen verletzten Stolz darüber zu verbergen, dass sie deine Aufmerksamkeit nicht bekommen haben. Solche Mädchen leben dafür, Jungs zu ärgern. Es war ihnen noch peinlicher als dir, und sie haben das getan, um ihr Gesicht zu wahren. Schließlich hatte jede von ihnen Freundinnen, die zusahen."

Ethan hasste diese Erinnerung, weil sie ihn schmerzte. Es war die Art von Situation, in der er sich oft wiederfand und einfach nicht wusste, was er sagen oder tun sollte. Der Gedanke, der darauf folgte, tat ihm noch mehr weh. Was wäre, wenn Jennet so wäre wie sie?

Als ob Shaw seine Gedanken lesen könnte, beugte er sich vor und flüsterte: „Ich verspreche dir, dass Jennet nicht so sein wird wie sie. Versprichst du mir im Gegenzug etwas?"

„Aye" antwortete Ethan schlicht. Er tat immer, was seine Brüder oder Schwestern von ihm verlangten.

„Versprich mir, dass du mehr Zeit mit Jennet verbringen wirst."

„In Ordnung. Ich verspreche es." Er würde um Jennet Ramsay werben.

Jetzt hatte er ein Versprechen zu erfüllen. Ein bisschen verfrüht, dachte er, denn er hatte nicht die geringste Ahnung, was er tun sollte, aber er würde dem Vorschlag seines Bruders erst einmal folgen.

Am nächsten Tag saß Jennet mit Brigid vor dem Kamin. Es war kurz vor dem Abendessen. „Du hast dich schon zu oft verletzt, Brigid. Es ist dasselbe Bein wie beim letzten Mal, als du von einem Wildschwein angegriffen wurdest."

„Aye", räumte sie ein und rieb ihre Wunde durch ihre Hosen. Ihr Bein lag auf einem Schemel, um die Schwellung zu verlangsamen. „Ich schwöre, dass ich nie wieder in den Wald gehe, und schon gar nicht auf Wildschweinjagd."

Marcas kam zu ihr und reichte ihr einen Krug Wein. „Das sollte helfen, deine Schmerzen zu lindern. Und ich werde dir während des Essens noch einen holen."

„Vielen Dank, meine lieber Mann. Du weißt, dass ich diesen besonderen Wein liebe."

Er beugte sich vor und küsste sie auf die Wange. „Wir haben viele Fässer davon im Keller."

Die Tür öffnete sich, und Timm spähte hinein. „Marcas, hier ist jemand, der dich beim Tor sprechen möchte."

„Ich komme gleich." Marcas wandte sich an Brigid und meinte: „Ich bin sicher, dass ich bald zurückkommen werde."

Jennet beobachtete das Gesicht ihrer Cousine, und als Marcas sich entfernte, bemerkte sie: „Du liebst ihn wirklich. Dein Gesicht leuchtet richtig, wenn er in deiner Nähe ist."

„Aye, das tue ich. Ich wusste nicht, dass es so

wunderbar sein kann." Sie seufzte, schnappte sich ein Fell aus dem Korb neben sich und warf es auf ihren Schoß.

„Ich kann mir nicht vorstellen, wie sich das anfühlt", gab Jennet leise zu und ließ ihren Blick zum Feuer wandern. Sie hoffte, Brigid sah, wie ehrlich sie in diesem Moment war.

„Jennet, ich wünsche dir, dass du deinen Gefährten findest, und ich glaube fest daran, dass es da draußen jemanden für dich gibt. Vielleicht nicht im Land der Ramsays oder auf Black Isle, aber er ist irgendwo da draußen."

Jennet seufzte, dann blickte sie auf ihre Hände. „Ich hatte nie geglaubt, dass ich etwas verpassen würde, bis ich dich mit Marcas gesehen habe. Du bist so glücklich, glücklicher als ich dich je zuvor gesehen habe."

„Was ist mit Ethan? Tara hat Gefallen an Shaw gefunden. Gibt es irgendetwas an Ethan, das dir gefällt? Ich glaube wirklich, dass ihr beide viel gemeinsam habt."

Ihr Stolz war noch von einer ähnlichen Bemerkung vom Vortag verletzt. Sie erwiderte: „Was? Ich glaube nicht, dass wir irgendetwas gemeinsam haben, aber sein Aussehen gefällt mir." *Und er ist der erste Mann, den ich jemals auf diese Weise angesehen habe*, dachte sie. Könnte das etwas bedeuten? Sie würde noch etwas darüber nachdenken müssen. „Er ist kein Heiler, also was könnte er mit mir gemeinsam haben?"

„Er mag Zahlen genauso gern wie du, und er kann sehr gut mit ihnen umgehen. Er scheint organisiert zu sein, und ich weiß, wie du diese seltene Eigenschaft zu schätzen weißt, vor allem, weil du genauso bist. Er ist in solchen Dingen fast so anspruchsvoll wie du." Brigid sah Jennet einige Augenblicke lang an, was sie beunruhigte.

Aber Jennet konnte ihrer lieben Cousine nicht widersprechen und erkannte stattdessen, dass sie Brigids Gedanken über Ethan und ihre mögliche Vereinbarkeit hören musste. „Warum zögerst du? Sag deine Meinung."

„Du fühlst dich unter Menschen manchmal unwohl. Du kannst Menschen heilen, aber du bist immer so ernst. Bei ihm ist es genauso."

„Was spielt es für eine Rolle, wie ernst ich bin?" Was in aller Welt wollte sie damit sagen? Sie gab nur ungern zu, dass sie sich von den Worten ihrer Cousine ein wenig angegriffen fühlte, aber sie hatte leider nichts gesagt, was nicht der Wahrheit entsprach. Vielleicht war es ihr deshalb unangenehm. Als sie jünger war, hatten ihre Konzentration und ihre Hingabe viele begeistert. Sie hatte immer vor Stolz gestrahlt, wenn die Älteren gesagt hatten, dass sie reifer als ihre Altersgenossen war. Jetzt, wo sie volljährig war, sah sie niemand mehr als einzigartig oder anders als ihre Cousinen an.

Oder?

Brigid beugte sich vor und sprach leise. „Jennet, erinnerst du dich an die Zeit, als wir beim König zu Gast waren? Er hatte dir Orangenscheiben als Dank dafür geschenkt, dass du ihm bei seinen Gelenkschmerzen geholfen hast. Wir alle hatten sie gegessen und jedes Mal gelacht, wenn der süße Saft aus den Orangen gespritzt ist."

„Aye, ich erinnere mich. Wir haben lange Zeit darüber gelacht." Bei der Erinnerung an die Burg des Königs musste sie lächeln. Der König hatte sie sehr gut behandelt, vor allem, als ihre Familien gemeinsam zu Abend gegessen hatten.

„Aye, das haben wir. Es ist eine meiner schönsten Erinnerungen an uns alle, aber du hast schon lange nicht mehr so gelacht. Ich wünschte, du wärst noch einmal so glücklich wie an jenem Tag, aber ich weiß nicht, was dich glücklich machen würde. Für mich ist es Marcas. Könnte es Ethan für dich sein? Oder wärst du glücklicher, wenn du dein ganzes Leben allein verbringen würdest? Nur du kannst diese Frage beantworten."

Das war eine schwierige Frage, und Jennet war sich nicht sicher, wie sie darauf antworten sollte. Sie hatte nicht viel Zeit darüber nachzudenken, denn einen Moment später flog die Tür auf und schlug gegen die Wand.

Es war Brigids Vater. „Jennet, du kommst mit mir nach Hause."

KAPITEL DREI

E THAN KAM HINTER Logan herein, besorgt über das, was er gehört hatte. Jennets Vater war sehr krank, und ihr Onkel war hier, um sie nach Hause zu holen.

Er war noch nicht bereit, sie gehen zu lassen, denn er war fest entschlossen, sein Versprechen sich selbst gegenüber einzuhalten. Er hatte noch nicht einmal damit begonnen, um Jennet zu werben, und das konnte nur eines bedeuten – er musste mit ihr gehen.

Logan bemerkte Brigid. „Und was zum Teufel ist mit dir passiert? Matheson, du hast mir versprochen, dass du mein kleines Mädchen beschützen würdest. Nun sehe ich sie hier sitzen, ihr Fuß ist geschwollen und sie trinkt Wein."

„Papa, beruhige dich. Wir waren auf Wildschweinjagd und ich bin gestolpert. Ich habe mich nur ein bisschen am Knöchel verletzt."

Ethan warf ein: „Er ist wahrscheinlich geschwollen, weil das Wildschwein dein Bein im Maul hatte."

Marcas brüllte: „Ethan!"

Verblüfft über eine solche Reaktion seines

Bruders wunderte sich Ethan darüber, warum
Marcas ihn angeschrien hatte. Er blickte zu
Brigids Vater und verstand einfach nicht, warum
er zurechtgewiesen wurde. Vielleicht war es
einfach eine weitere dieser Situationen, in denen
Ehrlichkeit nicht die beste Lösung war.

Logan explodierte. „Was zum Teufel…? Ich
werde dich umbringen, Matheson. Brigid,
verabschiede dich von deinem Mann. Du kommst
mit mir zurück."

„Papa, ich reite nicht mit dir zurück. Mir geht
es gut, und wir werden es dir später erklären, aber
zuerst solltest du mit Jennet sprechen. Sieh dir
an, was deine Worte bei ihr angerichtet haben.
Könntest du bitte deine Gedanken zu Ende
führen? Warum soll Jennet nach Hause gehen?"

Jennets Gesicht war blass geworden, als sie sich
auf ihrem Stuhl aufrichtete und ihren Onkel
ansah. „Wer ist es? Mama oder Papa?"

Logan stellte sich neben sie und sah sie an.
„Dein Vater. Quade ist jetzt schon eine ganze
Weile krank. Deine Mutter dachte, es würde ihm
besser gehen, wenn er einmal gut ausschlafen
könnte, aber er wird immer schwächer und hat
Schwierigkeiten, aus dem Bett zu kommen. Er
hat mich gebeten, dich nach Hause zu begleiten,
Jennet."

Jennet lehnte sich zurück. Sie war sichtlich
verstört. Ethan ging zu ihr hinüber und stellte
sich hinter sie. Er wollte sie wissen lassen, dass er
für sie da sein würde. Das war eine gute Idee, das
zu tun, oder? Einfach in ihrer Nähe zu sein? Er
bemerkte, dass Brigid ihm einen seltsamen Blick

zuwarf, aber er ignorierte sie.

Jennet blickte ihn über die Schulter an, dann sah sie wieder zu ihrem Onkel auf. Ethan erinnerte sich daran, wie seine Mutter sich immer ein Fell für ihren Schoß gewünscht hatte, und Brigid hatte auch eins. Er fand ein schönes, langes Fell im Korb und gab es Jennet.

Logan starrte ihn an, stemmte die Hände in die Hüften und fragte: „Was zum Teufel machst du da?"

Sein Blick verengte sich, aber Ethan störte sich nicht daran. „Ich versuche, es Jennet bequemer zu machen. Es scheint, als hättest du ihr schlechte Nachrichten überbracht, und ich bin mir sicher, dass das für sie sehr beunruhigend ist." Er wollte hinzufügen, dass er ein Versprechen gegenüber seinem Bruder einlöste, aber er hielt diese Bemerkung für sich. „Ich mag deine Nichte, und ich habe vor, mehr Zeit mit ihr zu verbringen." Jetzt war alles klar; Logan musste es verstehen. Oder vielleicht hätte er erklären sollen, dass er Jennet als mögliche Ehefrau in Betracht zog. „Und ich möchte ihr eine Freude machen, damit sie sich wohler fühlt."

Jennet starrte ihn an und war über seine Bemerkungen verblüfft. „Was?"

Nach ihrer Reaktion zu urteilen, war es vielleicht besser, wenn er das Thema Ehe noch nicht ansprach. Aber er würde sein Bestes tun, um sie zu beruhigen. Sie hatte genug, worüber sie sich Sorgen machen musste. „Jennet, vielleicht solltest du dein Gespräch mit deinem Onkel zu Ende führen. Ich werde dir später erklären, was ich damit meine. Aber er ist jetzt hier und hat Informationen über deinen Vater. Es ist wichtig, dass du alle Einzelheiten erfährst."

Er hoffte, sie würde ihr Gespräch ganz vergessen. Er hasste es, seine Handlungen erklären zu müssen, denn meistens verwirrte er damit sogar sich selbst. Er musste zuerst mit sich selbst ins Reine kommen, bevor er erwartete, dass eine andere Person ihn verstand, insbesondere Jennet.

Zum Glück richtete sie ihre Aufmerksamkeit wieder auf ihren Onkel. Sie hatte wohl Verständnis für sein Handeln. „Wann ist es passiert?"

Logan setzte sich an den Tisch in der Nähe der Feuerstelle, nahm einen Schluck von dem Bier, das Marcas ihm gereicht hatte, und griff dann nach einem Stück dunklen Brots auf dem Tisch. „Vor ein paar Nächten, glaube ich."

„Du konntest also überhaupt nicht richtig mit ihm reden?"

„Er spricht, aber nur sehr wenig. Deine Mutter sagt, sein Zustand verschlechtert sich. Es fing mit dem Fieber an, aber es kommt immer wieder."

„Wie geht es Mama?"

„Deiner Mutter geht es gut, sie geht damit um wie sie mit allem umgeht. Sie behandelt diese Krankheit, als wäre sie nur ein Kaninchen, das ihr in den Weg hoppelt. Sie erachtet sie als Unannehmlichkeit, nicht mehr. Allen anderen geht es gut. Aber ich habe mit ihm gesprochen. Er ließ mich wissen, dass er möchte, dass ich dich abhole."

„Er hatte doch nicht etwa einen dieser schlimmen Anfälle, bei denen er plötzlich gelähmt ist oder keine Worte findet, oder?", wollte Jennet wissen.

„Nein. Er hat mit mir gesprochen, aber es war eine Anstrengung für ihn. Er ist schwach, nicht gelähmt. Er ließ mich auf seine Weise wissen, was er brauchte. Obwohl ich die Art und Weise, wie er mit mir gesprochen hat, nicht beschönigen werde. Unser Austausch fand so statt, wie Brüder miteinander kommunizieren." Er grinste und zog den Kragen seines Hemds zurück, um ihr einen roten Fleck an seinem Hals zu zeigen. „Er hatte mich für ein paar Augenblicke, aber nicht lange."

„Papa, warum behandelt ihr euch gegenseitig so?", fragte Brigid mit weit aufgerissenen Augen.

„So ist die Liebe unter Brüdern. Quade und ich haben immer lieber gerungen als geredet. Empfindest du nicht dasselbe für deine Brüder, Ethan?"

Ethan schüttelte den Kopf. „So etwas würde ich meinen Brüdern nie antun."

„Das ist seine Art, mir seine Zuneigung zu zeigen. Versuche nicht, es anders zu sehen." Logan nahm noch einen Schluck vom Bier, das ihm nachgeschenkt worden war, und einen weiteren Bissen vom Brot, dann stand er auf und schritt durch den Saal. „Er will, dass du nach Hause kommst, Jennet. Ich bin hier, um dich zurückzuholen."

Jennet nickte, und ihre Augen füllten sich mit Tränen, etwas, das ihr nur selten passierte, vor allem, wenn andere Menschen dabei waren. Ethan wünschte sich, er könnte ihr die Hand auf die Schulter legen, aber er war dazu einfach nicht im Stande. Er kannte sie noch nicht gut genug, um sie zu berühren. Das wäre in diesem Stadium einfach zu intim.

„Danke, dass du mich abholst, Onkel Logan, aber bleibst du über Nacht? Damit ich eine Nacht weniger auf dem Boden schlafen muss?"

Ethan meldete sich zu Wort: „Das Abendessen wird in Kürze serviert werden. Du bist herzlich eingeladen, sich zu uns zu gesellen, und ich hoffe, dass du deine Rückkehr auf morgen verschieben wirst, damit ich vorher noch mit Jennet sprechen kann."

„Du wirst nur in meiner Gegenwart mit Jennet sprechen. Ich bin hier, um an meines Bruders Stelle zu handeln. Ich muss über alles Bescheid wissen, was du mit meiner Nichte besprichst."

Jennet sprang von ihrem Stuhl auf. „Nein, du musst meinem Onkel nicht alles über uns erzählen, Ethan. Onkel Logan, es gibt keinen Grund, dir Sorgen zu machen. Ich kann auf mich selbst aufpassen."

„Warum hat dein Vater mich dann geschickt, um dich zu holen?", fragte er.

„Du bist der Bote und mein Begleiter auf dem Rückweg. Das gibt dir nicht das Recht, alles über mich zu wissen. Das ist alles, was es dazu zu sagen gibt."

„Wenn du nicht tust, was ich sage, wirst du vielleicht allein nach Hause reiten müssen, Mädchen. Ist das die Rückreise, die dir vorschwebt?"

„Wenn du dich weigerst, mit mir nach Hause

zurückzukehren, wird Marcas sicher Wachen mit mir schicken, oder vielleicht ist Gavin bereit, mich zu begleiten. Und hör bitte auf, Ethan einzuschüchtern. Du brauchst nicht so stur zu sein, Onkel."

Onkel Logan ging ärgerlich auf die Tür zu. „Vielleicht wird Gavin mit mir reiten. Ich werde mich mit meinem Sohn unterhalten, denn ich habe ihn mit seiner süßen Frau Merewen auf dem Bogenschießplatz gesehen."

„Papa", rief Brigid. „Nimm dich vor den Pfeilen in Acht. Es gibt hier einige Leute, die dich gerne treffen würden."

Logan lachte und sagte dann: „Mein kleines Mädchen, das immer so nett zu mir war, ist jetzt der Hofnarr." Er ging nach draußen und schlug die Tür hinter sich zu.

„Ich hab dich lieb, Papa."

Ethan wandte ein: „Er ist schon weg, Brigid." Hatte sie es nicht bemerkt?

„Trotzdem hat er mich gehört, Ethan. Er hat Ohren, die alles hören. Alles. Unterschätze niemals meinen Vater. Niemals."

Jennet blickte zu Ethan auf. „Können wir unter vier Augen reden? Vielleicht einen Spaziergang in den Wald machen?"

„Aye, solange es weit weg von deinem Onkel ist." Er wollte sich keine Gedanken darüber machen müssen, dass der anmaßende Mann sie belauschen oder ihr Stelldichein stören könnte. „Ich werde dich beschützen, Jennet."

Jennet nahm ihren Mantel von der Wand und wandte sich an Brigid. „Wir werden bald zurück sein, rechtzeitig zum Abendbrot. Und sag deinem Vater nicht, wohin ich gegangen bin."

Brigid schmunzelte. „Mach dir keine Sorgen. Du weißt, dass ich dir das nie antun würde."

Ethan begleitete Jennet durch die Küche nach draußen. Hoch über ihnen rief Tara: „Viel Spaß!"

„Ich hatte sie dort nicht gesehen. Hattest du sie bemerkt?", fragte er. Sie hatte offenbar jedes Wort mitgehört.

„Nein, sie ist oft still. Vor allem, wenn Onkel Logan hier ist. Viele Leute hören ihm gerne zu, aber sie sagen nicht viel in seiner Gegenwart. Er hat eine Art, den Leuten Unbehagen zu bereiten. Fühlst du dich bei ihm auch so?"

Ethan schüttelte selbstbewusst den Kopf. „Nein. Er stört mich nicht. Ich habe nichts zu verbergen. Ich mache mir nur Sorgen, wie er auf dich wirkt. Seine anmaßende Art stört dich offensichtlich, deshalb wäre es mir lieber, wenn er nicht da wäre."

Sie unterhielten sich erst wieder, nachdem sie die Burg verlassen hatten und dem Pfad in den nahegelegenen Wald gefolgt waren, der zum Gallow Hill Forrest führte.

Als sie allein waren, setzte Jennet an: „Ich habe deine Bemerkung gehört, aber ich bin mir nicht sicher, ob ich sie verstehe. Bist du an mir interessiert?"

„Aye. Shaw hat vorgeschlagen, dass ich um dich werbe." Er schlenderte langsam den Weg hinunter und blickte mit einem kleinen Lächeln zu ihr hinüber. Sie war schön an diesem Abend, ihr Haar war geflochten, aber einige goldene

Strähnen sprangen aus dem Zopf heraus. Sie trug ein blaues Gewand, das die Farbe des Himmels hatte. Er verspürte den seltsamen Drang, die weiche Haut an ihrem Hals zu berühren.

„Warum sollte er so etwas vorschlagen?", fragte Jennet.

„Weil er sagte, das sei der beste Weg, um dich besser kennenzulernen."

„Ich kann ihm nicht widersprechen, aber warum willst du mich besser kennen lernen?"

Wie sollte er auf eine solche Frage antworten? Er überlegte lange, bevor er antwortete, und war froh, dass niemand in der Nähe war, der ihr Gespräch mithören konnte. Sie wartete geduldig auf seine Antwort. „Ich bin von deinem Verstand fasziniert und bewundere die Art und Weise, wie du dich gibst. Deine Fähigkeiten als Heilerin sind einzigartig. Deine Methode zur Suche nach der Ursache des Fluchs war gut aufgebaut und durchdacht. Ich war von all deinen Fähigkeiten sehr beeindruckt. Aber am bemerkenswertesten ist die Art und Weise, wie du dich verhältst. Manche Frauen kichern die ganze Zeit, und manche tun das, was ich am meisten hasse – sie berühren einen. Sie berühren einen die ganze Zeit, und das ist mir unangenehm. Du benimmst dich so, wie ich es mir bei einer Gelehrten vorstelle."

„Vielen Dank für deine freundlichen Worte, aber trotzdem: Warum bist du an mir interessiert? Zu welchem Zweck?" Sie blieb stehen, drehte sich zu ihm um und hätte beinahe nach seiner Hand gegriffen, hielt sich aber zurück. „Bist du nur an einer Freundschaft mit mir interessiert?

Willst du eines Tages heiraten? Verzeih mir, wenn
diese Fragen zu bohrend sind, aber ich werde
morgen abreisen und möchte daher Antworten."

„Ich denke, wir sind bereits Freunde, also
würde ich gerne mehr über dich erfahren. Shaw
sagte, ich solle um dich werben, so wie er Tara
umwirbt."

„Du tust also nur etwas, wozu dir dein Bruder
geraten hat? Ist das der einzige Grund, warum du
so mit mir sprichst?"

„Nein. Ich habe mich an ihn gewandt, weil
ich nicht viel Erfahrung mit Mädchen habe. Ich
interessiere mich für dich, also bin ich zu ihm
gegangen, um sicherzugehen, dass ich die Dinge
richtig angehe. Du gehörst nicht zu unserem
Clan, also möchte ich weder dich noch deine
Cousinen beleidigen. Nachdem ich ihm meine
Gedanken mitgeteilt hatte, sagte Shaw, ich solle
um dich werben, weil ich deine Meinung schätze
und gerne mit dir spreche. Er schlug vor, ich solle
dich besser kennenlernen, um zu sehen, ob es
noch andere Gründe gibt, warum ich gerne mit
dir zusammen bin."

Jennet trat näher an ihn heran. „Aber magst du
mich denn?"

Ethan gefiel es nicht, in welche Richtung die
Fragen gingen. „Ich mag dich als Freundin, aye."

„Nicht als Freundin, sondern als jemand, den
du vielleicht heiraten könntest?"

Ethan versuchte, das Stirnrunzeln zu
unterdrücken, das bei der Aussicht auf einen
Heiratsantrag aufkam, aber es gelang ihm nicht.
Dieser Gedanke ließ ihn den Wunsch verspüren,

sich noch einmal mit seinem Bruder zu beraten. Es lag in seiner Verantwortung, alles richtig zu machen. Er trat einen Schritt von Jennet zurück und sagte: „Nein. Ich bin nicht bereit für die Ehe. Nicht im Moment, aber vielleicht in der Zukunft."

„Warum? Entweder du magst mich oder nicht. All die Gründe, die du mir genannt hast, alles, was du an mir magst, meine Methoden, meine Arbeit, all das könnte man auch über einen Mann sagen. Es scheint, dass hinter all dem mehr steckt, und ich würde gerne wissen, was genau."

„Das verwirrt mich, denn ich verstehe nicht, warum du nach einem Antrag fragst. Dafür ist es noch zu früh." Er rieb sich etwas zu heftig die Stirn, seine Haut fühlte sich wund an.

„Nein, ich frage nicht nach einem Antrag. So habe ich das nicht gemeint. Es geht um deine Absichten, dein Vorhaben. Ich verstehe es nicht. Kannst du mir bitte mehr darüber sagen?"

Er wusste nicht, wie er ihr antworten sollte, also sagte er das Erste, was ihm in den Sinn kam. „Ich würde jetzt gerne zur Burg zurückkehren, wenn du das auch willst. Ich werde weiter um dich werben, wenn du nichts dagegen hast."

„Ich habe nichts dagegen, denn ich mag dich. Aber ich hätte gerne einen Grund, warum du das tust. Nimm dir so viel Zeit, wie du brauchst, Ethan, aber ich hätte gerne eine Antwort."

„Ich brauche keine Zeit, um darüber nachzudenken. Die Antwort ist ganz einfach." Er lächelte erleichtert.

„Was ist also der Grund?"

„Shaw hat mir dazu geraten."

KAPITEL VIER

JENNET WOLLTE IHN anschreien, aber sie wusste, dass sie damit nichts erreichen würde. Und es machte ihr ehrlich gesagt nichts aus, wenn Ethan um sie warb.

Schließlich sollte sie nur noch eine Nacht hier bleiben, bevor sie mit Onkel Logan abreisen würde.

Auf dem Rückweg zur Burg sprachen sie nur über das Wetter und wenig anderes. Ethan war höflich und nachdenklich, sein langes, dunkles Haar wehte nach hinten, da sie gegen den Wind liefen. Jennet ertappte ihn immer wieder dabei, wie er sie ansah, und es fühlte sich irgendwie… anders an. Er sah sie an, als wäre er wirklich an ihr interessiert, ausgerechnet an ihr. Die meisten Männer warfen ihr einen flüchtigen Blick zu, bevor sie Brigid bewunderten.

Brigid sagte Jennet oft, dass sie die Hübschere von beiden sei, aber Jennet wusste, was den Unterschied ausmachte – das Lächeln ihrer Cousine. Brigid hatte ein Lächeln, das alle anderen in den Schatten stellte, und ihr melodiöses Lachen gefiel sogar Jennet.

Jennet hatte es schon immer seltsam gefunden, dass Brigid und ihre Schwester Sorcha vor jeder Art von gesellschaftlichem Ereignis so viel Zeit damit verbrachten, sich über ihre Kleidung und ihre Haare Gedanken zu machen. Beide konnten die Wahrheit nicht sehen. Ihre Schönheit kam von innen – durch ihr Lachen, ihre Herzenswärme und ihr Lächeln.

Dies war eine Schönheit, die Jennet nicht hatte.

Bethia, ihre älteste Schwester, hatte es ihr gegenüber einmal erwähnt. Bethia war schon immer schwerer gewesen als die meisten ihrer Cousinen, doch ihre Schönheit beruhte auf ihrem Selbstbewusstsein, ihrer Intelligenz und etwas, das sie mit ihren Cousinen teilte. Bethia hatte dieses schöne, strahlende Lächeln. Sie hatte Jennet immer gesagt, sie solle mehr lächeln, weil sie bei weitem die hübscheste unter den Cousinen sei. Jennet hatte daraufhin geschnaubt, aber Bethia hatte sie mit ihrer Begründung überrascht. „Jennet, du bist die Schönste. Du hast goldene Strähnen in deinem Haar, deine Haut ist blass und makellos, und du hast die längsten Wimpern. Auch die hohen Wangenknochen lassen dich umwerfend aussehen. Du bist schlank und trotzdem kurvig, so wie Männer Frauen mögen. Wenn du nur noch eine Sache hättest, würdest du viele Verehrer haben."

„Und das wäre?" Sie sah Bethia an und wartete darauf, dass sie ihr das Geheimnis verriet.

„Ein Lächeln. Du bist zu ernst. Als du jünger warst, waren du und Brigid zwar auch ernst, habt aber dann auch über so viele Dinge zusammen gelacht. Im Laufe der Jahre hast du das Lachen in deinem Leben verloren."

Jennet lachte nicht so leicht. Es war anstrengend für sie, und sie musste bewusst daran denken, andere anzulächeln. Brigid lächelte die ganze Zeit; selbst als sie Eddas Baby zur Welt gebracht hatten, hatte sie trotz des Schweißes und der Widrigkeiten, die sie alle durchgemacht hatten, gelächelt.

Brigid lächelte immer.

Erwartete Ethan, dass sie lächelte? Sie blickte zu ihm auf und tat ihr Bestes, um ihm ein aufrichtiges Lächeln zu schenken, aber das war schwierig für sie, ohne falsch zu wirken.

Er verbeugte sich kurz und sagte: „Ich werde vor dem Abendessen mit meinem Bruder sprechen, um zu sehen, ob ich etwas tun kann, um zu helfen. Werden Gavin und Merewen mit dir zurückkehren?"

„Ich bin mir nicht sicher. Ich danke dir für den Spaziergang. Wir sehen uns beim Abendessen."

Sie nickte ihm zu und trat in die Halle. Sie freute sich, Brigid, Tara und Gisela mit den beiden Kindern von Marcas, Kara und Tiernay, am Kamin zu sehen.

Tara fragte: „Hattest du eine schöne Zeit mit Ethan?"

Sie zuckte mit den Schultern. „Ich denke schon. Warum fragst du?"

„Nur so", meinte Tara und wandte sich von ihr ab, um Tiernay wieder auf die Beine zu stellen, nachdem er gestürzt war. „Ich habe mich nur gewundert. Ich bin sicher, dass du dir Sorgen um deinen Vater machst und es nicht erwarten kannst aufzubrechen."

Jennet verspürte gemischte Gefühle. „Aye, wir reisen morgen ab. Das ist früh genug."

„Und du willst wirklich gehen, aye?", hakte Brigid nach. „Du möchtest sicher unbedingt deine Eltern sehen."

„Aye. Aber ich mag mein Leben hier auch. Ich hoffe, ich kann zurückkommen, wenn ihr mich haben wollt." Sie schaute von Brigid zu Tara und schließlich zu Gisela.

Gisela antwortete: „Du weißt, dass ich dich sehr mag, aber du musst die Herrin des Clans fragen – Brigid."

Brigid brach in schallendes Gelächter aus, sodass die kleine Kara ebenfalls kicherte. Bald stimmten auch Tara und Gisela in das Lachen ein, und Jennet musste über sie alle lächeln. Sie hatte nicht bedacht, dass ihre Cousine, die jetzt mit dem Laird des Clans verheiratet war, die neue Herrin war.

Vier Frauen kamen durch die Hintertür herein – Nonie, Jinny und zwei, die zum Clan zurückgekehrt waren, Agnes und Thebe.

Thebe kam mit großen Augen herein und eilte zu ihnen hinüber. „Was ist passiert? Haben wir etwas verpasst? Worüber redet ihr Ladys?"

Gisela winkte ab: „Über Nichts. Das war eine Angelegenheit zwischen den Cousinen."

Nonie stieg die Treppe hinauf und rief: „Komm, Thebe. Wir haben Wäsche zu waschen."

Thebe war klein, kurvig und recht hübsch, während Agnes viel älter war und Schwierigkeiten hatte, die Treppen zu bewältigen. Nachdem Brigid und Marcas geheiratet hatten, waren die Mitglieder des Clans langsam auf die Burg zurückgekehrt, so dass die Hütten innerhalb der Burgmauern fast alle bewohnt waren und die Hälfte der Behausungen im Dorf belegt war. Die Ernte war gut gewesen, und alle im Dorf erwarteten einen wunderbaren und fruchtbaren Sommer, in dem es reichlich zu essen geben würde.

Marcas hatte Agnes ihre frühere Stelle in der Küche zugewiesen, bei Jinny. Als sie eines der Dienstmädchen verloren hatten, hatte er die Stelle an Thebe vergeben, und sie hatte sie dankbar angenommen. Die vier verschwanden, und Jennet setzte sich auf einen Stuhl in der Nähe des Kamins und starrte in die Flammen.

Gisela flüsterte: „Du musst vorsichtig sein, was du in Thebes Gegenwart sagst. Sie wiederholt gerne alles, was sie hört, und schmückt es aus, so gut sie kann. Sie hat Verwandte im Milton-Clan, und sie besucht sie oft."

Tara bemerkte: „Sie ist ziemlich hübsch."

„Das ist sie", pflichtete ihr Gisela bei, „und sie fischt immer nach Komplimenten."

„Ist sie nicht verheiratet?", erkundigte sich Brigid.

„Nein. Sie sagt, der Mann, den sie liebt, wollte sie nicht, also wird sie nie einen anderen heiraten." Gisela verdrehte die Augen. „Glaubt nicht alles, was sie sagt."

„Was ist mit Agnes? Sie scheint nett zu sein."

„Agnes ist reizend, aber sie versteht sich nicht

gut mit Thebe, deshalb hat Marcas dafür gesorgt, dass sie unterschiedliche Aufgaben haben."

Jennet starrte in die Flammen und verlor das Interesse an dem Gespräch. Schließlich würde sie sie bald verlassen. Sie fragte sich, wie sich die Dinge ändern würden. Wie würde sie sich fühlen, wenn sie ihre geliebten Cousinen zurückließ?

Wie würde sie sich fühlen, wenn sie Ethan zurücklassen müsste?

Sie zwang sich, diese Gedanken zu verdrängen. Ihr Vater war ihre Hauptsorge.

Sie musste nach Hause reiten und ihn retten.

───※───

Die Gruppe machte sich frühmorgens für die Reise bereit. Jennet hatte sich von Brigid, Tara und Gisela verabschiedet. Onkel Logan hatte darauf bestanden, dass Gavin und Merewen mit ihnen zurückkehrten, und sie hatten zugestimmt.

Alles verlief nach Plan, und die Ramsays waren bereit zum Aufbruch. Onkel Logan fand für Jennet ein gutes Pferd und sprach dann mit Gavin und Merewen. Sie versammelten sich kurz vor der Burgmauer hinter den Toren, und gerade als sie aufbrechen wollten, kamen Marcas und Shaw heraus, um allen zu danken. Aber es war der Letzte, der in Begleitung seiner Brüder durch das Tor kam, der sie alle überraschte.

Ethan saß bereits auf seinem Pferd, seine Satteltasche war gepackt. Die Gruppe hielt überrascht inne und starrte ihn an. Jennet hielt den Atem an, als ihr Herz einen Schlag aussetzte. Der Mann verblüffte sie. Hatte er tatsächlich vor, sie zu begleiten?

Sie öffnete den Mund und wollte schon sprechen, bevor sie wusste, was sie sagen würde, als Ethan sein Pferd neben sie lenkte. Ihr Onkel ergriff für sie das Wort.

„Was zum Teufel machst du hier, Ethan? Bist du auf dem Weg nach Inverness?"

Ethan warf einen Blick auf Jennet, dann wieder auf Onkel Logan. „Nein, ich komme mit euch. Oder besser gesagt, ich komme mit Jennet."

„Warum?", fragte Onkel Logan, stieg ab und stellte sich vor Ethan hin, die Hände in die Hüften gestemmt.

„Wie gesagt, ich werbe um Jennet."

„Und das machst du so? Hast du Absichten, von denen ich nichts weiß?"

„Nein, ich möchte sie nur besser kennenlernen. Ich habe es meinem Bruder versprochen, und ich kann mein Versprechen nicht halten, wenn sie weggeht. Deshalb ist die einzige Lösung, dass ich sie begleite. Ich werde sie beschützen, damit du den Rest der Gruppe beschützen kannst."

Jennet wusste nicht, was sie sagen sollte, außer dem einfachen: „Vielen Dank, Ethan." Ihr Blick verweilte auf ihm. Auf seinem eigenen Schlachtross sitzend sah er einschüchternd aus, seine breiten Schultern und kräftigen Arme würden sicher jegliche Feinde beeindrucken. Wenn er einen grimmigen Blick aufsetzte, würde es niemand wagen, sich ihm zu nähern, obwohl Jennet bezweifelte, dass das in Ethans Natur lag.

Logan widersprach: „Du kommst nicht mit uns. Matheson, sag deinem Bruder, dass er auf dieser

Reise unerwünscht ist."

Jennet spürte, wie etwas Seltsames mit ihr geschah, etwas, das sie nie getan, aber bei anderen beobachtet hatte. Sie hatte sich immer gefragt, wie es sich anfühlen würde, und jetzt…

Sie errötete. Sie blickte von Marcas zu Onkel Logan und wusste ehrlich gesagt nicht, wer von beiden gewinnen würde. Wenn sie wetten würde, dann wohl eher auf ihren Onkel.

„Matheson, mein Bruder ist dem Tod nahe. Diese Reise wird kurz sein, nur eine Nacht, bevor wir zu Hause ankommen. Wir können nicht warten. Ich habe keine Zeit, mit jemandem zu reiten, der es nicht gewohnt ist, in der Wildnis zurechtzukommen. Ich möchte nicht, dass er mit uns reist."

Gavin meldete sich zu Wort: „Lass ihn in Ruhe, Papa. Er ist willkommen."

Marcas hob eine Augenbraue und blickte zu Ethan, der unbeirrt auf seinem Pferd saß und geradeaus starrte, als hätte er kein Wort gehört.

„Ich würde sagen, Ethan hat sich entschieden, und selbst wenn du ihn nicht dabei haben willst, wird er euch mit etwas Abstand folgen. Er wird euch nicht in die Quere kommen. Er kennt den Weg besser als jeder andere und kann Kaninchen mit einem Wurf seines Dolches erlegen. Lass ihn doch einfach mitreiten."

Onkel Logan starrte Gavin an, sagte aber nichts. Merewen nickte und lächelte. Jennet hielt den Atem an, um zu sehen, wer als nächstes sprechen würde.

Zu ihrer Überraschung war es Ethan.

Ohne ihren Onkel anzuschauen und mit starr nach vorn gerichtetem Blick, traf Ethan seine Entscheidung. „Ich reite mit euch, und du wirst mich nicht aufhalten."

Onkel Logan brummte und stieg auf sein Pferd. „Ich werde mich nicht mit dir streiten, weil ich keine Zeit habe. Aber wenn du uns auch nur ein bisschen aufhältst, Zweitgeborener, binde ich dich an einen Baum und lasse dich zurück."

Jennet warf einen Blick auf Ethan, der den Kopf neigte und ihr ein kleines Lächeln schenkte.

Sie lächelte zurück, ihr erstes echtes Lächeln seit langem.

KAPITEL FÜNF

AM SPÄTEN NACHMITTAG kamen sie auf dem Boden der Ramsays an. Torrian und Kyle begrüßten sie an der Grenze. Torrian ging direkt auf Jennet zu und trieb sein Pferd neben ihre Stute.

Ethan mischte sich ein, bevor Torrian etwas sagen konnte. „Wie heißt Ihr? Lady Jennet, ist er dir bekannt?"

„Aye, Ethan. Das ist der Laird unseres Clans und mein Halbbruder, Torrian." Sie und Torrian hatten denselben Vater. Ebenso wie ihre Halbschwester Lily, die sie abgöttisch liebte. Kyle, Lilys Ehemann, war Torrians Stellvertreter.

Torrian schaute Ethan neugierig an und sprach dann in leisem Ton zu Jennet. „Du hast jemanden kennengelernt?"

„Nein", seufzte sie. „Oder doch. Es ist kompliziert. Erzähl mir von Papa."

„Vater wartet auf deine Ankunft. Er wird immer schwächer, aber er ist eine Kämpfernatur. Er weigert sich, aufzugeben. Er hat Mühe, sich zu bewegen."

„Aber er ist immer noch wach? Unterhält er

sich mit dir?" Wenn sie gehört hätte, dass sie nie wieder die Gelegenheit haben würde, mit ihrem Vater zu sprechen, wäre sie am Boden zerstört.

„Aye. Deine Mutter war die ganze Zeit bei ihm. Tante Jennie war auch eine Zeit lang hier, aber sie ist wieder zu Hause. Sie wissen nicht genau, was für eine Krankheit das ist. Wir hoffen alle, dass dir etwas einfällt."

Wie sehr betete sie, dass das der Fall war. „Bring mich zu ihm. Ich will keine Zeit verlieren." Sie kamen an den Toren von Ramsay Castle an, der See war in der Ferne zu sehen. Ohne einen Blick zurück zu werfen, folgte sie Torrian in die Burg. Sie durchquerte die große Halle und umarmte ihre Mutter, dann drängte sie: „Bitte, Mama. Ich muss ihn gleich jetzt sehen."

In der Halle war es still, als hielten alle den Atem an. Quades Krankheit hatte alle um ihn herum in einen Zustand der Anspannung versetzt, und nun, da Jennet eingetroffen war, wagten sie ein wenig Hoffnung zu verspüren. Selbst Lily schenkte ihr nur ein kleines Lächeln, drückte ihr im Vorbeigehen die Schulter und flüsterte: „Du wirst Papa helfen, ich weiß es."

Seine Kammer am Ende des Flurs war groß genug für mehr als ein Bett, denn sie war ursprünglich die Heilkammer ihrer Mutter gewesen, in die verletzte Krieger nach einer Schlacht gebracht wurden. Seit ihr Vater mit seiner kaputten Hüfte zu kämpfen begonnen hatte, hatten sie es zu ihrem Schlafgemach gemacht, damit er keine Treppen steigen musste.

Als Jennet ihre Hand nach dem Türgriff

ausstreckte, hielt sie inne und sah über ihre Schulter zu ihrer Mutter. Ein Teil von ihr hatte Angst hineinzugehen. „Geh nur", ermunterte sie ihre Mutter. „Er wartet auf dich."

Jennet holte tief Luft und öffnete die Tür. Sie steckte den Kopf hinein und ließ damit Licht in die Kammer hinein. Ihr Vater lag regungslos auf der Seite im Bett, ein leichtes Schnarchen grüßte sie.

Ihre Mutter gab Jennet einen kleinen Schubs und drängte sie in die Kammer. „Er hat dich vermisst, Jennet."

Als sie jünger war, hatte Jennet sich immer für klüger und talentierter als alle anderen gehalten, weil sie einige Krankheitsfälle gelöst hatte, die ihre Mutter nicht hatte behandeln können. Sie hatte auch schon einige Schurken überlistet. Aber es war schon lange her, dass sie neue Heilmittel entwickelt hatte.

Sie spürte das Gewicht der Hoffnungen ihrer Familie und begann, ihre Fähigkeiten als Heilerin in Frage zu stellen. Brigid hatte das Rätsel um den Fluch von Black Isle gelöst, obwohl Jennet und Tara an den Ermittlungen beteiligt gewesen waren. Aber es schien, als hätten alle um sie herum ihr Leben weitergelebt – sie hatten geheiratet, Kinder bekommen, waren zu anderen Clans gezogen.

Jennet hatte sich überhaupt nicht weiterentwickelt. In vielerlei Hinsicht war sie immer noch das kleine Mädchen, das in der Lage war, die abgefeimtesten Köpfe zu überlisten. Ihre Fähigkeit, schnell zu denken, hatte ihr viele

Vorteile verschafft, aber sie hatte nicht gelernt, wie man mit Männern in einer romantischen Situation umging.

Darin hatte sie überhaupt keine Erfahrung. Während Jennet ihre Zeit mit dem Lesen von Büchern verbrachte, hatte Brigid geflirtet und Sorcha hatte die Nacht durchgetanzt. Hoffentlich würde die ganze Zeit, die sie mit Lernen zugetragen hatte, ihr helfen, ihren lieben Vater zu heilen.

Sie setzte sich auf den Schemel neben dem Bett und betrachtete ihren Vater genau. Ihre Mutter hatte sie gelehrt, dass die beste Fähigkeit einer Heilerin darin bestand, die Kranken genau zu begutachten und ihre Symptome zu beobachten.

Ihre gute Ausbildung ließ sie fast im Stich, und Tränen traten ihr in die Augen. Das hatte sie nur selten erlebt. Sie strich über ihre Lider, um ihren Vater besser sehen zu können. Er lag reglos da, sein großer, schlaksiger Körper füllte das Bett aus. Sein langes braunes Haar hatte viele graue Strähnen, aber es hatte immer noch einen wunderschönen kastanienbraunen Farbton, genau wie ihr eigenes, nur ohne die goldenen Fäden. Seine Augen waren geschlossen, und sie wünschte sich, sie wären offen, damit sie das Waldgrün seiner Iris sehen könnte. Eine so schöne Farbe, dass ihre Mutter oft sagte, es seien Quades Augen gewesen, die sie als erstes in seinen Bann gezogen hätten.

Er war dünn und bleich, schien aber gut zu schlafen.

„Mama, sag mir, was deiner Meinung nach die Ursache dafür ist. Du musst doch eine Idee haben."

„Er hat sich eine Wunde am Bein zugezogen, als er mitten im Wald von seinem Pferd abgestiegen war. Seine Hüfte gab nach, und er fiel zu Boden und landete in einem Steinhaufen, was ihm auch einige blaue Flecken einhandelte. Ich habe die Wunde gut gewaschen, mit einem Umschlag abgedeckt, ihm den Trank gegeben und den Verband regelmäßig gewechselt. All die Dinge, die wir normalerweise tun. Ich kann mir nicht denken, was schief gelaufen sein könnte oder wo ich mich geirrt haben könnte."

Jennet drehte den Kopf und sah ihre Mutter an, deren Gesicht verriet, wie sehr die Krankheit ihres Vaters sie mitgenommen hatte. Ihre ebenfalls blasse Haut hatte ihren Glanz verloren, und auch sie wirkte dünner. „Mama, isst du auch genug?"

„Normalerweise schon. Aber jetzt habe ich zu große Sorgen."

Jennet lehnte sich etwas zurück und sah ihre Mutter an. „Wir können dieses Rätsel gemeinsam lösen."

Ihre Mutter streckte die Hand aus und berührte ihre Wange. „Ich hatte so gehofft, dass dir etwas einfällt, was mir nicht in den Sinn gekommen ist. Ich werde ihn wecken." Sie stand von ihrem Stuhl auf und ging zum Fenster, dann zog sie den Vorhang zurück, um Licht in die Kammer zu lassen.

Jennet hätte gewettet, dass das Licht und die Wärme ihn sofort aufwecken würden, aber er rührte sich nicht.

„Weck ihn auf", forderte sie ihre Mutter auf,

während sie in der Kammer herumlief und die Sachen vom Vortag ordnete und aufräumte. „Ich werde frisches Wasser und etwas Brei holen. Mal sehen, ob ich ihn zum Essen bringen kann." Ihre Mutter verabschiedete sich und schloss die Tür hinter sich.

„Papa?" Jennet achtete auf eine Bewegung seiner langen Wimpern, aber er zuckte nicht einmal. „Papa?", wiederholte sie und legte ihre Hand auf seine Schulter, bevor sie ihn leicht schüttelte.

Seine Augenlider flatterten auf, und sein Blick suchte in der Kammer nach etwas ab, bis sie schließlich auf sie fielen. Das Lächeln auf dem Gesicht ihres Vaters machte ihre ganze Heimreise wett.

„Jennet. Ich bin so… froh, dass du… hier bist, Kleines." Kaum hatte er seinen Satz beendet, bekam er einen Hustenanfall.

„Hier, Papa. Trink das. Befeuchte deine Kehle." Sie reichte ihm den Becher mit Wasser, den sie auf der Truhe neben seinem Bett gefunden hatte.

„Papa, ich wünschte, ich könnte dir helfen. Kannst du dich aufsetzen und mit mir reden?" Sie war zwar hoffnungsvoll aber gleichzeitig auch nicht sicher, ob er das überhaupt konnte. Der Mann, zu dem sie ihr ganzes Leben lang aufgeschaut hatte, war zu jemandem geworden, den sie kaum wiedererkannte.

„Ich werde es versuchen, nur für dich, aber ich werde deine Hilfe brauchen."

Sie stand auf und steckte ihren Arm unter seinen Rücken. Mit ihrer Kraft half sie ihm, sich aufzusetzen, dann lehnte er sich mit dem Rücken an das Kopfteil des großen Bettes. „Ich habe es geschafft", jubelte er und lächelte sie an, wobei sein Blick von ihren Füßen bis zu ihrem Gesicht wanderte. „Ich bin so froh, dass du hier bist. Deine Mutter braucht dich."

„Wir müssen dich gesund machen."

„Du musst deine Mutter dazu bringen, zu essen und sich auszuruhen. Sie macht diese Dinge nicht genug. Ich hoffe, dass sie es jetzt tut" – er verstummte und hustete – „wo du hier bist."

„Hast du irgendwo Schmerzen? Hast du dich beim Sturz so schwer verletzt?"

„Aye" bestätigte er und hob die Decke an, um sein Knie und die darunter liegende Wunde zu zeigen. Sie war immer noch leicht verfärbt, nach all der Zeit.

Er bedeckte die Mitte seines Körpers, und sie war froh darüber. Als Heilerin sah sie viel. Aber das hier war anders, weil es ihr Vater war. „Tut es noch weh?"

„Aye" erwiderte er und drückte auf der Verletzung herum. „Das tut es, aber es wird schon besser."

Sie sah eine raue Stelle und berührte sie. Sie erschrak, als er sie anschrie.

„Fass mich da nicht an!" Schnell bedeckte er die Stelle wieder und schob ihre Hand weg.

„Warum nicht?"

„Weil es mir nicht gefällt." Er schaute sie ernst an und verengte seinen Blick, um zu sehen, ob sie ihm widersprechen würde. „Lass mich in Ruhe. Ich fürchte, meine Zeit ist gekommen, und das musst du akzeptieren. Ich bin froh, dass du hier bist, um deiner Mutter bei allem zu helfen."

Dann ließ er sich auf das Bett zurückfallen, schloss die Augen und schlief sofort wieder ein.

Die Tür öffnete sich, und ihre Mutter kam herein, Bethia folgte direkt hinter ihr. „Jennet, ich bin so froh, dass du hier bist." Bethia umarmte sie kurz und nahm dann Platz, während ihre Mutter wieder hinausging.

Ihr Vater hatte Torrian und Lily von seiner ersten Frau bekommen, bevor er ihre Mutter, Brenna Ramsay, kennengelernt hatte. Onkel Logan hatte sie aus dem Grant-Clan entführt, weil er eine Heilerin gebraucht hatte, um Quades Verletzung zu heilen. Er war vom Hauer eines Wildschweins getroffen worden, und die Wunde an seinem Bauch war so tief gewesen, dass er weit weg von zu Hause gestorben wäre, wenn Brenna Grant nicht gewesen wäre. Aber wie ihre Cousine Brigid, die sich in ihren Entführer verliebt hatte, hatte Brenna eine Schwäche für Quade entwickelt und folgte ihnen bereitwillig zurück. Außerdem heilte sie Torrian und Lily von einer Krankheit, die beide ans Bett gefesselt hatte, seit sie ein Jahr alt waren.

Sie hatte ihre Krankheit nicht wirklich geheilt, aber sie hatte herausgefunden, dass die seltsame Ursache ihrer Krankheit Weizen war.

Brenna heiratete Quade Ramsay und wurde somit die Frau des Lairds. Bald brachte sie Bethia, Gregor und Jennet zur Welt. Sie hatten auch zwei kleine Mädchen adoptiert, Geva und Emma, die ihre Eltern verloren hatten. Geva war jetzt fünfzehn Sommer alt, Emma war ein Jahr jünger. Ihre Familie war groß, vor allem mit Torrians, Lilys und Bethias Kindern, die sie alle auf Trab hielten. Gregors Frau erwartete in ein paar Monaten ihr erstes Kind.

Bethia beugte sich zu ihr und flüsterte: „Hast du ihn nicht aufgewacht, um dich zu sehen?"

Jennet nickte und sah ihre liebe Schwester an. „Aye, aber er blieb nur für ein paar Augenblicke wach, dann ist er wieder eingeschlafen."

Die Tür öffnete sich und ihre Mutter kam mit einer Schüssel Haferbrei und dampfender Brühe herein, Lily hinter ihr mit einem weiteren Becher und einer Schüssel. „Eine für dich, eine für Papa", bemerkte Lily kichernd. „Oh, Papa. Du bist schon wieder eingeschlafen. Er hat auf dich gewartet und gewartet, und jetzt bist du hier und er schläft immer noch." Ihre Augen wurden feucht, als sie das Essen absetzte, dann drehte sie sich auf dem Absatz um und verließ die Kammer.

Bethia rief ihr nach: „Lily, das ist nur, weil er sich keine Sorgen mehr um sie macht. Deshalb schläft er auch so fest."

Lily trat wieder ein und erwiderte: „Ich hoffe sehr, dass du recht hast, Bethia. Ich schließe die Tür, damit ihr drei über seine Krankheit sprechen und ihn heilen könnt. Ich werde auch nicht zulassen, dass jemand hereinkommt."

Lily ging und schloss die Tür hinter sich, wie sie es versprochen hatte.

Jennet blickte von einem erschöpften Gesicht zum anderen. „Ihr zwei seht nicht so aus, als hättet ihr viel Hoffnung. Papa glaubt, dass er stirbt. Stimmt das, Mama?"

Ihre Mutter setzte sich auf die Bettkante, Tränen liefen ihr über die Wangen. Bethia sagte: „Ich weiß es nicht. Jeden Tag gehe ich mein Notizbuch durch, Mamas Notizbuch, denke an jede Krankheit, die ich je gesehen habe, aber mir fällt keine ein, die auf das hier zutrifft. Nichts passt."

„Sicherlich gibt es Ähnlichkeiten mit anderen Krankheiten. Bitte, erzählt mir alles, was ihr gesehen habt. All die Veränderungen an ihm, seit der Unfall passiert ist."

Es schien, als ob ihre Mutter durch diese Bitte zum Handeln angeregt wurde. Sie setzte sich aufrecht hin, wischte sich die Tränen aus dem Gesicht und lächelte. „Aye, das ist eine gute Idee, Jennet. Er bekam als erstes Fieber, abgesehen von den Schmerzen durch den Sturz. Obwohl ich ihm Umschläge gemacht und verschiedene Tränke gegeben hatte, bekam er trotzdem hohes Fieber."

„Aye, Mama", fügte Bethia hinzu. „Beim ersten Mal war er ganz heiß. Es schien vielleicht zwei Tage anzuhalten, dann ging es ihm besser. Ich hatte schon Angst, er würde nach der ersten Runde nicht mehr aus dem Bett kommen, aber er hatte es dennoch geschafft."

„Aye, und er war in die große Halle gekommen, hatte gegessen, sich mit den Leuten unterhalten, aber dann wurde er wieder krank. Wie viele Tage später, Bethia?"

„Ich glaube drei. Er war wach und dann schlief er wieder viel. Und dieses Mal war es schlimmer.

Er wollte nicht mehr aufwachen."

„Und wie war seine Wunde?"

Ihre Mutter seufzte, sie rang die Hände. „Sie war voller grüner Flüssigkeit, also habe ich sie punktiert und wieder mit einem Verband bedeckt. Er hat mich angeschrien, aber wir haben es geschafft. Das war ungefähr zu der Zeit, als ich Onkel Logan zu dir geschickt habe. Ich wusste nicht, was ich sonst tun sollte, aber er hat immer wieder nach dir gefragt.

Und nachdem Onkel Logan weg war, ging es ihm wieder besser. Dann wurde er einen Tag lang krank, dann ging es ihm wieder besser. Es geht auf und ab mit ihm, Jennet."

Tante Jennie war für einen Tag gekommen, aber sie musste wieder zurück. Ich dachte, sie könnte etwas sehen, was ich übersehen hatte, aber sie stimmte mir zu. Sie wusste nicht, was wir sonst noch tun könnten, also gab sie mir eine neue Salbe zum Ausprobieren. Sie schien aber nicht zu wirken."

Die Tür flog auf und schlug mit einem Knall gegen die Wand.

„Jennet, du musst in die große Halle kommen." Onkel Logans Gestalt füllte die Türöffnung, die Hände zu Fäusten geballt.

„Logan, wir sprechen über Quades Krankheit", mahnte ihre Mutter und winkte ihn wieder hinaus.

„Ihr könnt später über Krankheiten reden. Komm raus, oder ich bringe ihn mit bloßen Händen um."

Bethia starrte Jennet mit weit aufgerissenen

Augen an. „Wen? Wer ist diese Person? Warum hast du nichts darüber gesagt?"

Jennet sah ihre Mutter verschämt an und fragte sich, wie sie seine Anwesenheit erklären sollte. Bethia hob lächelnd eine Augenbraue.

„Um wen geht es, Logan?", wollte ihre Mutter wissen.

Jennet kannte die Antwort bereits.

„Ethan."

KAPITEL SECHS

ETHAN STAND VOR der Tür zur Heilkammer. Er schickte jeden, der sich ihm näherte, weg. Der Einzige, der nach seiner Ankunft an ihm vorbeigekommen war, war Logan, aber Ethan hatte ihn nur hineingelassen, da er Quades Bruder war.

Natürlich hätte Logan den jungen Matheson so lange verprügelt, bis er seinen Willen durchgesetzt hätte, wenn Ethan ihm den Zutritt verweigert hätte.

Ethan, der also die Rolle des Türhüters übernommen hatte, erklärte allen anderen, dass Jennet schon genug zu tun habe, da ihr Vater krank sei. Sie brauchte nicht noch andere Leute, die sie belästigten.

Torrian beharrte: „Ich gehe rein."

„Lass sie in Ruhe – nimm Rücksicht. Sie hat einen feinen Verstand, der diese Krankheit bewältigen kann, aber wenn du sie unterbrichst, könnte sie das stören", gab Ethan zu bedenken.

„Ich will nicht mit dir streiten, weil du recht hast, aber wer bist du überhaupt?", fragte Torrian und verschränkte die Arme vor sich. „Ich bin der

Laird hier, also hätte ich gerne eine ausführliche Erklärung."

„Ich bin Ethan, der Bruder von Marcas Matheson, und ich bin hier, um Lady Jennet zu beschützen."

„*Lady* Jennet?"

„Aye, sie ist von edlem Blut, also wirst du sie anständig ansprechen." Ethan ließ sich keinesfalls von seinem Vorhaben abbringen.

„Sie ist meine Schwester. Ich spreche mit ihr, wie ich will, und ich werde sie nicht mit *Lady* ansprechen." Dann machte er auf dem Absatz kehrt und verließ kopfschüttelnd die große Halle.

Ethan runzelte die Stirn und überlegte, wie er mit dieser Situation umgehen sollte. Er dachte daran, dass er seinen Bruder trotz seiner Verwandtschaft oft als Laird bezeichnete, obwohl weder Shaw noch Gisela das taten. Sie nannten ihn immer noch Marcas.

Vielleicht müsste er seine Meinung darüber ändern.

Jennet kam aus der Kammer, ihr Onkel direkt hinter ihr. Sie blieb vor Ethan stehen und murmelte zu ihrem Onkel: „Ich möchte bitte allein mit ihm sprechen."

Ihr Onkel nickte, dann ging er wieder hinein. Zwei Frauen kamen hinter ihm aus dem Zimmer.

Jennet stellte sie vor: „Mama, Bethia, das ist Ethan Matheson, der jüngere Bruder von Marcas. Ethan, das ist meine Mutter, Lady Brenna, und meine Schwester, Lady Bethia."

„Ich grüße Euch, Myladys." Er machte eine kleine Verbeugung.

„Und warum bist du hier, Ethan?", fragte Bethia.

Jennet rang ihre Hände, und er musste sich fragen, warum sie so nervös war. Glücklicherweise war die einzige andere Person, die ihnen Aufmerksamkeit schenkte, Lily, und sie kam sofort herüber. Sie war nicht schüchtern und trat vor Ethan. „Und mein Name ist Lily, ich bin die andere Schwester. Du brauchst mich nicht mit ‚Lady' anzusprechen. Mein Mann hofft zwar immer noch, dass ich mich irgendwann wie eine benehme." Sie kicherte, hörte aber schnell wieder auf und verschränkte die Hände hinter dem Rücken.

Ethan räusperte sich und trat einen Schritt zurück, da Lily ihm ein wenig zu nahe stand. „Ich bin hier, um Jennet zu beschützen. Ich habe sie auf ihrer Reise begleitet, um sicherzustellen, dass sie wohlbehalten ankommt. Ich werde ihr helfen, wo ich nur kann." Er nickte heftig, um seine Aussage zu bekräftigen.

Lily erwiderte: „Das ist sehr bewundernswert, aber ich glaube, da steckt noch mehr dahinter. Warum jetzt, und warum Jennet?"

Ethan erklärte: „Weil ich meinem Bruder Shaw versprochen habe, um sie zu werben".

„Warum?", hakte Lily nach, und ihre Augen funkelten schelmisch.

„Lily", flehte Jennet, aber ihre Schwester winkte nur abweisend mit der Hand.

„Ich interessiere mich für Jennet."

„Warum?" beharrte Lily.

„Weil Jennet einzigartig ist. Sie ist intelligent,

tiefsinnig, mitfühlend, und ich bewundere sie für ihren Verstand."

Lily und Bethia drehten sich um und sahen Jennet an, während Lady Brenna beide Hände auf Jennets Schulter legte. Sie blickte ihre beiden anderen Töchter mahnend an, obwohl Ethan keine Ahnung hatte, warum. Dann sagte sie: „Willkommen auf Ramsay Castle, Ethan. Du scheinst meine Tochter gut zu verstehen, und ich kann dir sagen, dass du recht hast. Sie ist in der Tat einzigartig. Möchtest du etwas essen? Wir haben Fleischpasteten in der Küche, und ich bin sicher, Lily würde sich freuen, dir eine zu bringen. Wenn du mit ihr gehst, wird sie dir auch zwei geben."

Ethan nickte Lily zu und lenkte ein: „Das wäre schön. Ich habe nämlich Hunger."

Lily bedeutete ihm, ihr zu folgen, aber er weigerte sich, zu gehen. „Ich muss in Jennets Nähe bleiben."

Lily lachte und sagte: „Natürlich! Ich bin gleich wieder da."

Dann drehte er sich um, um die wichtigste Frage zu stellen. „Wie geht es deinem Vater, Jennet? Hast du schon herausgefunden, was ihn plagt?"

„Ich habe ihn kaum untersucht, Ethan. Er hat mit mir gesprochen und ist dann wieder eingeschlafen. Ich muss mit allen hier sprechen, um herauszufinden, was das Problem ist. Das braucht Zeit, und wir sind gerade erst angekommen."

„Weiß deine Mutter, dass du, Brigid und Tara die Quelle unserer Krankheit gefunden habt? Ihr habt unseren Clan gerettet."

Jennet sah aus, als sei ihr sein Kompliment unangenehm, also beschloss er, nicht mehr darüber zu sprechen. Wie sehr wünschte er sich, einer seiner Brüder wäre hier, um ihm zu sagen, was er tun sollte. Er fühlte sich wie ein Fisch, der am Ufer lag und versuchte, den Weg zurück ins Wasser zu finden, aber alles, was er wollte, war, ihr zu helfen. Wenn Jennet das Problem der Krankheit ihres Vaters lösen konnte, dann konnte er sie zurück nach Black Isle bringen.

Konnte sie so schnell arbeiten, wie sie es bei den Mathesons getan hatten? Aber wenn er an die Ereignisse in Black Isle zurückdachte, wurde ihm klar, dass es mindestens eine Woche gedauert hatte. Er würde in der Tat geduldig sein müssen.

„Was kann ich tun, um dir zu helfen, das Problem schneller aufzudecken?"

„Ganz ehrlich, Ethan? Du musst mich in Ruhe lassen."

Von ihrer Bemerkung erschüttert, tat Ethan das Einzige, was ihm einfiel. Er machte auf dem Absatz kehrt und ging weg.

„Nein, Ethan", rief sie ihm nach. „Ich habe es nicht so gemeint!"

Er hörte ihre Stimme hinter sich, aber er nahm an, dass sie wütend auf ihn war. Das war eine Lektion, die er gelernt hatte, als er jünger war. Anstatt zu warten, bis jemand die Geduld verlor und ihn anschrie, fand er es besser, einfach zu gehen. Er würde am nächsten Tag mit ihr reden.

Glücklicherweise kam Jennets Tante zu ihm, die Tante, die er am besten kannte. Sie war mit Brigid eine ganze Weile auf Black Isle geblieben.

Gwyneth sprach ihn an und blieb in einem ihm angenehmen Abstand stehen. „Ethan, möchtest du lernen, wie man mit Pfeil und Bogen schießt? Ich weiß, dass Marcas die Absicht hatte, mehr von euch zu Bogenschützen auszubilden. Wir haben hier einen sehr schönen Bogenschießplatz, falls du Interesse hast. Wir haben etwa noch eine Stunde Licht, also könnte ich dir die Grundlagen zeigen. Dann kannst du üben, wann immer du willst."

Logan trat neben ihn und murmelte: „Das ist ein Angebot von der besten Bogenschützin im ganzen Land. Da gibt es nichts zu überlegen. Geh und lerne von ihr. So bleibst du Jennet aus dem Weg."

Ethan warf einen Blick auf Logan und musste zustimmen, dass es sich nach einer guten Möglichkeit anhörte, sich die Zeit zu totzuschlagen. Er hatte das Bogenschießen ein wenig mit Gavin und Merewen zu Hause versucht, aber er hatte noch nicht genug gelernt.

Logan fuhr fort. „Du erinnerst dich doch sicher, dass die drei Mädels eine Weile gebraucht haben, um euren Fluch aufzuheben, oder? Das ist keine Arbeit, die schnell erledigt ist. Es erfordert viel Nachdenken und Überlegung. Wenn du etwas über Jennet wissen musst, dann, dass sie Ruhe braucht, um nachdenken zu können."

Gwyneth fügte hinzu: „Genau wie du, Ethan. Manche Menschen denken besser, wenn sie allein und in der Stille sind, während andere den Lärm bevorzugen."

Logan fügte hinzu: „Sie wird morgen und

übermorgen brauchen, um daran zu arbeiten, also brauchst du etwas, das dich beschäftigt. Lerne Bogenschießen. Ich schätze, dass du darin ziemlich gut sein wirst." Beinahe hätte er Ethan an die Schulter gegriffen, aber ein warnender Blick von Gwyneth hielt seine Hand rechtzeitig auf. Sie verstand Ethan.

„Wie kommst du darauf, dass ich gut darin sein könnte?"

„Weil Bogenschießen sehr viel Konzentration erfordert. Du hast die Fähigkeit, dich zu konzentrieren. Ich sicher nicht. Die Expertin hier wird es dir beibringen."

Er warf einen Blick auf Jennet, die ein paar Schritte auf ihn zukam und nickte.

„Er hat recht, Ethan. Du wirst ein guter Bogenschütze sein."

Er dachte einen Moment nach, dann wandte er sich an Jennet: „Ich stehe dir immer zur Verfügung, Jennet. Ich werde dem Vorschlag deiner Tante und deines Onkels folgen und mit deiner Tante zum Bogenschießen gehen, aber wenn du mich brauchst, werde ich sofort zurückkommen."

Lily kam aus der Küche und eilte mit zwei in Tücher gewickelten Fleischpasteten herbei. „Hier, bitte. Nimm sie mit. Tante Gwyneth wird dir bestimmt alles beibringen, was du wissen musst."

Er bedankte sich bei Lily und folgte Gwyneth zur Tür. Die Blicke, die ihm zugeworfen wurden, ignorierte er, aber die letzte Bemerkung entging ihm nicht.

Logan rief: „Ich liebe dich, Gwynie! Hab

Dank."

Gwyneth warf einen Blick über ihre Schulter zurück und erwiderte: „Du schuldest mir etwas".

Logan gluckste und entgegnete: „Ich kann es kaum erwarten. Ich plane schon etwas für deinen süßen Arsch."

Gwyneth schnaubte.

Ethan hatte keine Ahnung, wovon sie redeten.

Bethia legte ihre Hand auf Jennets Schulter und meinte: „Ich glaube, du musst dich ausruhen. Gleich bricht die Nacht herein, also mach dir keine Sorgen um Ethan. Tante Gwyneth wird ein Auge auf ihn halten. Wir können noch ein wenig plaudern, aber du musst früh zu Bett gehen. Morgen hast du den ganzen Tag Zeit, um mit Mama zu reden. Wenn ihr beide noch einmal die Gelegenheit habt, mit Papa zu sprechen, werdet ihr euch schon etwas einfallen lassen."

Jennet wusste, dass Bethia recht hatte.

„Aber du magst Ethan, nicht wahr?", erkundigte sich ihre Schwester, während ihre Mutter die beiden beobachtete.

„Aye, schon. Ich hatte nicht erwartet, dass er mir hierher folgt. Das ist eine Herausforderung. Und nur als Hinweis: Ethan mag es nicht, wenn man ihn berührt, also müssen wir Lily vorwarnen. Aber diese Beziehung zwischen uns hat gerade erst begonnen. Ich hatte ihn nicht dabei haben wollen, aber er ließ sich nicht von seinem Vorhaben abbringen. Ich habe hier zu viele wichtigere Aufgaben, als mich darum zu kümmern, dass Ethan mit allen auskommt."

Bethia bemerkte: „Er passt zu dir. Ich vermute, er ist genauso schnell im Kopf wie du. Du und Brigid habt euch immer nahe gestanden, es muss also schwer gewesen sein, sie an Marcas zu verlieren. Ich wette, dass auch Ethan mit all den Veränderungen in seinem Clan zu kämpfen hat. Seine Eltern und so viele andere zu verlieren, muss auch für ihn schwer gewesen sein."

„Du hast recht, Bethia. Ich werde rücksichtsvoller sein." Sie hatte vergessen, dass er nicht nur seinen Bruder an Brigid verloren hatte, sondern neben seinen Eltern auch so viele andere Angehörige seines Clans.

Ihre Mutter warf ein: „Manchmal kann man nicht klar denken, wenn man nicht gut ausgeruht ist."

„Und Mama, du solltest deinen eigenen Rat befolgen", entgegnete Bethia und drückte ihrer Mutter die Schulter. „Komm, ich habe Donnan gesagt, dass ich heute Abend hier bleiben werde, als ich gehört habe, dass Jennet angekommen ist. Er wird sich um die Kinder kümmern, während ich weg bin." Sie wandte sich an Jennet: „Ich schlafe in Brigids Bett, und wir können uns unterhalten. Wie in allen Zeiten."

„Das ist schön, Bethia." Jennet bewunderte Bethia. Sie trug die Weisheit vieler Männer in sich, aber ihre mitfühlende Art war ungewöhnlich. Sie war eine der wenigen, in deren Gegenwart Jennet sich wirklich entspannen konnten. Es wäre wunderbar, den ganzen Abend mit Bethia zusammen zu sein.

Und sie hatte recht. Der Verlust von Brigid an Marcas hatte Jennets Gedanken in eine dunkle Höhle geschickt, aus der es keinen klaren Ausweg gab, etwas, das sie einige Tage lang nicht erkannt hatte. Es war Tara gewesen, die sie etwa eine Woche nach Brigids Hochzeit darauf angesprochen hatte: „Hast du das Gefühl, dass sie dich im Stich gelassen hat?"

Diese Bemerkung war wie ein harter Schlag ins Gesicht gewesen, der ihr aber auch viele ihrer Gefühle verdeutlicht hatte. Sie hatte sich tatsächlich im Stich gelassen gefühlt. Vernachlässigt, verlassen, ungeliebt. Sie waren unzertrennlich gewesen, solange sie zurückdenken konnte.

„Mama, ab ins Bett mit dir", wies Bethia ihre Mutter an und drehte sie in Richtung der Kammer ihres Vaters.

„Na gut, ich werde gehen. Ich bin erschöpft. Wenn ich weiß, dass du dich um Jennet kümmerst, werde ich besser schlafen können." Sie umarmte Jennet kurz und sagte: „Ich bin dankbar, dass du hier bist. Wir werden Papa wieder gesund machen. Da bin ich mir jetzt ganz sicher." Dann ging sie hinein, streckte aber den Kopf noch einmal aus der Kammer heraus und hauchte den beiden einen Luftkuss zu.

Bethia beteuerte: „Ich verspreche, dass ich mich gut um sie kümmern werde."

„Ich weiß. Ich bin gesegnet mit wunderbaren Töchtern", seufzte Brenna und schloss schließlich die Tür.

„Sie ist erschöpft", erklärte Bethia. „Sie braucht nur eine gute Nachtruhe. Komm, wir holen uns eine schöne Flasche Wein und gehen hoch in unsere Kammer. Ich bin sicher, du hast noch einige Dinge auszupacken. Wo hast du deine Tasche hingestellt?"

Jennet dachte an ihre Ankunft zurück und bemerkte erst jetzt, dass sie nicht an ihre Habseligkeiten gedacht hatte, auch nicht an ihre private Tasche und ihre Tasche mit Heilmitteln. Sie hatte wie immer zwei dabei, aber sie hatte es so eilig gehabt, ihren Vater zu sehen, dass sie sie vergessen hatte.

Lily saß mit den Zwillingen Lise und Liliana, die jetzt neun Winter alt waren, am Kamin. „Ethan hat deine Sachen reingebracht und sie neben die Treppe gestellt."

Die Zwillinge eilten zu Jennet hinüber und sprachen in aller Eile, wobei die beiden Mädchen die Gedanken des anderen auf höchst ungewöhnliche Weise zu Ende führten.

Lise begann: „Tante Jennet, wirst du…"

Liliana fügte hinzu: „…in der Lage sein, Großpapa zu heilen? Da wir ihn doch…"

Lise beendete: „…sehr vermissen."

Die beiden Goldköpfchen nickten im gleichen Rhythmus. Sie sahen genau gleich aus und waren nie getrennt. Jennet verglich ihr früheres Leben oft mit dem der beiden, denn sie und Brigid waren in ähnlicher Weise aufeinander abgestimmt gewesen. In ihren jungen Jahren waren sie ihrer Mutter überallhin gefolgt, und wenn sie beschäftigt gewesen war, hatten sie jeden geheilt, den sie finden konnten.

Und ihr Lieblingsereignis war gewesen, wenn

Tara zu Besuch kam und mit ihnen Heilerin spielte.

Alles war jetzt anders, und sie hatte das Gefühl, dass die Veränderung passiert war, ohne dass sie es überhaupt gemerkt hatte. Und es ging um mehr als nur um Brigids Heirat. Sie waren jetzt die Heilerinnen, die, auf die sich alle verließen, um die Dinge in Ordnung zu bringen. Sogar ihr Vater. War sie der Verantwortung, die damit einherging, gewachsen?

Jennet kniete sich vor ihre beiden lieben Nichten und antwortete: „Wir kriegen ihn schon wieder hin. Es kann eine Weile dauern, aber Großpapa wird ganz bestimmt wieder in die große Halle kommen." Sie musste es schaffen – er musste bis zu ihrer Hochzeit gesund sein.

Woher kam denn dieser Gedanke? Welche Hochzeit?

Jennet stand auf und sagte: „Wir reden morgen weiter, Mädels. Ich bin sehr müde, also gehe ich ins Bett."

Lise sagte: „Träum süß, Tante…"

Liliana fügte hinzu: „… Jennet. Wir warten auf dich."

Jennet schnappte sich ihre Taschen, dankbar für Ethans Fürsorge, und stieg die Treppe hinauf. Bethia war mit der Weinflasche und zwei Kelchen direkt hinter ihr.

Drinnen angekommen, stellte sie ihre Taschen ab und legte den Inhalt der einen in ihre Truhe, die sie seit Jahren benutzte, aber ließ ihre Heiltasche gepackt. Diese hielt sie immer griffbereit und bewahrte sogar zusätzliche Kleidung darin auf.

Als sie fertig war, ließ sie sich auf das Bett

fallen, bevor sie wieder aufsprang, um sich ein Nachthemd anzuziehen. „Ich bin müde, Bethia. Ich werde noch ein Glas Wein im Bett trinken, dann gehe ich schlafen."

„Ich halte das für eine gute Idee. Aber bevor du schlafen gehst, würde ich gerne etwas mehr über Ethan erfahren. Du hattest noch nie Interesse an einem Mann. Was hat sich geändert? Ist es wegen Brigid? Oder wegen Black Isle? Oder bist du vielleicht nicht an ihm interessiert und willst ihn loswerden? Ist er zu hartnäckig?"

Meine Güte, wo sollte sie nur anfangen? Jennet hielt ihre Hände hoch, um ihre Schwester aufzuhalten. „Zu viele Fragen. Ich werde mein Bestes tun, um alles zu erklären, aber ich habe auch viele Fragen an dich."

„Ich werde dir alles beantworten, wenn ich es kann."

Jennet sortierte still ihre Gedanken und vielen Fragen, bevor sie begann. Ob es nun an ihrer Lebenserfahrung oder an ihrer Intuition lag, Jennet hielt Bethia für eine Expertin, wenn es darum ging, Ratschläge in romantischen Angelegenheiten zu erteilen, also musste sie den Vorteil nutzen, Bethia ganz für sich allein zu haben. „Vor Ethan habe ich mich noch nie für einen Mann interessiert. Ich bin mir nicht sicher, ob ich jetzt interessiert bin, aber ich glaube schon. Es ist alles neu für mich. Ich vermisse Brigid, und ich bin wohl etwas eifersüchtig auf ihr Glück. Es könnte auch an der Mystik liegen, die wir auf Black Isle gespürt haben, aber ich glaube, es lag hauptsächlich daran, dass wir alle von zu Hause weg waren."

„Weil du keine Eltern bei dir hattest?", hakte Bethia nach und reichte Jennet einen Becher, bevor sie sich auf dem anderen Bett niederließ, in dem früher Brigid geschlafen hatte.

„Aye, das war sicher einer der Gründe. Oder Brüder und Schwestern, die über uns wachen. Es war ziemlich befreiend. Wegen der Krankheit dort gab es nur eine kleine Gruppe von Menschen, und ich glaube, wir haben uns dadurch besser kennengelernt. Ich mag Ethan, weil er einzigartig ist und weil er mich ansieht, als wäre ich etwas Besonderes. Er sieht die Dinge ähnlich wie ich. Er ist organisiert, er mag Zahlen, er glaubt an Fakten, nicht an Geschichten oder Märchen."

„Findest du, dass er gut aussieht?"

Jennet seufzte, bevor sie sich davon abhalten konnte, und Bethia kicherte. „Das tust du."

„Ich schätze, das tue ich. Es ist seltsam, denn ich weiß, dass er mich immer beschützen, mir beistehen, mir helfen wird, wenn ich es brauche. Wenn wir allein sind, können wir uns gut unterhalten. Er ist mitgekommen, weil sein Bruder vorgeschlagen hat, um mich zu werben, und das bedeutete für ihn, dass er um mich werben *muss*, glaube ich. Manchmal nimmt er alles zu genau, aber wenn er sich einmal entschieden hat, lässt er sich nicht mehr umstimmen."

„Klingt wie jemand, den ich kenne…"

„Stimmt, aber es gibt ein ernstes Problem. Ethan mag es nicht, berührt zu werden." Jennet nahm einen kleinen Schluck von ihrem Wein, dann musterte sie ihre Schwester, um zu sehen, wie sie reagieren würde. Seltsamerweise reagierte sie nicht – zumindest nicht äußerlich.

„Hast du ihn danach gefragt?"

„Nein. Was sollte ich sagen? Ich glaube, es wäre höchst unangenehm, so etwas zu besprechen." Jennet nahm einen weiteren Schluck Wein.

„Es könnte sein, dass er es nicht mag, wenn Fremde ihn anfassen, oder nicht, wenn andere zusehen. Vielleicht will er dich anfassen. Hast du jemals gesehen, dass er jemanden berührt hat?"

Jennet dachte einen Moment darüber nach, denn das war ein gutes Argument. Sie hatte bemerkt, dass er durchaus Leute berührte. Wen? „Du hast recht. Er berührt seine Familie. Die Kleinsten, Kara und Tiernay, sogar oft. Und Gisela. Und ich habe oft gesehen, wie Marcas ihm einen Arm um die Schultern gelegt hat, und er hat nicht einmal gezuckt."

„Das ist gut, aber es bedeutet auch etwas. Er steht seiner Familie nahe, und er vertraut ihnen. Aber das sagt mir auch noch etwas anderes."

Jennet runzelte die Stirn. „Was?" Sie hielt sich die Hand vor den Mund, um ein Gähnen zu unterdrücken.

„Dass in Ethans Vergangenheit etwas passiert ist. Etwas, das ihn dazu brachte, Menschen, die ihn berühren, zu misstrauen."

„Was bedeutet das?"

„Das bedeutet, dass du vorsichtig sein musst, wenn du mit ihm darüber sprichst, aber es ist auch eine gute Nachricht. Wenn er sich für dich interessiert, wenn er dir vertraut, kann er lernen, deine Berührungen zu genießen, aber du musst es vorsichtig und langsam angehen."

Vorsichtig konnte sie sein. Langsam war jedoch normalerweise nicht so ihre Art. Sie mochte es, schnell und effizient zu arbeiten. Langsamkeit war für sie ein Zeichen von Ungeschicklichkeit. Aber vielleicht konnte sie verstehen, wie *vorsichtig* und *langsam* Hand in Hand gingen.

„Jennet" knüpfte Bethia in einer Art und Weise an, dass sie sich fragte, was jetzt kommen würde. „Ich weiß, dass du verstehst, was zwischen Männern und Frauen vor sich geht, weil du eine Heilerin bist und Kinder zur Welt bringst. Du bist alt genug, um all das Geplapper der Dienstmädchen in den Küchen und sogar das der Stallburschen mitzuhören. Aber verstehst du das wirklich alles?"

Jennet errötete erneut, wütend auf sich selbst, weil sie Schwäche gezeigt hatte, aber dieses Thema war ihr jetzt äußerst unangenehm.

Bethia rückte näher, so dass sie Jennet direkt ins Gesicht sah. Sie beide saßen nun im Schneidersitz am Fußende von Jennets Bett.

Es war genau so, wie Brigid es immer getan hatte. Jennet hob den Blick, um zu sehen, was ihre Schwester als Nächstes tun würde, in der Hoffnung, dass sie etwas sagen würde, irgendetwas, denn sie wusste selbst nicht, was sie erwidern sollte.

„Hast du mit Brigid über ihr Eheleben gesprochen?"

Bei diesem Thema wurden ihre Augen feucht, was völlig unerwartet war. Wie hatte Bethia erraten, was sie so sehr beunruhigt hatte?

„Nein, oder?"

„Sie hat ein paar vage Bemerkungen darüber gemacht, dass es ihr gefallen hat, aber ich habe gehört, wie sie sich mit Sorcha und Maggie und Gisela unterhalten hat, und sie hat ihnen mehr erzählt! Mehr als mir! Sie ist meine Cousine. Sie war immer meine beste Freundin. Warum sollte sie mir nicht alles erzählen, was passiert ist?" Sie wusste, dass ihre Worte zu heftig herauskamen, aber das war ihr egal. Sie hatte es schon zu lange für sich behalten. „Ich habe verschiedene Dinge mitbekommen, und niemand will mir sagen, was sie wirklich bedeuten."

Bethias Stimme war sanft, aber beharrlich. „Was?"

„Zum Beispiel: An meiner Brustwarze saugen, ihn hart reiten, etwas in ihren Mund stecken, ihre Männer zum Schreien bringen, wie sie schreien und etwas in den Mund nehmen… alles wird in den Mund genommen. Ich kenne das Saugen nur davon, wenn Kinder an der Brust ihrer Mutter saugen. Wovon reden sie denn? Ich komme mir so dumm vor." Schließlich brach sie in Tränen aus. Sie war nicht nur frustriert über ihr mangelndes Verständnis. Sie wischte sich wütend über die Augen. „Und Flüssigkeiten. Was hat es mit den ganzen Flüssigkeiten auf sich?" Peinlich berührt versuchte sie, den wahren Grund für ihre Tränen zu verbergen, und konnte ihrer lieben Schwester nicht einmal ins Gesicht sehen.

„Jennet" sagte ihre Schwester beruhigend, beugte sich vor und rieb ihr Knie. „Es geht nicht nur um die Beziehung zwischen zwei

Menschen. Dieser Teil ist einfach. Ich kann dir das alles erklären, und das werde ich auch, aber vergiss nie, dass sie von Lust sprechen. Von der Freude, die man im Ehebett finden kann. Wenn ein Paar zusammen ist, dann experimentieren sie. Sie probieren verschiedene Dinge aus, um zu sehen, was dem anderen Freude bereitete. Und in einer liebevollen Beziehung sagt man Nein, wenn man etwas nicht tun möchte, und respektiert den anderen. Wir können später über die Einzelheiten sprechen, aber ich glaube, deine Tränen bedeuten mehr als das."

Jennets Tränen flossen weiter, als stünde sie mitten in einem Frühlingssturm auf der Spitze eines Wasserfalls.

„Ich glaube, das hat viele Gründe. Du vermisst Brigid. Du vermisst dein Zuhause, du machst dir Sorgen um deinen Vater, um deine Mutter, um die Verantwortung, die du jetzt hast, wo du eine erwachsene Heilerin bist. Liege ich mit einer dieser Vermutungen richtig?"

Sie schluchzte und nickte. Wie konnte Bethia sie so gut kennen?

„Mit welcher?"

Sie nickte erneut und wischte sich die Tränen von den Wangen. „Mit allen."

„Und du bist verwirrt wegen Ethan. Liebes, das ist der beste Teil der Liebe. Verwirrt zu sein und aufgeregt und ängstlich und all diese Dinge."

„Ach, ja? Aber ich bin nicht in ihn verliebt."

„Du weißt es noch nicht genau. Das ist der erste Teil, die Verwirrung, aber lass dich davon nicht abhalten. Lerne ihn besser kennen. Aber ich glaube, der Hauptgrund, warum du weinst, ist etwas anderes."

„Was?"

„Du bist erschöpft. Ich verspreche dir, dass ich dir morgen erklären werde, was das alles bedeutet, aber jetzt nehme ich dir deinen Weinkelch ab und lasse dich entspannen und es dir bequem machen. Du brauchst deinen Schlaf. Die Reise war sehr anstrengend. Wenn du Papa helfen willst, musst du gut ausgeruht sein. Dein brillanter Verstand wird dich nicht im Stich lassen."

Jennet konnte ihrer Schwester nicht widersprechen, also reichte sie ihr ihren Kelch und legte sich hin. „Könntest du mir noch sagen, was einige dieser Dinge bedeuten, bevor ich einschlafe?"

„In Ordnung. Erlaube mir, zu meinem Bett hinüberzugehen, und ich werde dir alles erklären, wenn ich kann."

Jennet zog die Felle bis zum Kinn hoch und drehte sich zur Seite, um ihre geliebte Schwester anzusehen. „Jemanden hart zu reiten. Was bedeutet das? Sag es mir."

„Das ist das Beste von allem. Du weißt ja, dass wir es meistens von Angesicht zu Angesicht treiben, anders als die Tiere. Wir treiben es also normalerweise so, dass der Mann oben liegt, wie es die meisten Männer bevorzugen, aber eine Frau kommt am besten zum Höhepunkt, wenn sie auf dem Mann sitzt und sich so bewegt, wie es ihr gefällt. Beim Liebesspiel geht es oft hektisch, wild und furchtbar schweißtreibend zu, und der beste Weg, schnell zum Höhepunkt zu kommen, ist, ihn hart zu reiten. Das bedeutet nur, dass die Frau oben ist."

Jennet flüsterte: „Reitest du Donnan oft?"

„So oft ich kann", antwortete Bethia mit einem Grinsen.

Jennet lächelte und schloss ihre Augen. Sie hörte kein weiteres Wort ihrer Schwester, denn ihre Gedanken kreisten um einen dunkelhaarigen Mann mit grauen Augen.

„Weißt du, was sich am besten anhört?" flüsterte Jennet.

„Was?"

„Ich denke, oben zu sein bedeutet, dass die Frau die Kontrolle hat. Ich mag das." Bethia gluckste. „Es wird dir noch besser gefallen, wie es sich anfühlt."

KAPITEL SIEBEN

E THAN TAT GENAU das, was ihm aufgetragen worden war. Er legte den ersten Pfeil an und schoss. Der Pfeil flog weit über das Ziel hinaus. Er hätte beinahe zuzugeben, dass Gavin ein wenig mit ihm geübt hatte, aber nach diesem Fehlschlag änderte er seine Meinung schnell.

„Das war dein erster Versuch, Ethan. Lass dich davon nicht unterkriegen. Du hast es probiert. Und obwohl du das Ziel verfehlt hast, warst du nicht weit davon entfernt", bemerkte Gwyneth neben ihm. „Versuch es noch einmal."

Er tat wie geheißen und spannte einen weiteren Pfeil. Diesmal traf er den Rand der Zielscheibe. Der Pfeil prallte davon ab, aber es war trotzdem ein Treffer.

„Gut gemacht. Du musst schon einmal mit Pfeil und Bogen geschossen haben."

„Ich habe ein paar Mal mit Gavin geübt, als er mehrere von uns unterrichtet hat, aber es war sehr schwierig, weil so viele von uns geschossen haben. Darf ich noch einmal?"

„Du kannst so viel üben, wie du willst. Du musst alle deine Pfeile finden und sie in den

Korb zurücklegen, sofern sie nicht zerbrochen sind. Wir bewahren die Federn auf. Wenn ein Pfeil abbricht, legst du also bitte die Gänsefedern in den Korb." Gwyneth verschränkte die Arme und beobachtete seine nächsten beiden Schüsse.

„Ändere deine Haltung, Ethan." Anstatt ihn zu berühren, zeigte sie es ihm mit ihrem eigenen Körper, eine Geste, die er zu schätzen wusste. „Stell dich so hin und nimm den Arm hoch. Dein Griff könnte besser sein." Sie öffnete ihre Handfläche und zeigte auf die Falten in der Mitte ihrer Hand. „Siehst du diese Linien? Das ist die Stelle, an der du den Bogen greifen solltest. Dann ist es viel einfacher."

Ethan war von ihrem Unterricht beeindruckt. Ihre Anweisungen waren sehr genau, viel genauer als die von Gavin. Er vermutete, dass dies auf ihre Erfahrung zurückzuführen war. Er bevorzugte konkrete Anweisungen anstelle von allgemeinen Kommentaren und war gut darin, einem erfahrenen Lehrer nachzueifern. Er tat, was sie ihm sagte, imitierte ihre Haltung und legte den Bogen so an, wie sie es vorschlug. Dann ließ er einen Pfeil fliegen.

„Gut gemacht, Ethan! Du hast das Ziel getroffen. Noch nicht die Mitte, aber du hast das Ziel getroffen. Übe weiter. Ich gehe zurück in die Burg, aber bitte bleib so lange wie du willst. Es wird noch etwa eine Stunde hell sein, aber tu, was dir gefällt. Ich glaube, du könntest ein ausgezeichneter Bogenschütze werden."

Er bemühte sich, bei diesem Lob nicht rot zu werden, freute sich aber sehr und erwiderte: „Ich danke dir."

Es dauerte nicht lange, bis zwei andere Männer kamen, gemeinsam mit einem etwa siebenjährigen Jungen. Der ältere der beiden Männer kam schnell auf ihn zu. „Wir haben dich noch nie auf Ramsay-Land gesehen. Wie heißt du?"

Der andere Mann blickte ihn eindringlich an, sein Blick verengte sich. „Haben wir dich nicht bei der Hochzeit getroffen? Bist du mit Marcas Matheson verwandt?"

„Ich bin sein Bruder und bin mit Jennet gekommen." Er wollte nicht mehr preisgeben als das, wonach er gefragt wurde. Er kannte diese Männer nicht. „Und wer seid ihr?"

„Ich bin Bethias Ehemann, Donnan. Das ist unser Sohn Drystan, und das ist Mollys Ehemann Tormod. Du bist also mit Jennets Familie vertraut, nehme ich an. Bethia ist ihre älteste Schwester. Lily ist ihre Halbschwester. Molly ist ihre Cousine."

„Ich grüße euch alle. Ich bin hier, um Bogenschießen zu lernen und zu üben, während Jennet daran arbeitet, die Ursache für die Krankheit ihres Vaters zu ermitteln."

Drystan fragte seinen Vater neugierig: „Ist das der Mann, von dem du gesagt hast, er sei anders, Papa? Der Mann, der so klug ist wie Jennet?"

Donnan brachte seinen Sohn mit einer Geste zum Schweigen und blickte dann Ethan an. „Ich entschuldige mich für meinen Sohn. Er ist erst sieben Winter alt."

„Ich bin nicht beleidigt. Ich bin mir bewusst,

wie andere mich sehen. Ich nehme andere Menschen auch als anders wahr, aber ich bin mit den Begriffen vertraut, die man benutzt, um mich zu beschreiben. Ich werde euch nicht belästigen und meine Übungen fortsetzen, wenn es euch nichts ausmacht." Es war nicht nötig, sich mit diesen Leuten zu unterhalten, die er wahrscheinlich nie wieder sehen würde, wenn er Ramsay Castle verlassen hatte.

Donnan wandte sich an Tormod: „Würdest du bitte kurz mit Drystan üben? Ich würde gerne mit Ethan allein sprechen."

Tormod führte Drystan in einen anderen Bereich, wo sie ihr Gespräch nicht stören konnten. „Habe ich etwas falsch gemacht, Donnan?", fragte Ethan. Er hatte nur getan, was Gwyneth vorgeschlagen hatte.

„Nein, ich wollte nur ein wenig plaudern, wenn es dir nichts ausmacht. Bethia und Jennet stehen sich sehr nahe, und ich möchte den Mann kennenlernen, der glaubt, er sei gut genug für unsere liebe Jennet."

Ethan setzte seinen Bogen ab, um Donnan seine volle Aufmerksamkeit zu schenken. „Darf ich fragen, warum du mir gegenüber misstrauisch bist?"

Donnan verschränkte die Arme, runzelte die Stirn und sagte dann: „Ich bin sicher, du weißt, wie intelligent Jennet ist, aber-"

„Ich bin mir ihrer Intelligenz und ihrer Fähigkeiten vollkommen bewusst. In dieser Hinsicht haben wir viel gemeinsam. Ich halte mich auch für intelligent. Diese und andere

Gründe haben mich dazu gebracht, mich für Jennet zu entscheiden."

„Das sollte nicht der einzige Grund sein. Kennst du Bethia?"

„Aye, wir haben uns auf der Hochzeit auf Black Isle kennengelernt." Er erinnerte sich an die schöne Frau, weil Jennet immer in ihrer Nähe gewesen war. Er konnte auch die Ähnlichkeit zwischen den beiden sehen. Ihre Gesichtsform war ungefähr gleich, aber der Teint war anders. Jennet hatte dieselben braunen Augen, aber sie hatte mehr goldene Strähnen in ihrem Haar als Bethia.

„Bethia ist genauso intelligent wie Jennet, aber sie fokussiert ihre Talente auf Tiere. Du wirst nie eine andere Frau treffen, die so freundlich und klug ist wie meine Frau. Jennet hat viel Potenzial, aber sie ist noch jung. Ich würde mir Sorgen um einen Mann machen, der Jennet nur wegen ihres Verstandes umwirbt, denn in ihr steckt so viel mehr."

„Welche anderen Gründe sollte es geben?" Ethan war verwirrter denn je. Äußerlichkeiten interessierten ihn nicht – da war er nicht wie andere Männer – und er beurteilte ein Mädchen gewiss nicht nach ihren Kurven, so wie er es häufig von anderen Kriegern hörte.

„Es ist dir egal, wie sie aussieht?" Donnan musste bei dieser Frage leicht grinsen.

„Jennets Äußeres ist ansprechend."

„Wenn ich so darüber nachdenke, dann bist du vielleicht genau das, was sie braucht, Ethan. Also sag mir bitte, wie du sie zu umwerben gedenkst.

Was genau sind deine Pläne? Warum bist du ihr in ihre Heimat gefolgt? Hast du vor, deine Braut zu stehlen?"

Ethan war erstaunt angesichts dieser Frage. „Nein, so etwas würde ich nie tun. Mein Bruder hat mir gesagt, wenn ich mich für Jennet interessiere, und das tue ich, dann muss ich mehr Zeit mit ihr verbringen. Das ist mein Plan."

Donnan schaute ihn lange an und sagte dann: „Ich glaube, ihr könntet gut zusammenpassen. Aber bitte sei vorsichtig mit ihren zarten Gefühlen, Ethan, oder du bekommst es mit mir zu tun."

„Jennet hat keine zarten Gefühle."

Donnan ging auf und ab und lachte ein wenig, ein Lachen, das Ethan nicht deuten konnte. „Du irrst dich. Sie hat sehr wohl zarte Gefühle. Genau wie du."

„Nein, so etwas habe ich nicht."

Donnan blieb vor ihm stehen. „Vermisst du deine Eltern nicht?"

Er hatte das Einzige gesagt, dem Ethan nicht widersprechen konnte. Aber jeder würde seine Eltern vermissen. Das war kein Zeichen dafür, dass er Gefühle hatte. „Das bedeutet gar nichts."

„Der Tod deiner Eltern?"

„Nein, ich meinte, dass das Vermissen meiner Eltern nicht bedeutet, dass ich Gefühle habe."

Donnan scharrte mit den Spitzen seiner Stiefel in der Erde und musterte ihn einen Moment lang. „Doch, das tut es, Ethan. Du hast Gefühle, und Jennet hat auch welche. Aus irgendeinem Grund habt ihr beide gelernt, eure Gefühle zu verbergen.

Diese Eigenschaft ist nicht immer von Vorteil für euch. Jennet ist sehr besorgt wegen der Krankheit ihres Vaters, und wenn sie keinen Weg findet, ihn zu heilen, wird sie untröstlich sein. Verstehst du das, Ethan? Kannst du dir vorstellen, wie du sie in einem solchen Fall unterstützen könntest? Denn wenn du das herausfinden kannst, glaube ich, dass ihr beide gut zueinander passen könntet."

Er wusste es nicht. Er hatte überhaupt keine Ahnung. Nichts konnte einem die Eltern zurückbringen, wenn sie starben. Wie sollte er in einer solchen Situation helfen? „Ich weiß es nicht."

„Ich werde dir paar Dinge vorschlagen, dann werde ich dich nicht länger belästigen." Er trat näher und fragte: „Wirst du über meine Worte nachdenken?"

„Aye, ich werde zuhören und deinen Rat in Betracht ziehen, obwohl ich es besser fände, wenn der Rat von einem meiner Brüder käme."

„In Ordnung", antwortete Donnan. „Ich würde folgendes vorschlagen, denn es funktioniert gut mit ihrer Schwester. Und das wissen deine Brüder nicht. Du kannst ihr zuhören, wenn sie traurig ist und versuchen, das Problem zu verstehen, aber vor allem gibt es eine Sache, die ihr mehr als alles andere helfen wird."

„Was?"

„Nimm sie in den Arm. Wenn man eine Frau in den Arm nimmt und sie weinen lässt, lässt sie ihre Sorgen besser fallen als auf jede andere Weise."

Ethan schluckte schwer, denn das gefiel ihm überhaupt nicht. Er konnte Jennet immer zuhören. Schließlich war er von ihrem starken Verstand und ihrer Fähigkeit, zu argumentieren, sehr angetan. Aber sie im Arm zu halten und zu berühren war etwas ganz anderes. Natürlich wusste Donnan nicht, was er dachte, wusste nicht, dass es Ethan unangenehm war, andere zu berühren, vor allem Frauen.

„Du wirst es schaffen, Ethan, wenn du weißt, wie sehr es ihr helfen wird." Donnan lächelte und ging weg, dann rief er über seine Schulter: „Und hab keine Angst, sie in den Arm zu nehmen."

Ethan vermutete, dass sein Plan zum Scheitern verurteilt war, weil er Angst hatte, sie im Arm zu halten. Das war etwas, worauf er nicht vorbereitet war und wozu er vielleicht nie in der Lage sein würde. Die Aufgabe, die vor ihm lag, schien unüberwindbar, und er befürchtete, dass Jennet ihm entgleiten würde.

Vielleicht war es für ihn an der Zeit, sich zu verabschieden. Das Umwerben von Jennet hatte sich als komplizierter und anspruchsvoller erwiesen, als er gedacht hatte. Donnan hatte es ganz klar formuliert, und er war schließlich mit Jennets Schwester verheiratet. Er würde genau wissen, was Jennet brauchte.

Er konnte Jennet nicht umarmen und im Arm halten. Doch genau das würde sie brauchen, sollte sie ihren Vater verlieren.

Er musste seinen Plan noch einmal überdenken. Jennet hatte viel zu tun und hatte kaum Zeit, die sie mit ihm verbringen konnte. Sie würde sich auf ihre Familie und vor allem auf ihren Vater konzentrieren. Er wäre keine Hilfe, sondern würde eher im Weg stehen.

Und er konnte sie auf keinen Fall umarmen und festhalten, wenn sie zu weinen beginnen würde.

Er würde noch ein paar Schüsse üben, über in den Ställen übernachten und sich am nächsten Tag verabschieden. Wenn Jennet nach Black Isle zurückkehren würde, konnte er sich überlegen, ob er sie weiter umwerben sollte.

Egal, was passierte, er hatte etwas verstanden, das er nicht leugnen konnte. Wenn es so etwas wie Liebe gab, dann war es wohl das, was er für sie empfand. Je mehr er in ihrer Nähe war, desto mehr bewunderte er sie. Alles an ihr gefiel ihm – ihr Duft, ihr Verstand, ihr weiches Herz, ihre Arbeit als Heilerin. Aber er würde Zeit brauchen, um sich darauf vorzubereiten, all das zu sein, was sie von ihm erwartete.

Das Gespräch mit Donnan hatte ihm geholfen, sich eine wichtige Tatsache vor Augen zu führen. Er musste sich auf diesen Weg mit Jennet vorbereiten.

Das war ein guter Plan. Er würde sie auf Black Isle umwerben, wenn er besser darauf vorbereitet war.

KAPITEL ACHT

JENNET WACHTE AUF, und ihr Kopf war klarer als je zuvor. Bethia war schon gegangen. Sie hatte zu Jennet gesagt, dass sie zurückkommen würde, nachdem sie nach Donnan und den Kindern gesehen hatte. Molly und Tormod waren geblieben, um Donnan zu helfen. Jennet vermutete allerdings, dass es für die beiden auch eine Gelegenheit war, sich in Donnans speziellen Waschplatz zu stehlen. Er hatte eine Vorrichtung gebaut, in der sich das Regenwasser in einem Becken sammeln konnte und von der Sonne erwärmt wurde. Mit einem Ruck ergoss sich das Wasser über den, der darunter stand. Danach lief es in einen speziellen Abfluss, den Donnan ebenfalls konstruiert hatte.

Molly liebte diese Vorrichtung.

Jennet beendete ihre Morgentoilette und ging hinunter in die große Halle. Sie war erfreut, ihre Mutter an einem der Tische mit Lily und Torrian sitzen zu sehen.

„Hast du gut geschlafen, Tochter?"

„Aye, sehr gut. Und ich glaube, ich weiß, was wir heute tun sollten, Mama. Wir müssen uns auf seine Fieberintervalle konzentrieren."

„Und was schlägst du genau vor?", wollte ihre Mutter wissen, während sie ihr Besteck weglegte und Jennet ihre volle Aufmerksamkeit schenkte.

„Zuerst möchte ich mit ihm sprechen, vor allem, weil ich vermute, dass er heute Morgen wacher ist und meine Fragen besser beantworten kann. Aber ich denke, wir müssen seine Wunde noch einmal reinigen. Besonders, wenn sich darin etwas von der weißen oder grünen Flüssigkeit befindet."

„Ich habe keine grüne Flüssigkeit mehr gesehen, seit ich die Wunde das letzte Mal gereinigt habe. Der Eiter ist weiß. Aber ich habe das schon dreimal gemacht, mit wenig oder gar keiner Verbesserung. Ich bin nicht sicher, ob eine solche Behandlung ihm hilft, Jennet." Ihre Mutter faltete eine Leinenserviette, immer und immer wieder, völlig unbewusst. Das war eine ihrer nervösen Ticks, die überhandnahmen, wenn sie unruhig war. „Es muss etwas anderes in seinem Körper vor sich gehen. Ich kann nur nicht feststellen, was es ist. Bitte hilf mir, auch andere Möglichkeiten in Betracht zu ziehen. Das Reinigen der Wunde ist sehr schmerzhaft für deinen Vater. Bitte bedenke das."

Jennet setzte sich neben ihre Mutter und legte ihre Hand in die ihre. „Mama, warum reden wir nicht erst einmal mit ihm und sehen, ob es ihm besser geht? Ich würde ihm gerne wieder Fragen stellen, jetzt, wo ich wacher bin. Ich war gestern Abend müde. Sehr sogar."

Die Augen der Mutter wurden feucht, sie

schüttelte den Kopf und starrte auf ihren Schoß. „Du kannst alle deine Fragen stellen, aber es geht ihm nicht besser. Nachdem ich aufgewacht bin, habe ich auch wieder Fieber bei ihm festgestellt. Ich habe ihn dann zugedeckt und bin gegangen. Ich weiß nicht, inwieweit er in der Lage sein wird, mit dir zu sprechen."

Torrian stimmte ein: „Brenna, warum versuchst du nicht, was Jennet vorschlägt? Sprich zuerst mit ihm. Sag ihm, dass ihr die Wunde erneut reinigen wollt, weil Jennet es für richtig hält. Wenn sie die Wunde säubert, fällt ihr vielleicht etwas auf, was du übersehen hast. Lass sie es mit eigenen Augen sehen. Ich verstehe zwar nichts von Heilkunst, aber ich würde vermuten, dass ein Blick darauf ihr helfen könnte, das Problem aufzudecken."

„Aye, Mama. Bitte lass sie tun, was sie will", bekräftigte Lily.

Die Zwillinge setzten sich beide auf. „Aye, Oma", stimmte Lise mit ein.

„Vertrau Jennet. Wir…"

„…tun es. Sie ist eine gute…"

„… Heilerin.", beendete Lilian den Gedanken ihrer Zwillingsschwester.

Jennets Mutter lächelte die Zwillinge an und nickte leicht. Ihr Blick wanderte von einem Mitglied ihrer Familie zum nächsten. Niemand sagte etwas, während sie über alles nachdachten, was passiert war.

Da Quades Frau Lilias kurz nach Lilys Geburt verstorben war, hatte Lily keine Erinnerung an ihre leibliche Mutter und hatte begonnen, Brenna „Mama" zu nennen. Es war ihr vier Jahre älterer

Bruder Torrian, der Quade davon überzeugt hatte. Es war die richtige Entscheidung, dies Lily zu erlauben, da sie erst drei Jahre alt war und niemanden hatte, den sie Mama nennen konnte. Torrian selbst erinnerte sich noch sehr gut an ihre Mutter und verwendete deshalb den Begriff nicht für Brenna.

Aber ihre Mutter liebte sie alle gleichermaßen. Bethia hatte sie bereits am letzten Abend gesehen, und der Einzige, der fehlte, war Gregor, der bei Linet war, weil sie mit ihrer ersten Schwangerschaft zu kämpfen hatte.

Schließlich rieb Brenna sich die Augen und lenkte ein: „Ich bin einverstanden. Iss erst etwas Haferbrei, dann können wir zu ihm gehen, Jennet. Du wirst dich erst von hier wegbewegen, wenn du etwas gegessen hast. Und ich glaube, die Köchin hat heute Morgen ein paar feine Früchtekuchen für uns gebacken. Mit Beeren, wenn ich mich nicht irre."

Jennet und Brigid hatten diese Früchtekuchen schon immer geliebt.

Eine Magd stellte ihr das Porridge und einen Teller voll Gebäck hin. Sicherlich hätte Brigid diesen Teller gerne leergegessen.

Jennet tat es schon wieder. Beinahe jeder Gedanke schien zu ihrer geliebten Cousine zurückzukehren. Das Mädchen, das immer an ihrer Seite gewesen war. Und jetzt war sie weg. Das Schlimmste daran war, dass Brigid sie nicht so sehr zu vermissen schien, wie Jennet Brigid vermisste.

Manchmal dachten die Leute, sie hätte keine

Gefühle für andere. Nur weil sie sich auf die Wahrheit und Vernunft statt auf Gefühle und menschliche Bindungen verließ. Man hatte sie als seltsam abgestempelt, als sie sich für die Tierchirurgie interessiert hatte, auch weil ihr der Anblick von Blut nie etwas ausmachte. Oft war sie angesehen worden, als sei sie eine seltsame Kreatur, vor allem, wenn ihr Verstand Dinge tat, die niemand sonst begreifen konnte.

Sie hatte Buchstaben in die Rinde von Bäumen geritzt, damit ihr Onkel sie aufspüren konnte. Auf diese Weise hatte sie ihrer Tante und ihrem Onkel, beides erfahrene Spurenleser, eine Nachricht hinterlassen. Sie hatte ihnen mitgeteilt, in welche Richtung sie unterwegs gewesen waren. Das einfache Einritzen des Buchstabens „N" für Norden hatte den beiden geholfen, ihre Entführer einzuholen.

Sie hatte den fürchterlichen Bearchun davon überzeugt, dass sie eine Hexe war, indem sie das Wissen nutzte, das sie einst von ihrer Mutter erlernt hatte. Sie hatte ihm prophezeit, dass er beim Anblick von Blut ganz sicher in Ohnmacht fallen würde. Da sie dieses Geheimnis kannte, wartete Jennet, bis sie die Aufmerksamkeit der Schurken hatte, und verfluchte sie dann, angefangen mit Bearchun. Sie sprach ihren Fluch laut aus, bevor sie sich heimlich in den Finger schnitt und das Blut ihren Arm herunterlaufen ließ. Einen Moment später war Bearchun ohnmächtig zu Boden gesunken. Alle anderen waren weggelaufen, ihre Angst vor ihr hatte sie in die Flucht geschlagen.

Sie hatte Torrian vor einer Ehe mit Davina Buchan bewahrt. Davinas Bruder hatte ein Fläschchen mit Hühnerblut verlangt, als er Jennet und Brigid bei der Operation eines Tieres zugesehen hatte. Er hatte es dann auf den Bettlaken seiner Schwester verteilt und erklärt, dass Torrian seiner Schwester die Jungfräulichkeit geraubt hatte. Jennet war zu jung, um die Bedeutung dessen zu verstehen, und als sie zum Hof reisten, um vor dem König zu erscheinen, war sie zu dem Bastard hinübergegangen und hatte ihm aus lauter Freundlichkeit ein weiteres Fläschchen Hühnerblut angeboten. Der König hatte es gesehen, und die Wahrheit war ans Licht gekommen.

Jahrelang hatte man sich Geschichten über ihre besonderen Fähigkeiten erzählt. Konnte sie diesen Erzählungen aber auch jetzt gerecht werden?

Sie würde nun auf die Probe gestellt werden, und diese Probe war ihr eigener Vater.

<hr />

Ethan wachte am nächsten Morgen nachdenklich auf. Er musste sich entscheiden, was er zuerst tun wollte. Er hatte einen See in der Nähe gesehen und wollte sich als Erstes auf den Weg in den Wald machen, um zu baden, bevor er nach Black Isle zurückkehrte.

Ein weiterer Hintergedanke war in seinem Kopf verborgen – er wollte sich mit seinem momentanen Geruch nicht von Jennet verabschieden. Er ging los und war nicht überrascht, als er Gwyneth Ramsay auf dem Weg zum Bogenschießplatz sah. Er rief: „Gwyneth, darf ich den Bogen behalten und ein paar Pfeile mitnehmen?"

„Natürlich, Ethan. Ich habe gehört, dass du gestern Abend gute Fortschritte gemacht hast."

„Habe ich das? Das freut mich." Er nickte ihr knapp zu und ging weiter. Er hielt noch zuerst an, um ein paar Pfeile zu holen, bevor er zum Stall ging, um sein Pferd zu suchen. Er überlegte kurz, wer wohl mit Gwyneth über ihn gesprochen hatte, verwarf den Gedanken aber genauso schnell wieder, weil es für ihn keine Rolle spielte.

Nachdem er aufgesessen war, machte er sich ohne zu zögern auf den Weg. Er hatte an diesem Tag viel zu tun. Als er am Bogenschießplatz vorbeikam, bemerkte er eine kleine Gruppe von Mädchen, die dort übten. Doch sobald er auf seinem Pferd an ihnen vorbeiritt, hörte ihr Geplapper auf. Er verlangsamte sein Pferd, um zu sehen, ob jemand verletzt worden war, aber die Mädchen sahen ihn alle nur an.

Sie beobachteten jede seiner Bewegungen.

Vor langer Zeit hatte man ihn einmal für gutaussehend gehalten. Mädchen bewunderten ihn aus der Ferne und kicherten, wenn sie sich ihm näherten, vor allem die Mädchen, die ihn nicht kannten und nichts über ihn wussten. Sobald sie merkten, dass er ein bisschen anders war, waren sie nicht mehr an ihm interessiert.

Natürlich verschlimmerte sich die Situation nach der Sache mit Coris Freunden. Das hatte sein Unbehagen gegenüber Berührungen verursacht. Er sprach jedoch nie über das andere

Ereignis, das alles noch schlimmer gemacht hatte – seine kurze Affäre mit Cori. Nicht einmal mit seinen Brüdern hatte er über diese Erfahrung gesprochen. Cori war zu ihm gekommen, als er schon älter war, und hatte sich ihm angeboten. Sie wollte sich mit ihm vereinigen.

Er hatte das nicht gewollt, aber Cori hatte bestimmte Dinge getan, ihn auf eine Weise berührt, die er nicht verstand. Sie hatte ihm gezeigt, wie sein Körper reagieren konnte. Diesen Teil genoss er. Sie hatte ihm gesagt, dass es nicht ihr erstes Mal war, und das es seins war, schien sie nicht zu kümmern. Sie hatten es getrieben wie die Tiere, und es war eine angenehme Erfahrung für ihn gewesen.

Als sie fertig waren, war sie jedoch wütend auf ihn geworden. Sagte Dinge, die er nicht verstand – wie, dass er sie kalt und unbefriedigt zurückgelassen hatte. Sie war so aufgebracht, so wütend. Er wusste nicht, was er tun sollte. Also zog er sich an und ging einfach.

Sie hatte ihm gesagt, er solle sie nie wieder anfassen. Sie hatte ihn als dumm bezeichnet. Er hatte das nie jemandem erzählt, weil ihm die ganze Sache ein Rätsel war. Er wusste immer noch nicht, was sie damit gemeint hatte, aber sein Problem mit Berührungen wurde dadurch nur noch schlimmer.

Wegen dieses ganzen Debakels hatte er wenig Interesse daran, mit jemandem zu flirten, oder überhaupt an Frauen. Zumindest bis er Jennet getroffen hatte. Die Schnelligkeit ihres Verstandes war mit Sicherheit das Erste, was ihn angezogen hatte, aber es gab noch etwas anderes. Etwas, das ihn noch mehr anzog.

Für sie war er nicht besonders. Für sie waren Ethans seltsame Macken nichts Ungewöhnliches. Also würde er tun, was nötig war, um sie besser kennenzulernen, um sie zu umwerben. Denn in diesem Moment zählte auf Ramsay Castle nur eines: Jennet.

Donnan hatte recht. Er hatte Gefühle, und sie waren von der Art, die einen Schmerz in seinem Körper hervorrufen würden, wenn er sie verlassen würde und sie nicht mehr nach Black Isle zurückkehrte. Das war im Bereich des Möglichen, das wusste er. Der Großteil ihrer Familie war hier. Aber es gefiel ihm hier nicht. Er konnte hier nicht das sein, was er für sie sein sollte. Es wäre besser, wenn er nach Black Isle zurückkehren würde. Dort konnten Gisela oder Marcas ihm helfen, seine Angst vor Berührungen zu überwinden. Er konnte die beiden berühren, warum also nicht auch Jennet?

Er musste es herausfinden, bevor Jennet merkte, dass er in dieser Hinsicht Probleme hatte. Das könnte ihre Chancen auf eine Beziehung völlig zunichtemachen. Er hatte zwar erwogen aufzubrechen, ohne vorher mit Jennet zu reden, aber die Warnung von Donnan, ihre zarten Gefühle zu schützen, kam ihm wieder in den Sinn. Also beschloss er, zuerst mit ihr zu sprechen. Er würde sie nach ihrer Meinung fragen. Sollte er bleiben oder gehen?

Sollte sie ihn nach Hause schicken, würde das seine Gefühle ein wenig verletzen. Darüber musste er fast lächeln, denn Donnan hatte ihn richtig eingeschätzt. Er hatte Gefühle, wenn es um Jennet ging, also musste er alles, was er tat, sorgfältig abwägen. Wenn er nach Hause zurückritt, würde sie dann für immer auf Ramsay-Land bleiben?

Wie konnte er Jennet davon überzeugen, dass sie nach Black Isle zurückkehren musste?

Er hatte keine Zweifel, dass er sie vermissen würde. Ihre Gespräche waren immer intensiv, herausfordernd und doch angenehm gewesen. Er hatte keine Angst, dass sie ihn wegen seiner seltsamen Gedanken auslachen würde. Sie verstand sein Bedürfnis, die Dinge zu organisieren und in Ordnung zu halten und seine Liebe zu Zahlen. Er wollte sich ihr auch mehr öffnen. Ihr Dinge mitteilen, die er bisher nicht zu erwähnen gewagt hatte.

Warum hatte er ihr nie von seiner Liebe zu den Sternen erzählt? Dass sie eines der wenigen Dinge auf der Welt waren, auf die man sich immer verlassen konnte, die immer gleich blieben. Das Wetter änderte sich oft plötzlich. Aus Schnee wurde Eis, noch bevor man sich in Sicherheit bringen konnte. Es regnete manchmal so stark, dass einem der Kopf wehtat.

Seine Familie, seine Brüder, seine Schwester, sie alle konnten bester Laune sein und dann, eine Sekunde später, würden sie sich über Dinge aufregen, die er nicht verstand.

Aber die Sterne waren immer für ihn da. Obwohl sie sich nie wirklich veränderten, schienen sie ein Eigenleben zu führen, verschmolzen und formten sich zu faszinierenden Gebilden, je länger man zu ihnen hinaufschaute. Er konnte ihre Schönheit stundenlang betrachten.

Das musste er Jennet erzählen. Das nächste Mal, wenn er die Gelegenheit dazu hatte, würde er es tun. Sie würde ihm zuhören, wenn er ihr erklärte, welche Freude die Sterne in ihm auslösten, welche Freude er empfand, wenn der Nachthimmel klar oder der Mond voll war, alles, was die Tausende und Abertausende von Sternen am Himmel zum Leuchten brachte. Als er jünger war, hatte er versucht, sie zu zählen, aber er hatte sich in den hohen Zahlen verloren.

Er würde ihr davon erzählen, bevor er abreiste, nur für den Fall, dass er damit ihre Gunst gewinnen könnte.

Als er am See ankam, suchte er einen Baum, an dem er sein Pferd festbinden konnte. Dann warf er seine Kleider auf einen Busch, rannte zum Ufer und sprang in den stillen See. Seine Brüder wollten ihm immer beibringen, eleganter ins Wasser zu springen, aber er hatte nie den Mut gehabt, mit dem Kopf voran ins Wasser zu tauchen. Für ihn gab es nur eine Möglichkeit: Füße voran.

Das Wasser war wärmer als erwartet, also ließ er sich auf dem Rücken treiben und blickte zu den Wolken hinauf. Wolken verwirrten ihn, denn manchmal war es, als könne er direkt durch sie hindurchsehen. Oder sie konnten sich innerhalb weniger Minuten in etwas Dunkles und Beängstigendes verwandeln.

Anders als die Sterne, die er so mochte.

Er fasste einen Entschluss. Er würde Jennet ausfindig machen, sie um ein kurzes Gespräch bitten, ihr sagen, wie sehr er die Sterne liebte, und sie dann fragen, ob es ihr lieber wäre, wenn er sich verabschieden würde. Er hatte hier nichts mehr zu tun. Nachdem er sich für den Plan entschieden hatte, stieg er aus dem Wasser, schüttelte sein Haar und ging ein wenig auf und ab, um trocken zu werden.

Er würde Jennet suchen gehen und mit ihr sprechen.

KAPITEL NEUN

JENNET MACHTE DREI Schritte in die Kammer ihres Vaters, und ihr Herz sank so schnell in ihre Magengrube, dass sie sich wünschte, sie könnte sich umdrehen und weglaufen – weit, weit weg. Die Person im Bett regte sich nicht.

„Papa?", fragte sie leise, um ihn nicht zu erschrecken. „Ich bin's, Jennet. Darf ich hereinkommen und ein bisschen mit dir plaudern?"

Die Felle auf dem Bett bewegten sich, aber sie konnte sein Gesicht immer noch nicht ausmachen. Sie schritt langsam weiter, in der Hoffnung, ein Anzeichen für eine sichtbare Verbesserung bei ihm zu erkennen.

Er steckte seinen Kopf heraus und schaffte es, sich für kurze Zeit in eine sitzende Position zu schieben, bevor er wieder zurück in die Felle fiel. „Mein kleines Mädchen. Komm, setz dich zu mir."

Sie stieß den angehaltenen Atem aus und war erleichtert, dass er sich mit ihr unterhalten konnte. Sie stellte einen Hocker bereit, schürte dann das Feuer im Kamin und zündete eine weitere Kerze an, bevor sie sich neben ihn setzte.

„Papa, ich bin hier, um zu helfen, aber ich möchte, dass du mir alles erzählst, was du über deine Krankheit weißt."

Er griff nach ihrer Hand und versuchte, sich wieder aufzusetzen, woraufhin sie ein paar Kissen hinter ihm aufschüttelte und ihm so half, sich in eine Position zu bringen, in der er sie deutlich sehen konnte.

„So, ist das besser für dich?"

„Aye, und ich bin froh, dass du hier bist. Ich muss meinem Bruder danken, dass er dich rechtzeitig hergebracht hat. Ich muss mit dir sprechen, Jennet, und es ist sehr wichtig."

„Worum geht es? Und was meinst du mit rechtzeitig? Rechtzeitig für was?" Die Andeutungen, die er machte, gefielen ihr nicht. Sie tat ihr Bestes, um das Zittern in ihrer Stimme zu verbergen.

„Das ist jetzt nicht wichtig. Wir müssen ein Vater-Tochter-Gespräch führen."

Sie beschloss, das Thema erst einmal ruhen zu lassen und sich auf das zu konzentrieren, was ihm wichtig war. „Fahr fort. Ich höre zu."

„Mädchen, du musst einen Mann zum Heiraten finden. Ich kann dir nicht helfen, aber ich vertraue darauf, dass du deine eigene Entscheidung triffst. Brigid hat jemanden gefunden, und du fühlst dich jetzt bestimmt alleine. Da draußen wartet jemand auf dich, aber du musst dir auch die Zeit nehmen, ihn zu finden. Jedes Mädchen braucht einen Ehemann."

„Nein, das stimmt nicht. Warum denkst du so

etwas? Du weißt, dass ich anders als die anderen bin, warum willst du mir also einen Ehemann aufdrängen?" Sie versuchte, ihre Tränen zurückzuhalten, aber es gelang ihr nicht. Ihre Augen gaben eine einzelne Träne frei, die über ihre Wange kullerte.

„Jennet, ich bewundere deine Einzigartigkeit, die Tatsache, dass du schneller denkst als jeder Mann, die Tatsache, dass du es liebst, Herausforderungen für deinen Verstand zu suchen, aber versuche nicht zu leugnen, dass du auch ein Herz hast. Ein Ehemann und eigene Kinder werden dein Leben vervollständigen, deinem Leben einen Sinn geben…"

Sie wollte diese Worte nicht hören, die sich kaum von denen unterschieden, die sie zuvor von so vielen anderen zu hören bekommen hatte. Warum sollte ihr Wert an dem Mann gemessen werden, den sie heiratete? „Ich *habe* einen Sinn im Leben. Ich habe eine Aufgabe. Ich bin Heilerin, genau wie Mama und Tante Jennie, und das ist für mich Lebenssinn genug."

„Deine Mutter und Tante Jennie haben Ehemänner und Kinder. Jede von ihnen hat durch eine ihrer Töchter neue Heilerinnen in ihren Clan gebracht. Kannst du dir nicht vorstellen, dass das auch mit dir passiert? Stell dir vor, du hättest eine Tochter, mit der du übers Heilen sprechen könntest. Oder einen Sohn. Auch Jungen können Heiler sein. Dein Urgroßvater war ein Heiler."

Sie konnte ihm nicht widersprechen, aber das Thema war ihr nie wichtig gewesen. Sie hatte nur achtzehn Sommer erlebt, und sie sah keinen

Grund zur Eile, obwohl die meisten Mädchen mit zwanzig Jahren bereits verheiratet waren.

„Ich will dir nicht widersprechen, aber es ist zu früh. Ich habe noch viel Zeit, Papa."

Ihr Vater hielt inne, atmete tief durch und schürzte seine Lippen. Sie kannte diesen Blick. So sah er immer aus, wenn er sich im Geiste bessere Argumente zurechtlegte. „Du magst viel Zeit haben, und vielleicht auch deine Mutter, aber ich nicht. Ich würde dich gerne glücklich verheiratet sehen, bevor meine Zeit gekommen ist. Ich spüre, dass sie bald ablaufen wird. Alle meine anderen Kinder, außer meinen beiden Adoptivkindern, sind verheiratet und haben selbst Kinder. Gregor und Linet bekommen bald ihr erstes. Du bist die Einzige, um die ich mir Sorgen mache. Tu es, bevor es zu spät für mich ist, deine Ehe zu segnen. Du sollst einen Mann treffen, der stark genug für meine wunderbare, schöne Jennet ist."

„Nein, ich will nichts mehr davon hören, Papa. Du wirst nicht sterben. Wir werden eine Lösung finden, und du wirst nicht mehr in dieser Kammer liegen müssen."

Er schloss resigniert die Augen. „Ich weiß, dass du es lieber nicht hören willst, aber du musst die Möglichkeit in Betracht ziehen, dass meine Zeit gekommen ist."

„Nein, das werde ich nicht tun." Sie konnte sehen, dass er erschöpft war, also streichelte sie seine Hand und sagte: „Papa, ruh dich aus. Ich bin vor dem Abendbrot zurück. Ich möchte mir deine Wunde noch einmal ansehen."

Seine Augen flogen auf. Er blickte sie wütend

an. „Du wirst sie nicht anfassen."

„Wir sprechen später darüber, Papa", murmelte sie und deckte ihn zu, damit er sich ausruhen konnte. Sie war noch nicht bereit, diesen Streit zu führen.

Aber sie würde diese Wunde berühren.

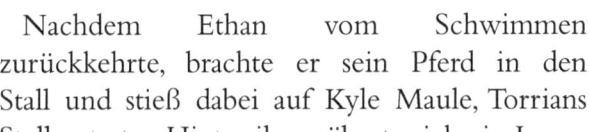

Nachdem Ethan vom Schwimmen zurückkehrte, brachte er sein Pferd in den Stall und stieß dabei auf Kyle Maule, Torrians Stellvertreter. Hinter ihm näherte sich ein Junge, der wie eine Miniatur von Kyle aussah. Er schätzte ihn auf vielleicht fünf oder sechs Sommer.

Kyle fragte: „Ethan, wie war dein Training? Wird dein Bogenschießen besser? Du wirst nirgendwo eine bessere Lehrerin finden als auf Ramsay Castle."

Der Junge ergänzte: „Sie ist in der Tat die beste unter den Ramsays."

Kyle streichelte das dunkle Haar des Jungen. Ethan bemerkte, dass der Junge genauso gekleidet war wie sein Vater, sogar sein Holzschwert trug er genauso wie der Vater seine scharfe Waffe. „Das ist mein Sohn, Kyler."

Kyler wiederholte: „Ich bin sein Sohn." Dann fragte er: „Wohin gehst du?"

„Ich möchte noch mit Jennet sprechen, bevor ich abreise."

„Du willst schon nach Black Isle zurückkehren? Jennet wird enttäuscht sein."

„Ich glaube, sie ist mit ihrem Vater beschäftigt. Ich habe hier nichts zu tun." Ethan kannte Kyle nicht gut genug, um irgendwelche Fragen zu stellen, also war er ehrlich.

„Kyler, gehst du bitte in den Stall und striegelst unsere Pferde? Wir werden sie für einen Ausritt fertigmachen."

Kyler machte sich mit einem Lächeln auf den Weg. „Aye, Papa."

„Kyler liebt Pferde. Also, was hat es mit deinen Gefühlen für Jennet auf sich, wenn ich fragen darf?"

Ethan respektierte Kyle, weil er während des Fluchs von Black Isle eine solche Hilfe gewesen war. Er hatte seine Krieger mitgebracht, um den Milton-Clan abzuwehren, und Ethan sah kein Problem darin, ihm seine Gedanken mitzuteilen. „Du darfst, aber ich habe nicht viel zu erzählen. Noch nicht. Es ist kompliziert."

„Ich glaube, du und Jennet würden gut zusammenpassen. War es nicht deine Absicht, um sie zu werben, als du sie auf dieser Reise begleitet hast?"

„Aye, aber sie ist mit ihrem Vater beschäftigt. Ich wollte sicher sein, dass sie gut ankommt. Ich habe nie versprochen zu bleiben."

„Fliehst du vor etwas, Ethan?", fragte Kyle, und seine Stimme klang besorgt, aber nicht wütend.

Ethan wandte sich von ihm ab. Das war genau das, was er tat, aber wie sollte er erklären, warum? „Ich bin mir nicht sicher… Jennet ist mit ihrem Vater beschäftigt. Sie wird jemanden brauchen, der für sie da ist, und Donnan hat gesagt…" Er hielt inne, weil er nicht fortfahren wollte, aus Angst, dass er ihm auf einmal alle seine Gedanken erzählen würde, wie er es oft bei Marcas tat.

Er hob seinen Blick, sah Kyle an, und stellte fest, dass der Mann ihn an Marcas erinnerte.

„Gibt es etwas, bei dem du ihr nicht helfen kannst? Wenn du dich um sie kümmerst, kannst du ihr doch helfen."

Er schüttelte den Kopf, dann schloss er resigniert die Augen. Das war etwas, was er nicht so einfach an sich ändern konnte. Es war schon zu lange so.

Kyle fragte noch einmal: „Womit kannst du ihr nicht helfen?"

„Ich kann nicht der Mann für sie sein, den sie braucht."

Kyle warf ihm einen verwirrten Blick zu und hakte nach: „Und was für einen Mann braucht sie?"

„Jemanden, der sie ihm Arm hält, hat Donnan gesagt." Ethan starrte erst auf den Boden, blickte dann aber wieder zu Kyle auf. Er erwartete, dass Kyle ihn missbilligte, aber er tat es nicht. „Ich weiß, es ist seltsam, aber weil… egal. Es fällt mir schwer, Mädchen näher zu kommen, bevor ich sie gut kenne. Verzeih, ich muss jetzt gehen, ich muss mit Jennet sprechen." Er eilte davon. Eine solche Diskussion wollte er nicht führen. Er hatte sich entschieden und wollte aufbrechen, sobald er mit Jennet geredet hatte.

Kyle rief ihm nach: „Manchmal ist auch einfach nur die Anwesenheit von jemandem so stark wie eine Berührung, Ethan. Denk darüber nach."

Ethan ging weiter und eilte durch den Hof, hielt aber abrupt inne, als er jemanden bemerkte, der in einiger Entfernung vom Geschehen im Innenhof allein im Kräutergarten saß. Er vermutete, dass es Jennet war, also ging er in diese Richtung und war überrascht, sie schniefen zu hören.

„Jennet? Warum weinst du?" Er blieb ihr gegenüber stehen.

Sie wischte sich die Tränen von den Wangen und erwiderte: „Es ist nicht schlimm, Ethan. Es geht mir gut. Ich mache mir nur Sorgen um Papa. Willst du dich neben mich auf die Bank setzen? Ich werde Abstand halten."

„Keine Sorge, Jennet. Mach dir keine Gedanken deswegen." Er wollte in diesem Moment nicht ehrlich zu ihr sein, denn er hasste es, mit einem Mädchen über Intimitäten zu sprechen. Es war zu schwierig. Ethan setzte sich, aber diesmal ohne sich Sorgen zu machen, sie versehentlich zu berühren. „Gibt es denn nichts, was du für ihn tun kannst?"

„Doch, ich habe vor, die Wunde zu reinigen, aber ich weiß, dass er wütend auf mich sein wird, weil es wehtun wird. Er hat mir schon gesagt, dass ich es nicht tun darf, aber ich muss es tun."

„Hast du jemanden, der dir dabei hilft? Jemanden, der ihn festhalten kann, während du tust, was du tun musst? Ich könnte es versuchen." Er betete, dass sie so etwas nicht von ihm verlangen würde.

„Nein, Mama wird mir helfen. Und ich habe viele Brüder und Schwestern, an die ich mich wenden kann, wenn ich sie brauche."

Er dachte an die eine Sache, die er mit ihr besprechen wollte. „Ich wünschte, es wäre Abend und wir könnten einen Spaziergang machen, um die Sterne in der Nacht zu sehen. Siehst du dir manchmal die Sterne an?"

„Aye, ich liebe die Sterne. Ich mag es, wie sie glitzern und die Nacht erhellen. Mein Onkel studiert die Sterne. Er nennt das Astrologie."

„Wahrhaftig? Es würde mich interessieren, mit ihm darüber zu sprechen." Dann korrigierte er sich: „Aber ich würde es vorziehen, sie eines Abends mit dir anzusehen. Vielleicht irgendwann einmal auf Black Isle."

Jennet warf ihm einen seltsamen Blick zu. „Warum nicht hier?" Ihr Blick verengte sich, und er wandte sich von ihr ab. Er konnte ihr nicht in die Augen schauen.

„Ich kehre heute Abend zurück, Jennet. Es ist Zeit. Ich kann dir nicht helfen."

Jennet hielt inne, ihr Gesichtsausdruck veränderte sich. Ethan konnte die Gefühle, die sich in ihrer Miene widerspiegelten, nicht alle verstehen. „Bist du nicht mehr an mir interessiert?"

„Bitte versteh mich nicht falsch, Jennet. Aber du hast einen Clan voller Brüder, Schwestern und Cousins, die dir alle helfen können. Ich weiß nicht, wie ich dir helfen soll, und du wirst wohl eine Weile hier bleiben. Marcas braucht mich auf Eddirdale Castle. Ich hoffe, du verzeihst mir. Wir können ein andermal eine Beziehung zueinander aufbauen."

„Ich verstehe", räumte sie ein, wobei ihre Stimme einen seltsamen Klang annahm. „Verzeih mir, dass ich so viel Zeit mit meinem Vater verbringen muss."

Er stand auf und drehte sich zu ihr um. „Du brauchst dich nicht zu entschuldigen. Ich habe Verpflichtungen und Verantwortung, genauso wie du, aber ich hoffe, dass du irgendwann in naher Zukunft nach Black Isle zurückkehren wirst."

„Natürlich" erwiderte sie, stand auf und faltete die Hände vor sich. Sie hob ihr Kinn und schaute ihm in die Augen.

Ethan wurde von einem seltsamen Gefühl heimgesucht. Eine Hitze breitete sich in ihm aus, als er alles von ihr in sich aufnahm. Ihre stolze Haltung, ihre intelligenten Augen, ihr weiches Herz, aber diesmal war da noch mehr.

Ihr Haar war nicht geflochten. Goldenen Strähnen vermischten sich mit dem kastanienbraunen Rest und reflektierten die Sonnenstrahlen, wenn sie zwischen den Wolken hervorbrachen. Ihre braunen Augen waren mit goldenen Flecken übersät, die ihn faszinierten. Sie erinnerten ihn an Osterglocken. Je länger er sie anblickte, desto rosiger wurden ihre Wangen, und er spürte etwas, das er noch nie erlebt hatte.

Jennet Ramsay war wunderschön.

Als er jünger war, vor dem Tag, an dem das Böse ihn heimgesucht hatte, hatte er Mädchen öfter einmal hübsch gefunden, aber er hatte nie jemanden so schön gefunden.

„Ethan, ich bin sicher, dass wir bald die Gelegenheit haben werden, uns besser kennenzulernen. Ich muss jetzt wieder hinein und meine Mutter suchen. Ich wünsche dir eine gute Reise, und grüß bitte alle von mir."

Bevor sie sich umdrehte, folgte Ethan einem plötzlichen Impuls, über den er sich später noch wundern würde.

Er küsste sie auf die Wange, bevor er auf dem Absatz kehrtmachte und weglief.

KAPITEL ZEHN

JENNET WAR FASSUNGSLOS, ihre Hand wanderte zu der Stelle, an der Ethans Lippen ihre Wange berührt hatten. Was war über ihn gekommen?

Sie verspürte den plötzlichen Drang, nach ihm zu rufen, ihn zu bitten, zurückzukehren, aber sie unterdrückte diesen Wunsch. Ethan hätte sie sowieso nicht mehr hören können.

Sie wusste nicht, warum er fortging, und sie hatte auch keine Zeit, darüber nachzudenken. Er verließ sie, und das war das Ende ihrer Beziehung. Er nahm wohl an, dass sie nach Black Isle zurückkehren würde, weil ihre Cousinen dort waren, aber sie wusste nicht, wo sie in einem Monat sein würde.

Was würde mit ihrem Vater geschehen?

Sie zwang sich, die Gedanken an Ethan wegzuschieben, schlang sich ihren Schal um den Hals und eilte zurück in die Burg. Ihre Mutter saß in der Nähe des Kamins und unterhielt sich mit Torrian, Gregor und Bethia.

Sie setzte sich, und vier ernste Gesichter drehten sich zu ihr. Sie starrten sie an. Ihre Blicke bohrten sich in sie hinein, als ob sie die Antwort auf all ihre Probleme hätte, als ob sie die Einzige wäre, die in der Lage war, ihrem Papa zu helfen. Ihre Mutter sagte schließlich: „Du bist bereit, denke ich."

Torrian fragte: „Bist du davon überzeugt, dass dies der richtige Weg ist?"

Jennet antwortete: „Da bin ich mir sicher. Ich halte es für das Beste, wenn Mama und ich uns die Wunde gemeinsam ansehen, in einem guten Licht, und das geht nur, wenn wir sie saubermachen. Papa wird es nicht gefallen, aber er muss es ertragen, bis ich die Wunde genau beurteilen kann. Wir werden jemanden brauchen, der uns eine Fackel so nah wie möglich heran hält. Ich weiß nicht, ob die Kerze und das Licht vom Fenster stark genug sein werden. Meinst du nicht auch, Mama?"

„Aye, ich habe alle Utensilien, die wir brauchen, bereits in der Kammer. Bethia wird das gekochte Wasser bringen. Wir werden alles damit waschen, weil ich mich dann besser fühle. Ich weiß, dass alles sauber ist, aber ich will nur frisch abgekochtes Wasser auf der Wunde haben. Ich habe auch eine genügend große Menge Salbe zum Auftragen frisch hergestellt. Ich bete nur, dass du etwas siehst, was ich nicht sehe." Sie streckte die Hand aus und drückte Jennets Hand.

Gregor schlug vor: „Ich werde die Fackel halten."

Torrian fügte hinzu: „Bethia und ich werden bei ihm am Kopfende sitzen und versuchen, ihn zu beruhigen."

Ihre Mutter stand auf und schloss: „Wir müssen das jetzt tun. Sein Fieber wurde stärker, als ich nach dem Mittagsmahl bei ihm war. Bethia, bring das warme Wasser, wir treffen uns drinnen."

Die Gruppe bewegte sich in Richtung Kammer. Torrians Stimme drang als erste in den Raum. „Papa, es ist Zeit, aufzuwachen und Jennet deine Wunde sehen zu lassen." Er ging zum Fenster und zog die Felle zurück.

Ihr Vater rührte sich unmerklich. Gregor setzte sich auf einen Schemel neben dem Bett und fuhr fort: „Jennet ist hier, um dir zu helfen, Papa. Wach auf. Ich will dich nicht aus dem Bett werfen müssen."

„Quade, wach auf", wiederholte Jennets Mutter, und ihre Stimme enthielt eine seltene Dringlichkeit.

Er öffnete die Augen, schirmte sie gegen das Licht des Fensters ab und schloss sie dann schnell wieder. „Ich kann morgen mit Jennet sprechen. Lass mich schlafen, bitte. Brenna, schick sie alle raus."

Bethia brachte das erhitzte Wasser herein und begann, zwei Krüge damit zu füllen. Den Rest gab sie in eine Schüssel. „Papa, wach auf", rief sie in lockerem Tonfall.

Sie hörten nur ein Stöhnen von unter der Decke. Und ein Wort. „Kalt."

Gregor sagte: „Ich lege mehr Holz aufs Feuer."

Der Vater brummte und drehte sich um.

Jennet übernahm den von Gregor angebotenen Hocker, damit sie dicht bei ihrem Vater sitzen konnte. Sie zog die Decke zurück und sah sich ihn genau an. Quade Ramsays Haut war blass und trocken, seine Lippen rissig, und er war dünner, als er jemals zuvor gewesen war. Der Mann, der dazu beigetragen hatte, seinen Clan zu einem der stärksten im Land zu machen, wirkte in diesem Moment einfach nur gebrechlich. Sie legte ihre Hand auf seine Stirn und bemerkte: „Du hast hohes Fieber, Papa. Wir werden die Felle wegziehen und uns die Wunde ansehen. Du kannst schlafen, bis wir fertig sind."

Seine Augen flogen auf, und sein Blick fand Jennets Gesicht. Dann kam ein Lächeln zum Vorschein, seine weißen Zähne wie ein gleißendes Licht in der Dunkelheit.

Gregor meinte: „Sie war schon immer dein Liebling, Papa, nicht wahr?"

„Heute ist sie es, Gregor", antwortete er. „Morgen wirst du mein Liebling sein. Ist dir das so recht?"

Gregor lachte. „Klar, wenn es denn stimmt. Ich habe da meine Zweifel."

Jennet küsste ihren Vater auf die Stirn und beteuerte: „Ich werde mein Bestes tun, um dir keine Schmerzen zu bereiten, Papa."

„Eine unmögliche Aufgabe. Die Schmerzen werden jeden Tag schlimmer. Aber ich werde sie ertragen, solange du diese eine Stelle nicht berührst."

„Welche Stelle?", fragte sie, irritiert von seinem Wunsch.

„Der am unteren Ende der Wunde. Berühre sie nicht. Bitte, Jennet."

Jennet warf einen Blick auf ihre Mutter, die

daraufhin hin nur die Augenbrauen hob.

Bethias Stimme ertönte hinter ihr: „Du vertraust Jennet doch sicher, Papa. Hör auf, Jennet mit deinen Forderungen zu verunsichern."

Er sah Bethia an und brummte: „Sieh an: Meine mittlere Tochter weist mich in die Schranken."

Bethia küsste ihn auf die Wange und erwiderte: „Ich hab dich lieb, Papa. Drystan möchte, dass du aufstehst und siehst, wie er sich im Bogenschießen verbessert hat."

Gregor fügte hinzu: „Und Linet und ich werden bald ein Baby haben, das seinen Großvater kennenlernen möchte, also musst du aus dem Bett kommen und gesund werden."

Jennet zog die Decke zurück und legte die Wunde direkt unter seinem Knie frei. So konnte sie sich die Verletzung ansehen, während ihr Vater von den anderen abgelenkt wurde. Sie war voller Eiter und kurz vor dem Aufplatzen. Jennet war überrascht, dass sich der Eiter noch nicht über das Bett ergossen hatte. Sie gab ihrer Mutter ein Zeichen, ein Tuch unter das Bein zu legen, damit sie beim Säubern der Wunde nicht das Bettzeug ruinierte.

Ihre Mutter schloss die Augen, als sie genau hinschaute, und schüttelte bekümmert den Kopf.

„Hat sich die Wunde beim letzten Mal auch so gefüllt, Mama?"

„Aye, das erste Mal war der Eiter grün, aber ich habe die Wunde gut gereinigt, und die nächsten beiden Male war er weiß."

„Das kommt mir eher gelb vor, Mama." Die Entzündung könnte sich verschlimmert haben.

Wenn der Eiter nicht weiß war, war das nicht gut. „Gregor, könntest du die Fackel bitte näher heranbringen?"

Gregor tat es, aber sie hörte ein merkwürdiges Geräusch über ihre Schulter und blickte zu ihm auf. „Gregor?"

„Es ist ekelhaft", flüsterte er. „Sogar der Geruch."

„Das habe ich gehört, Gregor." Ihr Vater öffnete die Augen nicht, sondern vergrub sein Gesicht in den Fellen.

Jennet fragte: „Wird dir etwa schlecht? Denn ich muss die Wunde öffnen, und der Geruch wird dann nicht besser."

„Nein, es ist schon in Ordnung."

Torrian lachte leise. „Wenn du es nicht schaffst, übernehme ich."

Jennet nahm eine Nadel und hielt sie kurz in die Flamme der Fackel, um sie dann wieder abkühlen zu lassen. Sie setzte die Spitze der Nadel an die Haut des Schienbeins an. Ihre Mutter und andere Heilerinnen hatten sie immer wieder darauf hingewiesen, wie wichtig es ist, alles in die Flamme zu halten, was in die Haut eines Menschen gestochen werden sollte.

Sobald sie in die Wunde stach, strömte die übelriechende Flüssigkeit aus der Wunde, gelblich und vermischt mit etwas Blut. Die Stelle war so groß wie die Hand eines Kleinkindes und voll mit Eiter. Ihr Vater gab keinen Ton von sich, also beunruhigte sie ihn nicht und hoffte einfach, dass er eingeschlafen war. Bethia stellte sich hinter Gregor und schloss ihre Augen, um ihm zu signalisieren, dass ihr Vater tatsächlich schlief.

„Bethia, bring bitte die Schüssel näher", bat ihre Mutter.

„Ich glaube, ich weiß jetzt, was die Leute meinen, wenn sie von absterbenden Gliedmaßen sprechen. Sein Bein stirbt ab, nicht wahr, Mama?", wollte Gregor wissen.

Lily klopfte und steckte ihren Kopf zur Tür herein. „Warum hast du mich nicht zu den anderen Brüdern und Schwestern gebeten?" Ihr Gesichtsausdruck zeigte, wie beleidigt sie war.

Jennet sah ihre Mutter an, die schnell antwortete: „Komm näher, Lily. Sieh dir an, was wir machen."

Lily kam näher und spähte über Gregors Schulter.

„Igitt" rief sie und musste beim Anblick und dem Geruch würgen. „Schon gut. Ich hab dich lieb, Mama. Du weißt immer, was das Beste für mich ist." Sie eilte zurück zur Tür und schloss sie leise hinter sich.

Ihre Mutter lächelte. Jeder wusste, dass Lily einen sensiblen Magen hatte, der sich schon beim geringsten Geruch oder Anblick von Blut umdrehte. „Sie wird nie eine Heilerin werden."

Jennet schmunzelte: „Nein, nicht unsere Lily. Sie hat andere Talente."

„So wie wir alle", fügte Bethia hinzu.

Jennet wandte sich an niemand besonderen: „Würde mir bitte jemand einen der Krüge reichen?"

Torrian tat ihr den Gefallen. „Mama, ich glaube, es ist noch nicht genug Eiter abgeflossen.

Ich möchte Wasser darüber laufen lassen, damit mehr aus seinem Körper herausgeschwemmt wird. Dann kann ich die Wunde besser sehen und muss nicht so viel abschaben, was Papa wehtun würde. Kannst du die Schüssel so halten, dass sie das Wasser auffängt?"

Torrian schaltete sich ein: „Ich übernehme das."

Jennet goss das saubere Wasser langsam über die Wunde, nachdem sie sich vergewissert hatte, dass es nicht zu heiß war. Dieses Mal wachte ihr Vater auf. „Das reicht, Mädchen. Der Druck ist schon schmerzhaft genug."

„Papa, ich drücke nicht darauf. Das ist nur Wasser."

„Es ist genug. Wascht die Wunde und tupft sie trocken, dann könnt ihr alle gehen. Es fühlt sich jetzt besser an, wo der Eiter raus ist. Deine Mutter macht das immer sehr gut." Bethia hielt eine Kerze in der Hand, und Jennet winkte sie heran. Als sie die Kerze über Jennets Schulter hielt, war Bethia einen Moment unachtsam und Wachstropfen fielen auf Jennets Hand. Sie verbrannten Jennet an mehreren Stellen. Sie unterdrückte einen Aufschrei und war entschlossen, diese kleine Unannehmlichkeit tapfer zu ertragen. Sie hatte Arbeit zu erledigen.

„Ich werde ein Tuch darauflegen, dann den Verband, um das weitere Auslaufen von Flüssigkeit aufzufangen. Jennet möchte sich die Wunde zuerst ansehen, Quade."

„Gut, schau sie dir an, Jennet. Nicht anfassen."

Jennet wusste nicht, wie sie ihrem Vater die

Wahrheit sagen sollte. Sie hatte immer noch vor, die Wunde gründlich zu reinigen, nachdem sie sie untersucht hatte. Nachdem der Krug geleert worden war, reichte sie ihn Torrian zurück und gab Gregor ein Zeichen, die Fackel näher zu bringen. Als sie auf die Wunde blickte, konnte sie sehen, dass sich der am stärksten entzündete Teil an der Basis befand. Die Haut war an drei Stellen aufgerissen, was darauf hindeutete, dass er bei seinem Sturz gegen drei Steine geprallt sein musste. Oder vielleicht auf Äste. Jede Wunde war ausgefranst, und sie lagen nicht weit auseinander, so dass sie leicht mit dem gleichen Verband verbunden werden konnten.

Die beiden oberen Wunden schienen fast verheilt zu sein. Der Eiter kam hauptsächlich aus der untersten und größten Wunde. Die Ränder der Wunde waren rot und fühlten sich warm an. Jennet nahm ein Stück Leinen und berührte vorsichtig den oberen Teil, wo sie glaubte, etwas zu sehen, das wie Schmutz aussah, aber es war nichts. Dann berührte sie den oberen Teil der entzündeten Wunde, so vorsichtig wie möglich.

„Jennet, ich habe dir gesagt, du sollst die Wunde nicht anfassen."

„Aber ich muss sie waschen, Papa. Sie muss gereinigt werden."

„Nein, tu das nicht. Es ist zu schmerzhaft."

„Pa", warf Torrian ein. „Nimm den Schmerz einen Moment lang in Kauf. Du könntest daraufhin gesund werden. Es würde sich lohnen."

„Aye, wenn es nur ein kleines bisschen wäre, aber das ist es nicht. Es ist sehr schmerzhaft. Ihr müsst das Bein vielleicht amputieren. Wahrscheinlich ist das die einzige Möglichkeit, dem ein Ende zu setzen. Sägt mir einfach das Bein unterhalb des Knies ab."

Ihre Mutter reagierte darauf, als ob es ihr eigenes Bein wäre. „Quade, ich werde dein Bein nicht amputieren. Das habe ich dir doch gesagt. Deinem Fuß geht es gut, und du brauchst dein Bein noch."

Jennet lehnte sich zurück, um ihnen zu signalisieren, dass sie einen Moment innehalten sollten. Wenn er wieder einschlafen würde, würde er den größten Teil des Schmerzes nicht mitbekommen. Sie würde versuchen, fertig zu werden, bevor er wütend werden konnte. Die junge Heilerin musste sich auf die Möglichkeit vorbereiten, dass ihr geliebter Vater sie bald anschreien würde.

Als ob sie ihre Gedanken gelesen hätte, sagte ihre Mutter: „Wenn er dich anschreit, meint er es nicht so."

Nach ein paar Minuten Wartezeit beruhigte sich seine Atmung, und er schloss die Augen. Sie würde es jetzt schnell hinter sich bringen.

Torrian meinte: „Wenn du ihm wehtun musst, um ihn zu heilen, dann tu es, Jennet. Er wird es dir später danken."

Sie nickte ihrem Halbbruder zu und hoffte, dass er recht hatte, denn es würde schmerzhaft werden. Sie sah zu ihrer Mutter und nickte ihr entschlossen zu. Sie wusste, was sie zu tun hatte. Bethia und Torrian rückten an das Kopfende des Bettes, für den Fall, dass ihr Vater aufwachte.

Ihre Mutter reichte ihr ein Stück Leinen mit der Tinktur, mit der sie die Gifte auswaschen wollte. Jennet rieb die Seiten des Tuchs aneinander, um die Tinktur zu verteilen, und legte vorsichtig das Tuch auf die Wunde, in der Hoffnung, dass ihr Vater nicht aufwachen würde.

Es half nichts.

„Jennet, hör jetzt auf!" Die Stimme ihres Vaters hallte lauter durch den Raum, als sie sie je gehört hatte, aber sie war entschlossen, ihre Arbeit zu machen.

Ihre Mutter stimmte ihr zu, denn sie drängte sie: „Schnell, wasch die schlimmste Stelle."

Also tat sie es. Sie wusch die Wunde, wo sie am rötesten und wärmsten war. Sie arbeitete schnell und betete, dass sie es schaffen würde, bevor ihr Vater die Beherrschung verlor.

Aber es sollte nicht sein. Er richtete sich mit einem Brüllen auf und schrie sie an, aber sie war nicht auf das vorbereitet, was noch kommen sollte. Sie drehte den Kopf, um ihn anzusehen und seinen Namen zu sagen, aber so weit kam sie nicht.

Er hob schwungvoll seinen Arm und zielte auf ihr Gesicht.

Sie ließ das Tuch fallen, sprang auf und schrie.

Torrian fing den Arm seines Vaters ab, kurz bevor er sie schlagen konnte. Jennet hörte die anderen Stimmen in der Kammer, die Quade Ramsay aufforderten, sich zu beruhigen.

Aber der hasserfüllte Blick und die Aussicht, dass er ihr weh tun könnte, verletzten sie mehr als eine kräftige Ohrfeige es getan hätte.

Sie rannte direkt zur Tür und in die große Halle.

Sie würde nie wieder dorthin zurückkehren.

KAPITEL ELF

ETHAN FAND DIE Höhle, in der sie die zweite Nacht verbracht hatten, und war froh, dass sein Gedächtnis ihn nicht im Stich gelassen hatte. Logan Ramsay kannte die Highlands gut, und Ethan war dankbar dafür. Er setzte sich auf einen Baumstamm und holte den Laib Brot heraus, den er in vier Stücke gebrochen und in Leinen eingewickelt hatte, um ihn während der Reise frisch zu halten. Außerdem hatte er noch etwas getrocknetes Rindfleisch dabei, das ihm die Köchin vor seiner Abreise zugesteckt hatte.

Jennet hatte einen schweren Weg vor sich. Wie sehr wünschte er sich, er hätte für sie da sein können. Er fragte sich, ob er jemals von seinen Problemen in Bezug auf die Nähe zu Menschen erlöst sein würde.

Es hatte sie seit…

Er unterbrach seine Gedanken. Marcas und Shaw hatten ihn immer gemahnt, nicht daran zu denken. Sie sagten, wenn er diese Gedanken nur stärker unterdrückte, würden die Erinnerungen verschwinden, aber das passierte nie. Sie waren immer da, eingeschlossen in den Tiefen seines

Gedächtnisses und bereit, hervorzukommen, sobald sich die Gelegenheit dazu ergab.

Er fragte sich oft, ob die Mädchen jemals darüber nachdachten, was sie ihm vor so vielen Jahren angetan hatten, ob sie eine Ahnung davon hatten, wie sehr sie ihn verstört hatten.

Ethan schritt in seiner Höhle auf und ab, während etwas an ihm nagte. Er hatte Jennet verlassen. Die Schuldgefühle, die er dabei empfand, überraschten ihn, und wurden stetig stärker.

Aus irgendeinem Grund hatte er das Bedürfnis, seine Reise zu verlangsamen.

Nachdem er gejagt und ein Kaninchen zum Braten gefangen hatte, setzte er sich hin, um sich auszuruhen und nachzudenken. Eine Sache machte ihm zu schaffen, aber er beschloss, sich nicht in alten Erinnerungen zu verlieren. Stattdessen fragte er sich, warum er den anderen Pfeil, den er verloren hatte, nicht mehr finden konnte. Seine Fähigkeiten im Bogenschießen hatte sich verbessert, also holte er die Pfeile aus seinem Köcher und zählte sie erneut. Doch einer fehlte.

Er zuckte zusammen, als er eine Stimme hörte.

„Was zum Teufel macht Ihr mit Ramsay-Pfeilen so weit im Norden?" Ein Mann stand da und hielt den Pfeil, den er verloren hatte, in die Höhe. Sein dunkles Haar wehte im Wind. Was Ethan jedoch sofort ins Auge stach, war das Plaid, das er trug.

Das Plaid des Grant-Clans.

„Ich komme von Ramsay Castle, und Gwyneth

hat mir die Pfeile gegeben", erklärte Ethan. „Wer seid Ihr?" Er stand auf und sah dem Mann direkt in die Augen.

„Padraig Grant. Wer zum Teufel seid Ihr?"

„Ethan Matheson." Er stand auf, stemmte die Hände in die Hüften und wartete ab, was der Grant-Krieger tun würde. „Ihr kämpft für den Grant-Clan? Ich habe schon viele ihrer Krieger gesehen, aber Euch noch nicht."

„Auch wenn Ihr viele unserer Krieger getroffen habt, könnt Ihr mich noch nicht gesehen haben." Er lächelte breit. „Denn Ihr würde Euch an mich erinnern." Er lachte herzlich.

„Warum lacht Ihr? Ich habe nichts Lustiges gesagt." Er traute Menschen, die ständig lachten, nicht über den Weg. Er griff nach seinem Dolch und hielt ihn schützend vor sich, nur für den Fall.

„Steck das weg, ich bin nicht hier, um dir zu schaden. Und lass die Formalitäten. Ich bin Padraig. Und ich lache die ganze Zeit. Aber ich sehe nicht oft Männer, die allein in den Highlands unterwegs sind. Wo kommst du her?" Padraig setzte sich auf den Baumstamm und holte einen Haferkuchen hervor, von dem er Ethan die Hälfte anbot. Ethan ließ seinen Dolch sinken und entspannte sich dank der Freundlichkeit des Kriegers ein wenig. Dann streckte Padraig die Hand, die den Pfeil hielt, in Ethans Richtung aus.

„Ich bin auf dem Heimweg. Ich habe Jennet nach Hause begleitet, und jetzt bin ich auf dem Rückweg nach Black Isle." Er nahm den Pfeil entgegen und steckte ihn in seinen Köcher. „Vielen Dank, dass du ihn mir zurückgibst."

„Dein Bruder hat also Brigid geheiratet? Tut mir leid, dass ich die Hochzeit verpasst habe. Ich hätte gern gesehen, wie Logan sein kleines Mädchen weggibt." Er lachte und rieb sich seinen Kinnbart. „Du hättest sehen sollen, wie seine Frau ihn hatte fesseln müssen, nur damit Sorcha ihre Hochzeitsnacht erleben konnte."

„Seine eigene Frau hat ihn gefesselt? Wie hat sie das gemacht?" Ethan konnte sich nicht vorstellen, dass Gwyneth Logan fesseln konnte.

„Sie hatte Hilfe von ein paar Grants. Den Stärksten. Wenn ich mich recht erinnere, waren es Connor, Magnus, Jake und vielleicht noch ein paar andere. Gwyneth hat ihn gefesselt, während sie ihn festhielten, sonst hätte der arme Cailean seinen Schwiegervater in ihrem Schlafgemach stehen gehabt. Aye, sehr schade, dass ich Brigids Hochzeit verpasst habe."

„Warum warst du verhindert?", fragte Ethan, als er sich gegenüber von Padraig auf einen Felsen setzte.

Der Mann seufzte tief. „Ich war in Edinburgh. Ich reise gerne, und ich habe Maggie und Will gesucht, aber sie waren auf der Hochzeit."

„Du reist also auch allein?"

Er zuckte mit den Schultern. „Das tue ich, aber alle sagen, ich sei ein Narr. Das passt zu mir. Ich sehe mich selbst ein bisschen wie Logan Ramsay. Immer unterwegs."

„Logan ist verheiratet, und seine Frau reist mit ihm."

„Stimmt" gab Padraig langsam kauend zu. „Ein Mann der Vernunft. Ich vermute, du wirst meine

Beweggründe nicht verstehen können. Ich bin anders."

„Das bin ich auch", erwiderte Ethan und fragte sich, was diesen Mann anders machte. Vielleicht würde er es herausfinden, wenn er ihn weiter ausfragte.

„Aber du hast recht, was Onkel Logan und Tante Gwyneth angeht. Ich schätze, ich brauche ein Mädchen, das gerne reist."

„Ich kenne eins – meine Schwester Gisela." Gisela hatte sich oft darüber beklagt, dass sie nie von Black Isle wegkam. Sie sagte, sie habe sich immer gewünscht, nach Edinburgh zu reisen. Aber dieser Wunsch war in Vergessenheit geraten, seit der Fluch über ihren Clan gekommen war.

„Oh nein, jeder versucht, seine Schwester mit mir zu verkuppeln. Ich reise allein. Vergiss Logan und Gwyneth. Es gibt nur eine Gwyneth in den Highlands. Du siehst aus, als würde dich etwas beschäftigen. Das ist der eigentliche Grund, warum ich mich entschlossen habe, anzuhalten und mit dir zu plaudern."

Ethan war überrascht von der Intuition des Mannes. „Ich frage mich, ob ich das Ramsay-Land hätte verlassen sollen. Ich habe das Gefühl, ich hätte warten sollen, bis Jennet bereit ist, nach Black Isle zurückzukehren."

„Wird sie denn zurückkehren? Habt ihr euch verlobt?"

Ethan schaute finster drein. „Nein. Vielleicht eines Tages. Ich bin interessiert, aber ich fühle mich gerade nicht in der Lage, um sie zu werben. Ihr Vater ist schwer krank. Ich denke, sie wird noch lange dort sein, deshalb habe ich mich für die Heimkehr entschieden. Vielleicht war das ein Fehler."

„Quade Ramsay ist schwer krank? Vielleicht muss ich nach Grant Castle zurückkehren und das meinem Vater und meinen Onkeln berichten. Mein Vater ist mit Brennas Schwester verheiratet."

„Welcher Grant ist dein Vater?"

„Robbie. Robbie und Caralyn sind meine Eltern. Brenna ist Robbies ältere Schwester."

Beide schwiegen einen Moment lang, doch dann sprang Padraig auf. „Vielen Dank für das Gespräch. Ich kehre nach Grant Castle zurück, um meinen Vater über die Krankheit von Quade zu informieren. Viel Glück."

Ethan stand da und wusste nicht, was er sagen sollte, aber Padraig machte es ihm leicht.

Der Krieger stieg auf sein Pferd und wandte sich dann wieder Ethan zu. „Ich würde deinem Instinkt folgen, Ethan Matheson. Mein Bauchgefühl hat mich noch nie im Stich gelassen. Wenn du meinst, dass du zurückreiten solltest, dann tu es. Du wirst es nicht bereuen. Wenn du es dagegen nicht tust, könntest du es für immer bedauern."

Sobald er weg war, traf Ethan eine Entscheidung.

Er würde noch einen weiteren Tag in dieser Höhle verbringen, bevor er sich festlegen würde, was er als Nächstes zu tun sei.

Er konnte es sich nicht erklären, aber tief in seinem Inneren sagte ihm etwas, dass Jennet ihn brauchte.

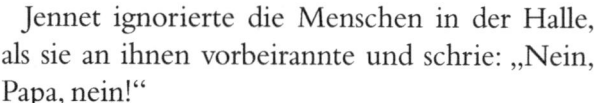

Jennet ignorierte die Menschen in der Halle, als sie an ihnen vorbeirannte und schrie: „Nein, Papa, nein!"

Alle gingen ihr aus dem Weg, weil sie wegen ihrer Schreie das Schlimmste befürchteten. Aus dem Schlafgemach ihres Vaters kamen noch mehr Schreie, aber Jennet hielt sich die Ohren zu, weil sie es nicht mehr ertragen konnte.

Ihr eigener Vater hatte versucht, sie zu schlagen. Er hatte noch nie die Hand gegen sie oder ihre Geschwister erhoben.

Ohne auf die anderen zu achten, rannte sie hinauf in ihre Kammer, packte ihre Sachen und eilte die Treppe hinunter. Sie rannte zur Tür hinaus und direkt über den Hof in die Ställe. Dort fuhr Jennet den Stallburschen an: „Sattle ein Pferd für mich. Ich muss einen langen Ausritt machen. Sag meinem Bruder, dass ich bald zurückkomme." Sie warf einen Blick auf einen Korb, der mit Brot und Karotten für die Pferde gefüllt war, nahm etwas davon und warf die Lebensmittel in ihre Tasche. Sie wusste jedoch, dass sie nicht zurückkehren würde.

Sie hasste es zu lügen, aber das war jetzt egal.

Sie würde nicht zurückkommen – vielleicht niemals. Wenn Torrian nicht gewesen wäre, hätte ihr Vater ihr einen Schlag ins Gesicht verpasst. Ihr weh getan. Sie auf den Boden geworfen. Als ihr Pferd gesattelt war, wäre sie fast in Tränen ausgebrochen, aber sie konnte den Drang zu weinen unterdrücken.

„Miss, wo wollt Ihr hin?“

„In Richtung des Sees. Ich bin bald zurück. Ich muss eine Weile allein sein.“ Eine weitere Lüge. Aber da sie es bis hierher geschafft hatte, ohne aufgehalten zu werden, ritt sie in Richtung des Sees, bis sie nicht mehr in Sichtweite war. Erst dann ließ sie ihr Pferd den Waldweg entlang galoppieren, der von Ramsay Castle wegführte.

Sie wollte fort und nie mehr zurückkehren. Ihr Vater hasste sie. Der Blick in seinen Augen, der Schrei, der von ihrer Mutter und Bethia gekommen war, alles an diesem Moment würde sich für immer in ihr Gedächtnis einbrennen. Nachdem sie zurückgeschreckt war, war ihr Vater aus dem Bett gefallen, und alle in der Kammer hatten sich darauf konzentriert, ihn wieder aufzurichten.

Aber er hatte weiter geflucht und gekämpft.

Alles nur wegen ihr.

Als sie den Hauptweg erreichte, wählte sie das einzige Ziel, das ihr in diesem Moment einfiel. Sie würde zurück nach Black Isle reiten und hoffen, Ethan auf dem Weg dorthin einzuholen. Er konnte keinen allzu großen Vorsprung haben. Alleine zu reiten war töricht, aber sie wollte es sich nicht anders überlegen und umkehren. Sie würde Ethan finden und mit ihm reiten. Sie hatte absolut keinen Zweifel daran, dass Ethan sie mit seinem Leben beschützen würde.

Sie ließ ihr Pferd über den Pfad galoppieren, fest entschlossen, so weit wie möglich wegzukommen, bevor die Wachen von Ramsay hinter ihr hergeschickt wurden. Die Tränen liefen ihr über die Wangen, sie schluchzte laut.

Nach etwa zwanzig Minuten unkontrollierten Weinens wurde ihr klar, dass sie sich zusammenreißen musste. Allein zu reiten war gefährlich, also beruhigte sie ihre Atmung. Lautstarkes Schluchzen würde ihr nicht helfen, unauffällig zu reisen. Nach zwei weiteren Stunden Galoppierens versuchte sie, sich an eine Stelle zu erinnern, an der die Matheson-Brüder abseits des breiten Weges angehalten hatten, als sie die drei Mädchen entführt hatten. Ethan war hier gewesen und würde sich daran erinnern. Sie musste ihn finden, denn es war unvernünftig, allein weiter zu reiten. Ihr konnte alles Mögliche passieren. Ihr Vater würde sagen, dass sie unüberlegt und impulsiv gehandelt hatte, und sie wusste, dass er damit recht haben würde.

Vieles in der Gegend kam ihr bekannt vor, so dass sie überzeugt war, dass es sich um dieselbe Stelle handelte. Sie musste zuerst den Pfad finden, dem sie dann, wenn sie sich recht erinnerte, etwa eine halbe Stunde lang folgen musste, bevor sie die Lichtung und eine Höhle finden würde. Nicht weit von der Stelle entfernt befand sich ein schöner Fleck lila Heidekraut, der ihr helfen würde, den genauen Ort zu finden.

Als sie den vertrauten Weg fand, war es nicht mehr weit bis zu einem Bach, und so ließ sie ihr Pferd trinken, während sie sich Wasser ins Gesicht spritzte. Sie wollte die Spuren ihrer Tränen wegwaschen.

Jennet verlor selten die Fassung. Als sie neben

ihrem Pferd stand und mit der Hand leicht über die Flanke des Tieres strich, schloss sie die Augen und befahl ihre Selbstbeherrschung zurück. Sie musste sich konzentrieren, wenn sie Ethan finden wollte. Das Geräusch von Schritten im Gebüsch hinter ihr erregte ihre Aufmerksamkeit, also drehte sie sich um, in der Hoffnung, Ethan zu sehen – aber zu ihrer Bestürzung war er es nicht.

Vier dreckige, schmutzige Gesichter starrten sie an, wahrscheinlich eine Gruppe von Wegelagerern, vor denen ihr Vater sie seit Jahren gewarnt hatte.

„Seht mal, was wir hier haben, Jungs. Ist sie nicht eine Schönheit?" Derjenige, der sprach, ein rothaariger Mann, spuckte durch einen fehlenden Vorderzahn auf den Boden. Die anderen drei Männer sahen anders aus, und sie begann, sie in ihrem Kopf einzuordnen.

Neben dem Rothaarigen gab es einen Glatzkopf, einen dünnen Mann und einen, der einfach nur hässlich war. Sie nannte sie Rotschopf, Glatze, Dünn und Hässlich. Sie achtete genau auf ihre Waffen und darauf, wie schnell sie sie zu fassen bekommen würden.

Ihr Blick verengte sich, als sie alles über die Männer in sich aufsog, was sie konnte. Zwei trugen armselige Schwerter, die anderen beiden Dolche. Auf einem Pferd waren ein Bogen und ein Bündel Pfeile zu sehen.

„Lasst mich in Ruhe", sagte sie.

„Nee. Du wirst uns heute Abend eine schöne Freude machen." Glatze grinste, seine Hand griff nach der Stelle zwischen seinen Beinen und rieb sie heftig.

„Das Glück ist uns hold", ergänzte Dünn.

Hässlich griff nach ihr, aber Rotschopf schlug ihm auf die Hand. „Noch nicht. Wir müssen einen Ort finden, an dem man ihre Schreie nicht hören kann."

Hässlich erwiderte: „Nur ein Kuss. Oder lass mich ihre Brust berühren, dann kann ich warten. Bitte?"

Jennet beschloss, den Streit der beiden auszunutzen, drehte sich auf dem Absatz um und rannte in die entgegengesetzte Richtung. Sie sprang über den Bach. Sie konnte ihnen zwar nicht davonlaufen, aber sie konnte sich vielleicht irgendwo verstecken.

Sie rannte durch die Bäume, die Äste schlugen ihr ins Gesicht. Sie hob die Arme zum Kopf, um ihre Augen vor den Dornen zu schützen. Ihre Flucht schien die Bastarde nur noch weiter anzustacheln. Sie folgten ihr und lachten laut. Leider war einer klug genug, auf sein Pferd zu springen, um ihr zu folgen, aber sie wusste, dass sie im Wald im Vorteil war. Wie sehr wünschte sie sich, sie könnte laufen wie ihre Cousine Molly.

Sie rannte, bis sie glaubte, ihre Lungen würden explodieren, dann geschah das Schlimmste. Eine Lichtung tauchte auf, und bevor sie ausweichen konnte, stand sie ungeschützt in der Mitte, das Pferd direkt vor ihr. Ehe sie sich versah, trat Rotschopf neben sie, packte sie an den Haaren und hob sie hoch. Er schleuderte sie auf sein Pferd.

Die Männer jubelten alle vor Freude.

Jennet biss ihn in seinen Oberschenkel und versenkte ihre Zähne so fest in sein Fleisch, wie sie konnte. Dann befand sie sich plötzlich in der Luft und landete mit einem lauten Aufprall, der ihr den Atem raubte, auf der Erde.

Sie würde mit Sicherheit sterben.

KAPITEL ZWÖLF

JENNET WACHTE AN einem Baum gefesselt
auf. Sie musste durch den Schlag auf ihren
Kopf ein oder zwei Stunden lang ohnmächtig
gewesen sein, denn der Tag wurde immer kürzer.
Die vier Männer saßen um ein Feuer und brieten
ein Kaninchen.

Die Räuber redeten unaufhörlich, während
sie aßen. Jennet nutzte die Gelegenheit, um sich
umzusehen. Es musste doch etwas geben, das sie
gebrauchen konnte…

Dann sah sie etwas. Ein großer Vogelschwarm
saß in einem nahen Baum.

Glatze zeigte auf sie und sagte: „Sie ist wach.
Kann ich sie jetzt haben?"

Rotschopf, mit dem Rücken zu ihr, drehte sich
zur Seite, um sie anzusehen. „Ich kriege sie zuerst.
Dann Harry." Er neigte seinen Kopf in Richtung
des Mannes, den sie nur als ‚Dünn' kannte.

„Was ist mit mir? Ich sollte sie zuerst kriegen",
protestierte Hässlich.

„Jetzt bist du als Letzter dran, du gieriger
Bastard. Hör auf zu sabbern." Harry warf ihm
einen angewiderten Blick zu, der Jennet glauben

ließ, dass er irgendwo in seinem Inneren doch noch einen ehrenhaften Charakter besaß.

Rotschopf gluckste und meinte: „Mach dich bereit, Mädchen. Du wirst gleich dafür bezahlen, dass du mich gebissen hast."

Sie sagte nichts, sondern arbeitete in ihrem Kopf einen Plan aus. Sie wartete darauf, dass sich einer von ihnen bewegte. Der Zeitpunkt musste genau richtig sein. Rotschopf stand auf, also forderte sie: „Binde mich los."

„Und warum sollte ich das tun? Du bleibst so lange gefesselt, bis ich mich auf dich konzentrieren kann, und ich überlege gerade, was ich mit dir machen werde." Er grinste sie an und riss das letzte Stück Fleisch von dem Knochen, bevor er ihn beiseite warf. Die Spucke lief ihm dabei über das Kinn. „Ich werde dir wehtun, so wie du mir wehgetan hast."

Hässlich kicherte, aber Rotschopf drehte sich um und schaute ihn wütend an, also hielt er den Mund.

Jennet setzte ihren Plan in die Tat um, einen Plan, der bei ihr schon einmal funktioniert hatte, oder zumindest eine Variante davon. „Ihr wisst schon, dass ich eine Hexe bin, nicht wahr?"

Rotschopf höhnte: „Natürlich bist du das."

Sie begann etwas zu rezitieren, das sie vor langer Zeit gelernt hatte und das wahrscheinlich keinen Sinn ergab, aber sie benutzte es trotzdem. Ihre Stimme wurde hoch und dann tief. Alle vier konzentrierten sich auf sie, verfolgten jede Bewegung, jedes Wort, als ob sie plötzlich ihre seltsamen Worte verstehen würden. Als sie wusste, dass sie ihre volle Aufmerksamkeit hatte, hielt sie inne und starrte sie an, wobei sie mit dem Finger auf jeden einzelnen deutete. „Ich verfluche dich und dich und dich und dich."

Sie warteten – genau das, was sie gehofft hatte.

Dann verkündete sie: „Ich habe einen Zauber über euch alle gelegt. Mitten in der Nacht wird die böse Höhlenhexe über jeden von euch herfallen und eine Schlange mit gespaltener Zunge in eure Hosen schicken, um eure Hoden in der Mitte zu spalten. Genau in der Mitte."

„Meine Eier zu spalten, macht mir keine Angst. Solange ich sie noch habe, bin ich froh", meinte Harry und grinste über seinen eigenen Witz.

Glatze sah nervös aus und blickte von einem zum anderen. „Was soll das heißen? Wie werden sie gespalten?"

Sie neigte den Kopf. „Du weißt es nicht? Ich werde es dir sagen. Ich habe nur einen Mann gesehen, der es überlebt hat. Die anderen haben sich innerhalb von zwei Tagen umgebracht."

Die vier Männer sahen sich verunsichert an und zuckten dann mit den Schultern. Rotschopf rückte näher und zischte: „Du hast eine böse Zunge. Ich denke, ich werde sie dir herausschneiden."

„Zu spät. Ich habe dich bereits verflucht. Und ich bin die Einzige, die den Fluch aufheben kann. Schließt heute Abend nicht eure Augen."

„Das ist gar nicht so schlimm", meinte Rotschopf.

„Warum haben sie sich umgebracht?", flüsterte Hässlich.

„Sie lügt."

„Hör nicht auf sie."

„Sie will uns Angst einjagen, damit wir sie gehen lassen."

„Es wird uns nicht umbringen, selbst wenn es wahr wäre."

„Was würde passieren?"

Jennet kicherte leise vor sich hin, dann flüsterte sie: „Der Fluch bedeutet, dass eure Eier für den Rest eures Lebens gegeneinander stoßen werden. Jede Bewegung verursacht höllische Schmerzen."

Die Männer machten große Augen, Sorge und Angst zeichneten sich auf ihren Gesichtern ab. „Sie lügt", beharrte Rotschopf.

„Stell dir vor, wie es sich anfühlt, wenn ihr rennt. Je schneller ihr rennt, desto heftiger schlagen sie aneinander…" Sie blickte hinauf in den Himmel.

Glatze brummte: „Sie macht mir Angst, Harry. Mach, dass sie aufhört."

Harry schüttelte den Kopf. „Fallt nicht auf ihre Lügen herein. Sie will nur, dass wir sie in Ruhe lassen."

„Tue ich das?" Sie schloss die Augen und sang: „Ich rufe die Vögel an, um die Schlangen mit gespaltener Zunge heraufzubeschwören." Ihre Stimme wurde lauter, und sie stimmte eine weitere Strophe des Liedes an.

Dann beendete sie das Lied und pfiff. Sofort flogen die Vögel im Baum auf, und die plötzliche Bewegung bewirkte genau den Effekt, den sie sich erhofft hatte. Ihr Flügelschlag veranlasste zwei der Männer aufzuschreien und ihre Pferde zu besteigen.

„Wer mich losbindet, wird als Einziger vom Fluch erlöst!"

Dünn eilte herbei und schnitt ihre Fesseln durch, dann sprang er auf sein Pferd und folgte den anderen dreien zurück auf den Pfad.

Jennet rieb sich die Handgelenke. Sie war frei. Sie eilte in die andere Richtung und stolperte über Baumwurzeln, während sie verzweifelt nach ihrem Pferd suchte und betete, dass es nicht weit weg war. Glücklicherweise war ihr niemand gefolgt. Jetzt musste sie nur noch entscheiden, was sie als Nächstes tun sollte.

Zurück nach Ramsay Castle oder nach Black Isle?

Schließlich sah sie ihr Pferd in einiger Entfernung stehen, und sie wusste, dass sie hätte aufsitzen sollen, aber ihre Hände zitterten. Ehe sie sich versah, zitterte jeder Teil ihres Körpers. Sie war sich nicht sicher, ob aus Angst oder warum, aber sie konnte nicht aufsteigen.

Sie lehnte sich an das Pferd und schloss die Augen, während sie ihren Arm um seinen Hals schlang. Eine Stimme ertönte von hinten. „Ich werde das Risiko auf mich nehmen."

Sie wirbelte herum und versuchte, Hässlich zu schlagen, aber er war zu schnell. Er packte sie und zerrte sie von ihrem Pferd weg. Sie musste etwas tun. Als sie bemerkte, dass auf ihrer Hand noch die Brandblasen vom Kerzenwachs waren, kam ihr plötzlich eine Idee in den Sinn. „Du willst die Pocken? Ich habe sie nämlich."

Sie hielt ihre Hand vor sein Gesicht und zeigte ihm die blutigen Blasen. „Wenn du deine Rute in meine Nähe bringst, ist sie in zwei Nächten auch mit Pocken bedeckt." Sie hielt den Atem an und hoffte darauf, dass er auf diese Lüge hereinfallen würde.

Stattdessen drückte er sein Gesicht dicht an ihres und sagte: „Kein Problem. Ich habe die Pocken schon gehabt."

Ethan dachte über seinen nächsten Schritt nach. Er wusste, dass er eigentlich schlafen sollte, aber es ging nicht. Albträume mit einer schreienden Jennet hatten ihn bereits zweimal aus der Höhle getrieben. War das eine Vorahnung? Steckte Jennet in Schwierigkeiten? Er hatte die Gegend nach ihr abgesucht, aber nichts gefunden, obwohl er überzeugt war – Jennet ging es nicht gut.

Nachdem er gefrühstückt hätte, würde er entscheiden, wo er nach ihr suchen wollte. Er saß in der Höhle, von wo aus er seine Umgebung beobachten konnte, zog ein Stück getrocknetes Rindfleisch hervor und begann, daran zu kauen.

Zuerst würde er Bogenschießen üben und dann einige Zeit damit verbringen, Felsbrocken oder Baumstämme hochzuheben und zu werfen. Gavin hatte ihm erklärt, dass beide Aktivitäten seinen Oberkörper kräftigen würden, was ihn stärker und furchteinflößender erscheinen ließe. Er hatte damit angefangen und merkte bereits, wie die Muskeln in seinen Armen wuchsen.

Eine Stunde später, zufrieden mit seinen Bogenschießübungen und mit den Felsbrocken, die er aufgehoben und geworfen hatte, machte er sich auf den Weg nach Süden, grob in Richtung Ramsay-Land. Er war schon so lange geritten, dass es fast dunkel war, und er hielt nur an, weil er glaubte, eine Frau schreien zu hören.

Er band sein Pferd an einem nahen Busch fest und schlich sich leise in die Richtung des Schreis. Wenn das Geräusch von Jennet stammte, steckte sie definitiv in Schwierigkeiten, denn er hatte sie selten auch nur ihre Stimme erheben hören.

Statt einer weiblichen Stimme ertönte nun das Lachen eines Mannes. Ethan folgte der Stimme und schlich weiter, bis er zu einer Lichtung kam. Er versteckte sich hinter ein paar Büschen und spähte durch die Äste. Zu seiner Überraschung sah er Jennet an einen Baum gefesselt, während vier Männer nicht weit entfernt lachten.

Marcas hatte ihm vor langer Zeit beigebracht, dass man sich nie unvermittelt in eine unbekannte Situation begeben sollte, und dass es viel wichtiger war, die Lage genau zu beurteilen, bevor man sich ins Getümmel stürzte.

Das bedeutete, herauszufinden, wer beteiligt war, wer die stärkste Bedrohung darstellte, wer das Sagen hatte und wohin sich die Situation entwickelte. Marcas Ratschläge hatten sich für ihn schon oft bewährt.

Ethan hörte zunächst zu und versuchte, die Worte der Fremden aufzunehmen, doch bevor er sie richtig einschätzen konnte, stieß Jennet einen Pfiff aus, und ein Schwarm Vögel flog auf. Die Männer rannten davon, sprangen auf ihre Pferde und verließen die Lichtung, wobei einer von ihnen Jennet losband, bevor er sich davonmachte.

Instinktiv wollte er zu ihr laufen, aber er vermutete, dass sie sicherer wäre, wenn er fernbliebe, bis die Männer weg waren. Dann würde er zu ihr gehen.

Er brauchte nicht lange zu warten, bis sie allein war, denn die Männer schienen sich zu entfernen und hatten offenbar keine Absicht, zurückzukehren, also zählte er bis zehn – ein weiterer Trick, den sein Bruder ihm beigebracht hatte –, aber dann zögerte er. Er hoffte, dass ihr plötzlicher Aufbruch bedeutete, dass Jennet von ihren Entführern befreit war, aber dann sah er, wie ein Mann zurückkam, zu ihr hinüberlief, als sie neben ihrem Pferd stand, und sie festhielt. Es gefiel ihm nicht, wie er Jennet anfasste, und Wut stieg in ihm auf.

Noch immer versteckt, griff er nach seinem Bogen, spannte einen Pfeil und zielte. Der Bastard war so nah an ihr dran, er konnte nur böse Absichten haben, da war Ethan sicher. Er wollte den Mann töten, und zwar langsam.

Ethan bemerkte den Blick in ihren Augen, als sie sich zum Banditen umdrehte. Sie hatte ihre Angst schnell überspielt und mutig reagiert, aber als er den angstvollen Schimmer in diesen schönen braunen Augen sah, verlor er die Beherrschung. Er feuerte seinen Pfeil ab und traf den Bastard in die Flanke.

Der Übeltäter drehte sich verwirrt um, griff nach dem Pfeil in seiner Seite und gab Ethan damit die Gelegenheit, einen weiteren Pfeil anzulegen. Der Mann war ein bisschen zu langsam und nahm seine Umgebung zunächst gar nicht richtig wahr.

Ethan trat hinter dem Gebüsch hervor, zielte mit seinem zweiten Pfeil, schoss und traf ihn in den Rücken. Vielleicht kein tödlicher Schuss, aber genug, um ihn zu schwächen, bis er Jennet in Sicherheit gebracht hatte.

„Bist du verletzt?", fragte er, nachdem er zu ihr gerannt war und neben ihr zum Stehen kam. Ihr so nahe zu sein, löste bei ihm seltsame Gefühle aus, die er nicht verstand.

„Nein, mir geht es gut. Ethan, pass auf!"

Er wurde überrumpelt. Der Überlebensinstinkt des Schurken hatte ihn dazu gebracht, zu seinem Pferd zurückzulaufen, um seinen eigenen Bogen zu holen.

Als Ethan sich umdrehte, um zu sehen, was los war, traf ein Pfeil seine linke Schulter und bohrte sich tief in sein Fleisch. Er war so erschrocken, nicht nur vom Angreifer, sondern auch von dem abrupten Schmerz, dass er nach dem Pfeil griff und ihn herauszog, wobei ihm ein lautes Stöhnen entfuhr, bevor er ihn zur Seite warf.

Ethan blickte zu seinem Gegner hinüber und war nicht überrascht, dass sich seine Bewegungen verlangsamten. Ethans zweiter Pfeil hatte den Mann schwer verwundet. Das Blut durchtränkte die Kleidung. Ethan hatte eine viel ernstere Wunde verursacht, als er zunächst gedacht hatte. Er beobachtete, wie die Lebenskraft den Körper des Mannes verließ und der Bastard zu Boden sackte. Er rollte sich auf den Bauch und versuchte mit den Händen, den Pfeil zu entfernen, aber so weit kam er nicht.

Ethan drehte sich zu Jennet um, unsicher, was

er als Nächstes tun sollte. Man hatte ihm gesagt, jetzt sei der richtige Zeitpunkt, sie in den Arm zu nehmen. Aber er musste sie erst untersuchen, um sicherzugehen, dass sie nicht verletzt worden war.

„Jennet? Bist du wohlauf?", fragte er.

„Nein, du Idiot! Ich bin nicht wohlauf."

Alles, was er in diesem Moment spürte, war das verzweifelte Bedürfnis, davonzulaufen.

KAPITEL DREIZEHN

SEINE BEINE WAREN bereit zu rennen, aber eine leise Stimme hielt ihn auf.

„Bitte verlass mich nicht. Nicht jetzt, Ethan." Jennet griff nach ihm, aber sie hielt in der Bewegung inne, kurz bevor sie seinen Oberarm erreichte.

Er starrte auf ihre Hand und erkannte, dass dies ein wichtiger Moment war. Nach allem, was sie gerade durchgemacht hatte, musste er etwas für sie tun. Er hob seinen Blick zu ihr und sagte: „Ich kann dich umarmen, wenn es dir hilft. Ich habe ein zusätzliches Plaid, das ich zwischen uns legen kann." Sein Verstand arbeitete schnell, um eine Lösung zu finden, jetzt, wo er klar sah, was sie benötigte. Es hatte ihn so sehr geschmerzt, dass er nicht in der Lage gewesen war, ihr das zu geben, was sie brauchte. Jetzt war er bereit, alles zu tun, um einen Weg zu finden, sie zu trösten. Er würde nicht zulassen, dass sie sich ihm näherte, nur um sie dann wegzustoßen. Er nahm das Plaid aus seiner Satteltasche und legte es über seine Brust. „Ist das in Ordnung? Damit kann ich dich umarmen."

„Es ist mir einerlei. Ich brauche *dich*, Ethan."
Sie griff nach seinem Arm, zog sich an ihm hoch
und ließ sich gegen Ethan fallen. Er fand, dass
dies eine akzeptable Position war, weil es keinen
Hautkontakt gab.

„Ich halte dich fest", betonte er. Sein Körper
unterdrückte einen kleinen Schauder, als er
endlich das zuließ, was er nach all den Jahren
abgelehnt hatte. Obwohl er ihre Haut nicht
berührte, konnte er ihre Wärme durch den Stoff
hindurch spüren. Er schlang seine Arme um sie,
legte ihren Kopf unter sein Kinn und erlaubte
ihr, zu weinen. Er spürte ihr weiches Haar und
merkte, dass ihn das nicht störte. Er nahm ihren
Duft war – stärker als zuvor.

Ethan hielt sie in den Armen, genau wie
Donnan es vorgeschlagen hatte. Er brauchte
nicht zu sprechen; er verstand, dass sie nur seine
Gegenwart brauchte. Er würde einfach für sie
da sein. Seine reine Anwesenheit, so hatte Kyle
gesagt, würde sie beruhigen.

„Haben sie dir wehgetan, Jennet?"

„Nein", flüsterte sie und schluchzte. „Ich muss
nur ein kleines bisschen weinen. Dann geht es
mir wieder gut."

Also ließ er sie weinen.

So konnte er sich auf alles andere konzentrieren,
was Jennet ausmachte. Ihr Duft nach der süßesten
aller Kiefern, die Seidigkeit ihres Haares, die
Weichheit ihrer Kurven. Er spürte die Wölbung
ihrer Brüste, als sie darum kämpfte, ihre
Schluchzer zu kontrollieren, und die Art und
Weise, wie ihre Hände die Muskeln in seinen

Oberarmen umklammerten, als hätte sie Angst, ihn loszulassen.

Diese Frau in seinen Armen war nicht wie Cori. Daran musste er sich erinnern. Ethan kam nicht umhin, sich vorzustellen, dass das Zusammensein mit Jennet ganz anders sein würde... sogar vergnüglich. Könnte Jennet der Schlüssel sein, um ihn von seinen Ängsten zu befreien?

Es war Zeitverschwendung, sich jetzt damit zu beschäftigen, stattdessen musste er über *ihre* Situation nachdenken. Wie hatte sie es überhaupt geschafft, in eine solch missliche Lage zu geraten? Was hatte sie hier zu suchen? Ihm kam der Gedanke, dass dies etwas mit ihrer wichtigen Aufgabe zu tun haben könnte, also fragte er: „Ist dein Vater geheilt?"

Sie stützte sich gegen seine Brust, um zu ihm aufzuschauen, schniefte mehrmals und flüsterte dann „Nein", bevor sie sich wieder an ihn schmiegte.

Ethan fragte sich, ob er die Sache noch schlimmer gemacht hatte, was ihn weiter grübeln ließ. Was könnte er sagen, um es wieder in Ordnung zu bringen? Er dachte einen Moment lang darüber nach, bevor ihm schließlich etwas einfiel, was er bei Marcas und Brigid gesehen hatte. Er schob Jennet etwas von sich weg, wobei er nur den Stoff berührte, und sagte: „Erzähl mir von deinem Vater."

Sie schluckte zweimal, schniefte dreimal und wischte sich dann die Tränen aus den Augen. „Du hast recht. Ich muss mich zusammenreißen." Sie starrte einen Moment lang auf den Boden und wischte sich weiterhin die Tränen aus den Augen.

„Meinem Vater geht es nicht gut."

„Aber du kannst ihm helfen, nicht wahr? Warum bist du fortgegangen?"

Die Tränen fingen wieder an zu fließen, also fragte er: „Darf ich dich im Arm halten, und wir setzen uns auf den Felsen dort?"

Sie warf einen Blick auf die Stelle, auf die er gedeutet hatte, und nickte dann, während sie flüsterte: „Das würde ich gerne, wenn es nicht zu viel Mühe macht."

Er führte sie zu einem Felsbrocken, der nicht weit vom Weg entfernt war. Dann hielt sie inne. „Ethan, bist du allein?" Sie blickte sich um, offenbar auf der Suche nach einem anderen Pferd. Die Luft war still, der einzige Laut, der zu ihnen drang, war das Geräusch von Eichhörnchen, die durch die Bäume hüpften, und der Gesang der Vögel.

„Aye."

„Aber wir sind nicht weit vom Weg entfernt, was nicht klug ist. Es waren vier Männer, die mich verfolgt haben, aber drei sind weggelaufen. Diese Männer könnten jederzeit zurückkommen, also müssen wir aufbrechen. Die einzige Möglichkeit, in Sicherheit zu sein, wäre, einen anderen Ort zu finden. Gibt es hier in der Nähe nicht eine Höhle? Ich glaube, wir müssen vorsichtiger sein. Wir müssen versuchen, unauffälliger zu sein, wenn uns jemand begegnet." Sie schaute sich um. „Die anderen drei könnten jederzeit zurückkehren, um nach ihrem Freund zu suchen."

„In Ordnung. Ich kenne eine Höhle etwa eine

Stunde nördlich von hier. Willst du nach Ramsay Castle oder Black Isle?"

Sie seufzte, dann nickte sie traurig. „Black Isle, wenn du mich mitnimmst."

„Das werde ich. Wo ist dein Pferd?"

„Es war genau dort, aber jetzt ist es weg. Vielleicht hat der Schurke es verscheucht." Sie sah sich um und war traurig, kein Pferd mehr haben. Die Gegend war übersät mit Kaninchenknochen und anderen Dingen, die die vier Männer zurückgelassen hatten. Sie hatten es offensichtlich eilig gehabt, zu verschwinden.

Ethan stand auf und suchte die Gegend ab, wobei er bei der Leiche innehielt, um seine Pfeile zu holen. Er verspürte keine Reue, nur Genugtuung für den Tod des Mannes, der Jennet angegriffen hatte. Dies war etwas ganz anderes als die Leichen, die er wegen des Fluchs gesehen hatte, ihr Ableben war eine Tragödie gewesen. Er ging an dem toten Mann vorbei zu dem Pferd, das der Mann zurückgelassen hatte. Es war offensichtlich nicht das Pferd, das Jennet gehört hatte, denn das Tier war schlecht gepflegt. Er ließ das Pferd frei, in der Hoffnung, dass es allein Nahrung finden würde. Als er ihm die Zügel abgenommen hatte und es davontrabte, sah er aus den Augenwinkeln etwas in einem nahen Baum hängen. Eine von Jennets Satteltaschen, und er vermutete, dass es die größere war, die sich an einem Ast verfangen hatte. Er erinnerte sich daran, dass sie oft mit zwei Taschen reiste, obwohl er nicht wusste, warum.

Er schnappte sich die Tasche und kehrte zurück, seinen Fund in die Luft haltend. „Das Pferd muss weggelaufen sein, aber deine Tasche hat sich in den Bäumen verfangen. Schau mal." Er sah das kleine Lächeln auf ihrem Gesicht angesichts seines Fundes und brachte die Tasche direkt zu seinem Pferd.

Er befestigte sie an seinem Sattel und hob Jennet dann auf den Rücken seines Tieres, bevor er hinter ihr aufsaß. „Sein Pferd war noch da, aber es war nicht in guter Verfassung. Es würde eine Reise in die Highlands nicht überstehen. Es ist das Beste für dich, wenn du mit mir reitest." Er zog ein zusätzliches Plaid aus seiner Satteltasche und legte es zwischen sie, nur um sicherzugehen. Da er keine Aufmerksamkeit auf seine Eigenart lenken wollte und ihm seine Verletzlichkeit ein wenig peinlich war, fügte er hinzu: „Ein zusätzliches Plaid… um dich warm zu halten."

Sie waren noch nicht weit gekommen, als Jennet an ihn geschmiegt einschlief, was ihm nichts ausmachte. Ethan begann, die Nähe, die er zu Jennet fühlte, zu akzeptieren. Mehr und mehr empfand er es als natürlich. Es fühlte sich an wie eine Hürde, die er tatsächlich nehmen konnte.

Oder war seine Akzeptanz sogar ein Hinweis auf seine Gefühle für das Mädchen?

Er wusste es nicht und wollte nicht darüber nachdenken. Er genoss einfach das Gefühl und die Wärme ihres Körpers an seinem. Vom Standpunkt seines Überlebens in der Wildnis war es sicherlich praktischer, mit einer anderen Person neben sich zu schlafen.

Sie wachte erst auf, als sie die Höhle erreichten. Er rüttelte sie leicht und sie zuckte leicht zusammen, setzte sich auf und lächelte, als sie ihn sah. „Gott sei Dank", flüsterte sie. „Ich dachte, ich würde immer noch von diesen widerlichen Männern gefangen gehalten."

Er führte sie zur Höhle mitten im Wald, nachdem er das Pferd abgesattelt und ihm den Sack Hafer gegeben hatte, den er mitgebracht hatte. Er kletterte eine kleine Anhöhe hinauf, um den Höhleneingang zu erreichen, und ging vor ihr, um die Höhle zuerst zu begutachten. Als er sich umgesehen hatte, winkte er ihr zu. „Es ist niemand hier. Für diese Nacht sind wir sicher. Wenn wir hinter der Biegung drinnen weitergehen, werden wir wohl auch nicht von außen gesehen werden. Im hinteren Teil der Höhle scheint es einen Vorsprung zu geben."

Die Höhle roch nach Regen, eine Pfütze befand sich an der Seite, wo es eine Öffnung im Felsen gab. Ethan bevorzugte Höhlen mit Öffnungen für frische Luft. Sie ließen nicht nur das Regenwasser durch, sondern auch das Tageslicht, sodass die Reisenden die Morgendämmerung und die Abenddämmerung sahen. Drinnen angekommen, legte er ihre Sachen ab und ließ sich auf einem Felsen im hinteren Teil der Höhle nieder. Dann legte er sein zusätzliches Plaid wieder an seinen Platz. „Ich werde dich wieder in den Arm nehmen, während du mir von deinem Vater erzählst." Der Gedanke, sie wie vorhin in die Arme zu schließen, gefiel ihm sehr.

Was geschah mit ihm?

Jennet hätte nicht überraschter sein können, dass Ethan bereit war, ihre Nähe wieder zuzulassen, selbst mit dem zusätzlichen Plaid zwischen ihnen. Diese Erkenntnis traf sie erst jetzt, als sie sich endlich beruhigt hatte. Sie war froh, ihn hier bei sich zu haben. Da akzeptierte sie gerne, dass sie einen Sicherheitsabstand einhalten musste, um Ethan kein Unbehagen zu bereiten.

Es war ihr egal, solange sie nur sicher und weit weg von diesen Bastarden war. Bei dem Gedanken, was sie mit ihr vorgehabt hatten, erschauderte sie und beschloss, dass es wohl am besten war, diese Vorstellungen nicht mit Ethan zu teilen. In mancher Hinsicht war er behüteter, als sie und Brigid es gewesen waren.

Aber sie wollte von den Erfahrungen berichten, die sie mit ihrem Vater gemacht hatte. „Die Situation mit meinem Vater ist schlimm. Es geht ihm nicht gut, und ich konnte ihm nicht helfen."

„Sag mir, was passiert ist. Er lebt aber noch, nicht wahr?"

„Aye, er lebt noch, aber wir wissen nicht, was das Eitern der Wunde und sein Fieber verursacht."

„Dann solltest du bleiben, bis du das Rätsel gelöst hast. Du und deine Mutter könntet das Problem weiter untersuchen, nicht wahr?"

Es war nicht ganz so einfach, auch wenn es anderen so erscheinen mochte. Die Leute verstanden nicht, dass Heiler meistens keine Ahnung davon hatten, was genau Krankheiten verursachte. „Meine Mutter hat ihn mehrfach untersucht, aber sie konnte keine Ursache finden."

„Dein Verstand ist wahrscheinlich schneller als der deiner Mutter. Warum kannst du das Problem nicht lösen?"

Sie seufzte und dachte an die Kammer, die sie eilig verlassen hatte, an ihre Geschwister, die dort gewesen waren, um ihr zu helfen. „Seine Wunde eiterte, und meine Mutter und ich waren uns einig, dass wir sie säubern, den Eiter abwaschen und sie dann neu verbinden mussten. Das wollten wir tun, aber mein Vater wurde wütend."

„Wütend?"

Sie blickte ihn an, tief verletzt von der Wahrheit. „Wütend auf mich. Er sagte mir, ich solle eine bestimmte Stelle nicht anfassen, die ihn am meisten schmerzte. Ich ignorierte ihn aber und versuchte, die Stelle zu säubern, und er wurde wütend."

„Manchmal ist es das Delirium, das aus Kranken spricht. Das ist genau das, was meine Mutter immer gesagt hat. Man soll nicht auf die hören, die sehr krank sind. Davon habe ich mich leiten lassen, als ich mich um die Kranken gekümmert hatte, als wir den Fluch hatten."

„Nicht in diesem Fall", widersprach sie und blickte in seine grauen Augen. „Er hat versucht, mich zu schlagen."

„Dich zu schlagen? Dein eigener Vater? Du bist erwachsen. Es ist zu spät für Erziehungsmaßnahmen."

„Stimmt! Als ich versuchte, die wunde Stelle zu säubern, wurde er so wütend, dass er mich schlagen wollte. Nur die Hand meines lieben Bruders hat ihn davon abgehalten. Mein Vater ist viel größer als ich."

„Was ist dann passiert?"

„Ich bin weggelaufen." Sie schniefte und lehnte sich an ihn, um seine Wärme zu spüren. Sie mochte das Gefühl seiner Arme um sie.

„Und als dein Vater sich entschuldigt hat, hast du dich besser gefühlt, nicht wahr?"

„Nein, er hat sich nicht entschuldigt." Sie seufzte erneut, denn es half ihr, sich selbst zu beruhigen. „Ich bin fortgegangen und nicht wieder umgekehrt."

„Wahrhaftig? Du hast deiner Mutter nicht Bescheid gegeben, dass du fortgehst? Deiner Schwester? Deinen Brüdern?"

Sie schüttelte den Kopf, denn sie wusste, dass die Worte so schmerzhaft waren, dass sie, wenn sie sie noch einmal aussprechen müsste, erneut zu schluchzen beginnen würde. „Ich habe zwei Fehler gemacht – meinen Vater zu verletzen und fortzugehen, ohne mich zu verabschieden. Ich kann nie wieder nach Hause zurückkehren."

Ihr Vater hasste sie.

KAPITEL VIERZEHN

ETHAN WUSSTE NICHT, was er sagen sollte, aber eines hatte er verstanden: Weglaufen war tatsächlich eine Lösung für alle Probleme. Er lief schon seit Jahren vor seinen Problemen davon.

Ehe sie sich versahen, war es dunkel, und er meinte: „Wir sollten uns etwas ausruhen. Wir können zusammen in der Höhle schlafen. Ich verspreche, ehrenhaft zu sein und keine unschicklichen Annäherungsversuche zu machen, aber es wäre ratsam, die Wärme des anderen zu nutzen. Wir werden das Plaid zwischen uns legen, damit du dich nicht unwohl fühlst. Bist du damit einverstanden?"

„Aye, mir wird schnell kalt. Ich habe zwei Felle in meiner Tasche."

„Und ich habe auch welche. Genug, um zwei unter uns zu legen, und die anderen können wir als Decke benutzen. Ich bin bereit zu schlafen, wenn du es auch bist."

„Das bin ich. Ich danke dir, dass du mich gerettet hast, Ethan." Sie standen beide auf, und sie stellte sich auf die Zehenspitzen, um ihn auf die Wange zu küssen. „Ich hoffe, das stört dich nicht."

„Das tut es nicht. Ich vertraue dir."

„Ethan, das hätte ich fast vergessen. Wie geht es deiner Schulter? Ich hätte sie mit Salbe einreiben sollen. Ich habe ein kleines bisschen dabei…" Sie begann, in ihrer Tasche zu wühlen.

„Es ist alles in Ordnung. Ich brauche die Salbe nicht." Er warf einen Blick auf seine Schulter. „Es blutet überhaupt nicht. Du kannst die Wunde morgen versorgen, wenn du willst." Es tat zwar etwas weh, aber er war ein Krieger. Er würde kein Aufhebens um eine kleine Verletzung machen.

Sie ließen sich auf dem Boden im hinteren Teil der Höhle nieder, weit weg von der Öffnung und dem Wind. Er rückte von hinten an sie heran, und Jennet schmiegte sich an ihn, mit dem Rücken an seiner Brust. Das passte ihm gut. Sobald sie zugedeckt waren, entspannte sie sich neben ihm.

Er mochte es, sie so nah bei sich zu haben, sein Beschützerinstinkt regte sich. Und noch etwas anderes. Er dachte daran, ihre Haut zu berühren, mit ihr intim zu werden, etwas zu tun, was Marcas als ‚Liebe machen' bezeichnet hatte.

Er hatte mit Cori nicht ‚Liebe gemacht'. Ihre Begegnung war erzwungen gewesen und hatte für keinen von beiden ein befriedigendes Ende gehabt. Bei Jennet war er zuversichtlich, dass es anders sein würde. Sie gab ihm Hoffnung, was er vorher nicht gespürt hatte. Er wagte es, sich ein Leben vorzustellen, in dem er nicht von seinen Ängsten gequält wurde, besonders, was Jennet anging.

Könnte er wie andere Männer sein?

„Ethan, was ist passiert, dass du solche Angst hast, Menschen zu berühren? Ich will nicht zu neugierig sein, aber wenn du wirklich den Wunsch hast, um mich zu werben, würde ich das gerne wissen."

„Ich werde es dir sagen, wenn du willst. Es geht nicht so sehr um Berührungen als um Vertrauen. Ich muss den Menschen vertrauen, die ich berühre, oder die mich berühren." Er seufzte und bereitete sich auf diese neue Herausforderung vor. Von allen Ereignissen in seinem Leben, die schwer zu erzählen waren, übertraf dieses alle.

„Vor vielen Jahren, als ich erst fünfzehn Jahre alt war, reiste ich zum Sommerfest des Clans Milton. Alle Clans waren eingeladen, und es gab mehrere Wettkämpfe. Es gab unter anderem Schwertkämpfe, Baumstammwerfen und Bogenschießen.

Ich war froh, dass ich mitmachen durfte, aber ich war nicht der Beste in allem. Allerdings war ich bei einer bestimmten Disziplin, dem Hammerwerfen, außergewöhnlich gut. Der Milton-Clan hatte große Hämmer, die sie in ihren Wettbewerben verwendeten, und ich war gut darin, weil ich im Kopf ausrechnen konnte, wie hoch ich den Hammer werfen musste, damit er möglichst nah an der Mitte des Ziels landete. Oft wurden die Hämmer unter den Teilnehmern ausgetauscht, weil die unterschiedlichen Gewichte die Leute aus dem Konzept brachten, aber nicht bei mir. Ich konnte meinen Wurf so anpassen, dass ich jeden Hammer benutzen konnte, den sie mir gaben."

„Das ist eine beeindruckende Fähigkeit für dein

Alter, Ethan. Wie hast du gelernt, dich so schnell an die verschiedenen Hämmer anzupassen?"

„Es ist schwer zu erklären, aber ich sehe es vor meinem geistigen Auge – den Hammer, die Entfernung, die Höhe jedes Wurfs. Es hat mir Spaß gemacht, und ich war gut darin. Ich habe sogar den ersten Platz gewonnen."

Jennet drehte sich um, sodass sie ihn ansehen konnte. „Und was hat das mit deinen Ängsten zu tun?"

Er schluckte und beschloss, ihr gegenüber ehrlich zu sein. „Es gab da ein Mädchen, das ich mochte. Ich fand sie schön und wollte mich mit ihr treffen. Nachdem ich den Wettbewerb gewonnen hatte, lief ich auf dem Gelände herum und suchte nach ihr. Sie hieß Cori. Aber leider war Cori mit einem anderen Jungen zusammen. Das ärgerte mich, aber zu meiner Überraschung kamen ihre Freundinnen auf mich zu und sprachen darüber, wie gut ich im Hammerwerfen sei. Ihre beiden Freundinnen hießen Alva und Dunn. Nachdem ich meinen Preis erhalten hatte, haben sie mich aufgesucht. Alva, die ich nicht besonders mochte, weil sie oft laut und grob war, zog mich hinter die Büsche."

Er zögerte, vor allem, weil diese Geschichte noch niemand außer seinen Brüdern und seiner Schwester gehört hatte. Würde sie ihn auslachen oder doch verstehen, was er durchgemacht hatte? Sein Vater hatte ihm erklärt, dass es viel über den Charakter eines Menschen aussagte, wenn man jemandem von seinen verletzlichsten Momenten erzählte. Anhand ihrer Reaktion und

ihres Verständnisses würde er sofort wissen, ob
Jennet die richtige Person für ihn war. Aber er
hatte keine große Angst davor. Er war bereits so
weit gegangen, er würde zu Ende bringen, was
er begonnen hatte. Er wusste jetzt, dass Jennet
zu umwerben auch bedeutete, sich ihr zu öffnen,
mit all seinen Schwächen und Komplexen. Der
Moment der Wahrheit war gekommen, und er
würde Jennet sein Vertrauen schenken.

„Alva hat dann versucht, mich zu küssen, dann
hat sie versucht, mir unter mein Plaid zu greifen.
Ich mochte das nicht, ich mochte sie nicht,
und das Letzte, was ich erwartet hatte, war, dass
sie mich *dort* anfasste. Ich geriet in Panik und
schubste sie weg, aber sie erzählte ihren Freunden
schlimme Dinge über mich.“

„Was zum Beispiel?“

„Sie erzählte Cori, während sie mit dem anderen
Mann zusammen war, dass ich ein schlechter
Küsser sei und keinen hoch bekäme. Cori –
mein damaliger Schwarm – sah mich nur an und
lachte mich aus. Dunn drückte mich dann mit
dem Rücken gegen einen Baum und versuchte
dasselbe, indem sie ihren Mund auf meinen
presste, aber ich schob sie weg. Leider war ich
nicht schnell genug, um ihre Hand aufzuhalten,
bevor sie mich unter dem Plaid berührte, und ich
schrie sie an und stieß sie weg. Das gefiel ihr auch
nicht, also begann sie zu lügen.“

„Oh, Ethan. Wie furchtbar.“

„Sie gingen dann zu Cori, und Alva sagte: Mit
ihm stimmt etwas nicht. Er wird nicht einmal
hart. Dunn sagte: Er ist mir unheimlich. Ich traue

keinem Kerl, der einen Kuss nicht erwidert. Was ist los, Ethan? Würdest du lieber dein Pferd küssen? Deine Kühe oder Schweine? Er wurde nicht mal hart und wollte sich nicht anfassen lassen. Etwas stimmt mit ihm nicht."

Ethan sprach nicht weiter. Die ganze Angelegenheit hatte sich abgespielt, bevor Cori zu ihm gekommen war, als er ein paar Jahre älter war. Damals war er noch jung gewesen und hatte wenig über Beziehungen gewusst.

Jennet flüsterte: „Ethan, ich muss dich umarmen. Ich verstehe jetzt alles, aber bitte vertraue mir. Und ich verspreche, dir zu sagen, wenn ich dich berühren möchte."

Sein Atem war schneller geworden, als er von diesem schrecklichen Tag erzählte. Es war ihm peinlich, seine Abneigung gegen etwas zuzugeben, das sich andere Männer ständig zu wünschen schienen. Nur ihm hatte es überhaupt nicht gefallen. „Ich mag es nicht, wenn man mich unter meinem Plaid anfasst."

„Darf ich dich umarmen?"

Ethan dachte einen Moment lang nach. Würde es die Situation noch schlimmer machen, wenn er es ihr erlaubte?

Jennet ermunterte ihn: „Versuch es, Ethan. Es könnte dir gefallen, umarmt zu werden. Und ich lege das Plaid zwischen uns."

„In Ordnung."

Sie schlang ihre Arme um ihn und drückte sich an ihn, legte ihren Kopf an seine Schulter und hielt ihn in ihren Armen. Ethan wartete auf das Unbehagen, aber er spürte keine Angst, kein

Misstrauen. Es *gefiel* ihm sogar. Er genoss ihre Nähe noch ein paar Augenblicke lang, bevor er sich zurückzog und bestätigte: „Du hast recht. Ich genieße unsere Umarmungen."

Sie sagte: „Gut. Traust du dich, noch eine neue Erfahrung zu machen?"

Er nickte. Er wollte mehr von Jennet spüren.

Jennet beugte sich vor, die Augen geschlossen. Ihre warmen, weichen Lippen, die auf seinen landeten, lösten in Ethan eine Hitze aus, die er nicht verstand. Aber dann spürte er plötzlich etwas anderes.

Er wurde hart.

Sie lagen die ganze Nacht über so, wie sie eingeschlafen waren, Jennets Rücken war an seine Brust geschmiegt, und allein ihre Wärme gefiel ihm schon. In der Nacht kamen seltsame Wünsche in ihm hoch, von denen er dachte, dass er sie nie haben würde. Obwohl er daran interessiert gewesen wäre, andere Dinge mit Jennet auszuprobieren, hatte er ihr versprochen, dies nicht zu tun.

Ethan hatte noch nie ein Versprechen gebrochen.

Stattdessen schliefen sie in unschuldiger Glückseligkeit.

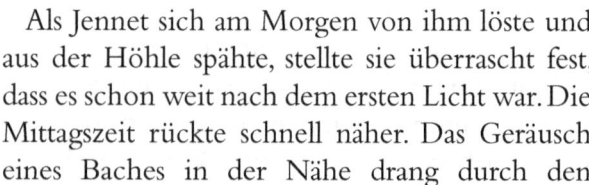

Als Jennet sich am Morgen von ihm löste und aus der Höhle spähte, stellte sie überrascht fest, dass es schon weit nach dem ersten Licht war. Die Mittagszeit rückte schnell näher. Das Geräusch eines Baches in der Nähe drang durch den

Wald, der zwar nicht so nah war, wie sie es sich
wünschte, ihr aber die nötige Abgeschiedenheit
verschaffte, um ihre morgendlichen Bedürfnisse
zu erledigen.

Ethan erwachte hinter ihr, und sie teilte ihm
mit: „Ich gehe zum Bach, um mich zu erfrischen.
Ich fülle auch unser Wasser auf, wenn du willst."

„Ich kümmere mich darum. Wenn du mich
brauchst, rufe bitte, ich werde dich hören."

Zu wissen, dass Ethan in Hörweite war, war
ein Trost für sie. Er war ein ehrenwerter Mann,
der sie gegen jeden Menschen und jede Kreatur
beschützen würde, da war sie sich sicher. Sie
brauchte sich bei ihm auch keine Sorgen über
ihre Jungfräulichkeit zu machen, denn dazu war
er noch nicht bereit.

Ihre Jungfräulichkeit. Ihre verflixte
Jungfräulichkeit, der Fluch ihrer Existenz. Wenn
sie eine Wette abschließen müsste, würde sie
darauf wetten, dass sie sie niemals verlieren würde.
Wenn es auf dem Land der Ramsays jemanden
für sie gäbe, hätte sie ihn schon längst getroffen.

Würde sie jemals einen Mann für sich finden,
so wie Brigid Marcas gefunden hatte? Sie beeilte
sich, wusch sich Hände und Gesicht und spülte
sich zuletzt den Mund aus, bevor sie zur Höhle
zurückkehrte. Da sie keine Lust hatte, noch
einmal entführt zu werden, wusste sie, dass sie
nicht trödeln sollte.

Als sie ihr Lager erreichte, kam Ethan ihr
von der gegenüberliegenden Seite der Höhle
und des Felsvorsprungs entgegen und folgte
dann ihrem Weg zum Bach. „Ich werde gleich

zurückkommen, Mädchen."

Nachdem sie ihre Morgentoilette beendet hatten, sagte sie: „Ich glaube, es ist Zeit, nach Black Isle zurückzukehren, aber wir sind nur zu zweit, also sollten wir uns vom Hauptweg fernhalten."

„Bist du sicher, dass du nicht zurückreiten willst, um zu sehen, wie es deinem Vater geht?"

Als sie Ethans Worte hörte, wünschte sie sich verzweifelt, sie könnte mit ihrer Mutter sprechen und sie fragen, ob die Waschung der Wunde und die Salbe, die Behandlungen, die so schmerzhaft für ihn gewesen waren, ihrem Vater überhaupt geholfen hatten. Doch es gab für sie jetzt einfach kein Zurück mehr. Von nun an würde sie sich nur noch vorwärts bewegen.

Ihr Vater hatte versucht, sie zu schlagen, und sie würde nie den Blick in seinen Augen vergessen, als er die Hand gegen sie erhob. Sie packte ihre Sachen zusammen und bemerkte, wie Ethans Hand zu seiner Schulter wanderte. „Ethan, vielleicht sollten wir das waschen und verbinden. Ist es eine tiefe Wunde?"

„Nein, es geht schon. Es tut kaum noch weh, nur wenn ich mich bewege. Das wird schon wieder." Jennet schimpfte mit sich selbst, weil sie sich so sehr auf ihren eigenen inneren Schmerz konzentriert hatte und seine Verletzung vergessen hatte. Er schien nicht viel geblutet zu haben, sonst hätte sie es bemerkt.

Sie stiegen auf Ethans Pferd und ritten in Richtung Nordosten, nach Black Isle. Sie sprachen nicht viel, denn der Wind heulte durch die Bäume übers Land und machte es unmöglich, einander zu verstehen. Sie hielten nur einmal an, und Jennet bemerkte eine Veränderung an Ethan, obwohl sie sich der Ursache nicht sicher war.

Er half ihr abzusteigen, aber sein Knie knickte ein, als ihre Füße den Boden berührten. „Ethan, was ist los?" Sie suchte in seinem Gesicht nach irgendeinem Anzeichen, aber er war stoisch wie immer. „Nichts, es geht mir gut. Ich muss nur kurz austreten." Er drehte sich langsam um und ging hinter einen Busch. Jennet dachte, dass sie wahrscheinlich früher hätten anhalten sollen.

Aber er kam rechtzeitig zurück und half ihr ohne Probleme, auf das Pferd zu steigen, bis sie ihn dabei erwischte, wie er zusammenzuckte. „Tut dir die Schulter weh? Ich kann sie mit einer Salbe einreiben."

„Nein, das ist in Ordnung. Ich bin müde, aber nach allem, was du durchgemacht hast, musst du auch müde sein. Es ist wichtig, dass wir weiterreiten. Je näher wir Black Isle kommen, desto sicherer werden wir sein. Nicht viele kommen so tief in die Highlands, Mädchen. Mach dir keine Sorgen um mich."

Sie setzten ihre Reise in Richtung Matheson-Land fort, zum Glück ohne Stürme. Der Wind blies weiter, aber der Regen blieb aus, wofür sie dankbar war, denn diese Art von Stürmen würde ihre Reise erheblich verlangsamen. Sogar Pferde hassten Unwetter. Es war schon fast dunkel, als Jennet einen Blick über die Schulter zu Ethan warf. „Bist du sicher, dass es dir gut geht? Du siehst nicht gut aus." Sie konnte nicht genau sagen, was es war, aber er hatte sich innerhalb eines halben Tages verändert.

„Mir geht es gut, aber ich kann dich bei diesem starken Wind kaum hören. Wir müssen bald einen Platz für die Nacht finden. Da vorne ist eine Höhle, und ich glaube, es wird heute Nacht regnen. Ich möchte nicht, dass du auf nassem Boden schlafen musst, Jennet. Dieser Wind ist zu stark." Er blickte in den Himmel. Der pfeifende Wind ließ nicht nach.

Das war wahrscheinlich auch der Grund, warum Padraig direkt hinter ihnen ritt, und sie bemerkten ihn erst zu diesem Zeitpunkt.

Er lenkte sein Pferd neben sie und grinste. „Ich hätte nicht erwartet, dich so schnell zu finden. Du bist ja nicht weit gekommen. Wie hast du Jennet gefunden?"

„Du hast Padraig kennengelernt?", fragte Jennet und drehte sich um, um Ethan wieder anzuschauen. Ohne seine Antwort abzuwarten, wandte sie sich an Padraig: „Ethan hat gesagt, dass es da vorne eine Höhle gibt. Weißt du etwas davon? Kennst du sie?"

„Aye, ich werde euch den Weg zeigen. Sie ist gleich hinter der nächsten Biegung, auf der anderen Seite des Baches."

Sie sah zu Ethan auf, um zu sehen, ob er widersprechen würde, aber er tat es nicht. Er nickte schwach, und der Anblick seiner glasigen Augen gab ihr ein ungutes Gefühl. Sie sah Padraig an und drängte ihn: „Schnell."

Padraig setzte sich in Bewegung und lehnte sich gegen den Wind. Etwa eine halbe Stunde später führte er sein Pferd in die Nähe des Baches und ritt eine Weile an großen Steinen vorbei, bis er die Höhle fand. Die Öffnung war groß genug für die Pferde; ein glücklicher Umstand, denn so konnten sie einige der heftigen Winde abschwächen, die in die Höhle eindrangen.

Jennet stieg mit Hilfe von Padraig ab, aber zu ihrem Entsetzen fiel Ethan fast vom Pferd. Padraig fing ihn auf, und Jennet streckte ihre Hand aus, um Ethan aufzurichten. „Er hat hohes Fieber, Padraig. Wir müssen ihn in die Höhle bringen und ihm etwas zu trinken geben."

„Warum sollte er Fieber haben?", wollte Padraig wissen, während sie den kurzen Weg zur Höhle hinaufgingen.

„Er hatte eine Pfeilwunde in der Schulter, und ich habe sie nicht verbunden."

„Das sieht dir gar nicht ähnlich, Jennet."

„Ich weiß. Ich war in Gedanken bei all den Geschehnissen und wie dankbar ich war, dass er mich gefunden hat. Ich hätte tot sein können, wenn er nicht gewesen wäre. Es ist zu viel passiert, und ich habe seine Wunde darüber vergessen. Heute Morgen hat er mir gesagt, es sei nichts, und ich habe kein Blut gesehen." Würde sie ihr Fehler teuer zu stehen kommen? Würde es Ethan seinen Arm kosten? Eine weitere Verletzung, die sie nicht heilen konnte?

Nein, sie würde jetzt nicht darüber nachdenken. Sie würde ihn hineinbringen, seine Wunde säubern, sie mit einem Verband versehen und ihn die Nacht über schlafen lassen. Morgen früh würde es ihm wieder besser gehen, davon war sie überzeugt, auch wenn es für sie ungewöhnlich war, dass ihre Gefühle schwerer wogen als ihre Vernunft.

Sie schnappte sich ihre und Ethans Satteltasche und folgte Padraig auf dem Weg in die schützende Höhle. Glücklicherweise war die Tasche, die Ethan nach dem Angriff des Banditen gefunden hatte, jene mit ihren Verbänden und Salben gewesen. Zusätzliche Felle und Kleidung bewahrte sie in jeder Tasche auf, sodass der Verlust der einen Tasche nicht so verheerend war, wie es der Verlust beider gewesen wäre. Ihre Hände zitterten, als würde gleich etwas Schreckliches über sie hereinbrechen. Sogar die Pferde waren unruhig, ein weiteres Anzeichen für einen bevorstehenden Sturm, aber sie musste sich auf Ethan konzentrieren.

Padraig führte Ethan zu einem Felsen im hinteren Teil der Höhle und lehnte ihn daran, während Jennet ihre Verbände herausholte und nach dem Tuch suchte, das sie später auf seine Wunde legen konnte. „Ethan" sagte sie und sah zu ihm hinüber. „Du siehst nicht gut aus. Wie fühlst du dich?"

„Müde. Ich muss schlafen." Er sah sie an und tat etwas, womit sie nie gerechnet hätte. Er hob seine Hand und ließ sie dann auf ihrem Gesicht ruhen, sein Finger streifte ihre Wange. „Wirst du wieder mit mir schlafen?"

Er hatte zweifellos Fieber, wenn er ihre Haut berühren konnte und nicht zurückzuckte. Er hatte es die ganze Zeit vermieden.

Padraig kicherte: „Lass das besser nicht ihren

Onkel hören, Ethan, sonst schneidet er dir gleich die Eier ab."

Ethans Blick blieb auf Jennet haften, die mit dem Zusammensuchen ihrer Utensilien beschäftigt war. Verbände, Umschläge, Seife zum Waschen. „Wir haben nichts Schlimmes getan, nur die Wärme des anderen genossen. Es lag ein Plaid zwischen uns, damit es keinen Hautkontakt gab. Und Jennets Onkel kann mir nicht so viel Angst einjagen wie Jennet."

„Jennet? Kannst du das erklären?"

„Das werde ich, sobald ich ihn behandelt habe. Mach ein Feuer und fülle eine Schale mit Wasser. Hast du Bier? Und was führt dich eigentlich hierher, Padraig?"

„Ich war auf dem Weg nach Hause, um meinem Vater und Onkel Alex zu sagen, dass es Onkel Quade nicht gut geht. Aber als ich auf halbem Weg zu ihnen war, habe ich erfahren, dass sie es schon wussten. Ich begegnete zwei Boten, von denen einer zu Jennie Cameron und einer nach Muir Castle unterwegs war. Also kam ich zurück, um nach Ethan zu suchen. Ich machte mir Sorgen, weil er hier draußen allein war." Padraig trat zu seinem Pferd und drehte sich mit einem Lächeln im Gesicht um. „Ich teile gerne mein Bier. Der Bote hat mir eine volle Flasche mitgegeben. Ich nehme nur einen Schluck, und Ethan kann den Rest haben." Er nahm einen kräftigen Schluck und reichte die Flasche dann Ethan. „Trink. Ich habe Wasser."

Ethan lehnte sich zurück und schloss die Augen. Jennet wollte ihn so gerne berühren, ihn trösten, aber sie hatte Angst, dass er zu heftig reagieren würde. Ihn jetzt zu verärgern, würde nicht helfen. „Ethan, bitte trink das für mich. Und ich muss dein Hemd ausziehen."

Ethan brauchte das nicht zweimal gesagt zu werden. Er beugte sich vor und legte sein Hemd ab, dann lehnte er sich zurück, wobei das Spiel seiner Muskeln durch die dunklen Haare auf seiner Brust zu sehen war. Sie hatte schon einige Männer gesehen, die mehr Haare auf der Brust als auf dem Kopf hatten, aber bei Ethan waren es nur wenige Haare… genau richtig, wie sie fand. Sie zwang sich, ihren Blick von seinen Brustmuskeln abzuwenden und untersuchte die Pfeilwunde. Jennet war nicht überrascht, dass sie eiterte. Sie wusste, dass sie ihn nicht anfassen sollte, also würde sie einen Leinenstreifen und ein Messer benutzen, um die Wunde zu öffnen.

„Ethan, ich muss die Wunde aufschneiden, bevor ich den Umschlag darauf lege."

„Tu, was du tun musst", meinte er nur und trank einen Schluck Bier. Er lehnte den Kopf zurück und schloss die Augen. „Ich vertraue dir, Jennet."

Jennet tat ihr Bestes, um sich auf seine Wunde zu konzentrieren. Sie schnappte sich ein Messer, hielt es in die Flamme des kleinen Feuers, das Padraig gemacht hatte, und wartete einige Sekunden, bevor sie die Wunde öffnete. Es gab noch keinen grünen oder übelriechenden Eiter. Die Flüssigkeit war noch weiß, aber sie war auch erst seit einem Tag da. Er bewegte sich nicht, als sie die Wunde berührte, aber als sie versuchte, sie mit einem Leinentuch sauber zu wischen, riss er die Augen auf und schaute ihr ins Gesicht. „Bitte hör auf."

„Es tut mir leid, aber ich muss sie auswaschen. Ich hätte das gleich tun sollen, als du verletzt worden warst, aber ich war abgelenkt gewesen."

Ethan schloss wieder seine Augen. „Tu, was du tun musst, aber bitte tu es schnell."

Padraig kam mit Wasser, mehr Holz für das Feuer und einer großen Handvoll Beeren zurück, die er mit ihnen teilte. „Ich kann nicht glauben, dass du so abgelenkt warst, dass du vergessen hast, seine Wunde zu verbinden. Was könnte dich so aus der Fassung bringen?"

Jennet fuhr mit ihrer Arbeit fort, während Ethan die Zähne zusammenbiss. Er war stark genug, um die Schmerzen zu ertragen. Sie ließ Wasser über die offene Wunde laufen und tupfte die Entzündung mit dem Leinentuch ab. Sie arbeitete so schnell wie möglich, obwohl sie wusste, dass sie gründlich sein musste. „Ich wurde angegriffen. Ich hatte versucht, Papa bei seiner Wunde zu helfen, aber er war so wütend, dass er mich fast geschlagen hätte, also bin ich weggelaufen. Das hätte ich nicht tun sollen, aber jetzt ist es zu spät. Ich war wütend."

„Lass mich raten. Du bist direkt in die Arme von Banditen gelaufen. Die sind im Sommer überall in den Highlands anzutreffen."

„Aye, sie hatten düstere Absichten, über die ich lieber nicht nachdenken möchte, aber sie wollten einen Ort abseits des Hauptweges finden, damit niemand meine Schreie hören würde. Ich nehme an, dass sie vorhatten, mir meine Jungfräulichkeit wieder und wieder zu nehmen", erklärte sie sachlich.

Padraig räusperte sich und erwiderte: „Man kann seine Jungfräulichkeit nur einmal verlieren, Mädchen. Danach ist es eine mehrfache Vergewaltigung. Wie bist du also entkommen?"

Ethan öffnete die Augen und fragte: „Stimmt es, was du über die Eier eines Mannes gesagt hast? Kannst du das wirklich tun? Wenn ich nur daran denke, wird mir übel."

„Ich habe das erfunden, Ethan. Ich bin nicht sicher, ob es möglich ist oder nicht."

Ethan lallte: „Ich will es nicht herausfinden. Sie hat ihnen einen gehörigen Schrecken eingejagt, Padraig. Sie machte ihnen weis, sie sei eine Hexe."

„Schon wieder?"

Ethan sah sie an, und sie war sich nicht sicher, wie sie seinen Blick deuten sollte, also entgegnete sie: „Ethan, ich kann viele Märchen erfinden, um Männer zu verscheuchen, vor allem, indem ich sie glauben lasse, ich sei eine Hexe. Das hat bei mir als Kind immer sehr gut funktioniert, deshalb erfinde ich auch jetzt noch Märchen, wenn es nötig ist. Ich hatte keine andere Wahl. Ich möchte jetzt nicht an die Vergangenheit denken, Padraig. Ich habe später noch genug Zeit, um ihm zu erzählen, was vor Jahren mit Bearchun passiert ist."

„Und das mit den Buchans? Es sind zahlreiche Geschichten."

„Aye, ich habe einige Geschichten zu erzählen. Aber nicht jetzt." Sie fuhr mit der Reinigung von Ethans Schulter fort und sagte: „Hör zu, ich werde dir diese Geschichte erzählen, aber du musst mir helfen, Ethans Verband zu befestigen. Einverstanden?"

Padraig lachte. „Einverstanden. Erzähl sie mir, damit ich diese Geschichte auf Grant Castle weiterverbreiten kann."

„Sie ist ein bisschen seltsam. Ich glaube, ich muss dich vorwarnen, bevor sie weiterspricht", warnte Ethan.

„Seltsam?" Padraig rieb seine Hände aneinander. „Je seltsamer, desto besser. Bitte fahre fort, liebe Cousine."

„Ich habe sie verflucht. Ich habe ihn gesagt, dass eine Schlange mitten in der Nacht kommen würde…"

„Eine Schlange mit gespaltener Zunge…", berichtigte sie Ethan.

„Aye. Eine Schlange mit gespaltenen Zunge würde mitten in der Nacht kommen und ihnen den Sack in der Mitte durchtrennen." Sie war fast fertig, der Verband saß, jetzt musste sie ihn nur noch fixieren.

Padraig blickte von ihr zu Ethan und wunderte sich: „Der Fluch sollte einem Mann den Sack spalten? Warum ist das so furchterregend? Wenn ich meine Eier noch habe, ist das alles, was mich interessiert."

Ethan widersprach: „Vielleicht nicht. Sie hat behauptet, dass sie beim Gehen gegeneinanderstoßen würden, wenn der Hodensack gespalten wäre."

„Puh!" Padraig sprang auf, die Hände schützend

um seine Hoden gelegt. „Höllenfeuer, was für eine schöne Foltermethode."

Ethan fuhr fort: „Sie hat auch gesagt, dass es beim Laufen so schmerzhaft sei, dass sie viele kenne, die sich danach das Leben genommen hätten." Dann starrte er Jennet an. „Das war alles gelogen, nicht wahr?"

Padraig beruhigte ihn: „Na hoffentlich. Aber wie bist du auf so eine verdrehte Geschichte gekommen? Du hast einen kranken Geist, Jennet."

Die beiden Männer starrten sich gegenseitig an, der entgeisterte Ausdruck auf ihren Gesichtern war unbezahlbar. Sie taten beide so, als hätten sie Angst, sich ihr zu nähern. Sie taten ihr leid, also wusste sie, was sie sagen musste. „Ich habe das alles erfunden. Völlig erfunden. Ich weiß auch nicht, warum das so gut funktioniert. Ein Mann schätzt seine Hoden und seinen Penis mehr als alles andere. Bedroht man eines von beiden, hat man die volle Aufmerksamkeit eines Mannes."

Padraig verschluckte sich, dann versuchte er zu sprechen, aber sie wurden von einem der Pferde unterbrochen, das nervös herumtänzelte. Plötzlich hörten sie das Geräusch von Hufen, die sich durch das Laub bewegten. Padraig eilte zum Eingang der Höhle, um nachzusehen.

„Was ist los?", fragte Jennet und stand auf, um sich selbst umzusehen. Der Ausdruck auf dem Gesicht ihres Cousins gefiel ihr nicht.

„Da hat uns jemand belauscht. Kennst du jemanden mit roten Haaren?"

„Aye", antwortete sie und eilte zum Eingang.

„Einer meiner Entführer hatte rotes Haar."

„Ist er das?" Ihr Blick folgte dem Pferd und dem Reiter, als sie davonritten.

„Ich bin mir nicht sicher, ob er es ist, aber es ist auf jeden Fall mein Pferd."

KAPITEL FÜNFZEHN

———— ༄ ————

AM NÄCHSTEN TAG näherten sie sich kurz nach Sonnenaufgang Castle Eddirdale auf Black Isle. Niemand hatte sie auf ihrer Reise belästigt, und was Rotschopf vorhatte, nachdem er sie in der Nacht zuvor belauscht hatte, wusste niemand. Jennet hob die Hand, um der Wache auf der Mauer ein Zeichen zu geben, aber Padraig winkte ihr zu. „Ich kümmere mich darum." Er hielt sein Pferd unterhalb des Wachturms an und rief: „Sag deiner Herrin, dass ihr allerliebster Lieblingscousin hier ist."

Die Wache entfernte sich. Wenige Augenblicke später hob sich das Fallgitter, und Brigid kam heraus, um sie zu begrüßen, Tara direkt hinter ihr.

Brigid eilte zu Jennets Pferd, auf dem Ethan noch immer halb bewusstlos hing, da sich sein Zustand verschlechtert hatte. „Da bist du ja, Jennet. Du hattest recht, dich als meine Lieblingscousine auszuweisen, denn das hat mich sofort hierher geführt."

Padraig stieg ab und stellte sich mit verschränkten Armen vor Brigid und Tara. Dann schnaubte er. „Ihr müsst euch wohl verhört haben. Wer ist noch mal euer Lieblingscousin? Ihr erkennt mich doch sicher. Ich bin eine weitaus angenehmere Erscheinung als Jennet oder Ethan."

Tara schnaubte zurück. „Padraig, wir kennen dich, und obwohl wir dich beide sehr lieben, bist du nicht unser liebster Cousin."

„Aber ich werde es bald sein", flüsterte er, indem er sich hinter Tara stellte und so dicht an ihrem Ohr sprach, dass sie zusammenzuckte.

„Du hast mich erschreckt. Was könntest du denn tun, um dich zu einem besseren Cousin als Brigid oder Jennet zu machen?"

Er kniff die Augen zusammen und hob die Brauen. „Wir werden sehen, was du in ein paar Tagen sagst. Wenn ich längere Zeit hier verbringe, werde ich bestimmt zu deinem Lieblingscousin."

Jennet lachte: „Er ist zu selbstbewusst, Tara. Lass es gut sein. Obwohl er nicht mein Liebling ist, habe ich ihn gerne in meiner Nähe, weil er mich in jeder Situation zum Lächeln bringt."

„Wünsch es dir bei der nächsten Sternschnuppe, Padraig. Das ist der einzige Weg, wie dein Wunsch wahr werden kann." Tara grinste ihn breit an, während sie sich über ihn lustig machte. „Es macht mir aber Spaß, dich zu ärgern."

„Wenn du endlich bereit bist, Jennet zu helfen, dann gehe ich inzwischen in die große Halle, um mit den Männern zu sprechen." Er deutete auf Ethan. „Und seid nett zu Ethan. Er ist mein neuer bester Freund, auch wenn er kein Cousin ist."

„Du weißt, dass wir nett zu ihm sein werden. Er ist der Bruder meines Mannes", erklärte Brigid. „Aber ich bezweifle, dass du mit irgendwelchen

Männern sprechen wirst. Du meintest doch wohl eher die Mägde, nicht wahr?"

Padraig lachte, als er in Richtung der großen Halle ging. „Du kennst mich zu gut, Cousine. Wir sehen uns drinnen."

Ethan schaffte es, die Kraft aufzubringen, der sich entfernenden Gestalt zuzurufen: „Halt dich von meiner Schwester fern, Grant."

Marcas und Shaw kamen gerade von dem Kampfübungsplatz herüber und warfen einen kurzen Blick auf Ethan. Sie sahen besorgt aus.

„Ethan? Was ist passiert?", wollte Marcas wissen, der sich direkt zum Pferd begab und zu seinem Bruder hochblickte.

„Er hat einen Pfeil in die Schulter abbekommen. Ich habe ihn gestern Abend behandelt, aber es geht ihm immer schlechter. Habt ihr eine freie Heilkammer, die wir benutzen können, Brigid? Können wir ihn dort noch einmal untersuchen?", bat Jennet.

„Aye, nimm die Kammer am Ende der Halle. Brigid, ihr alle drei tut bitte euer Bestes, um ihn zu heilen." Marcas ging zu seiner Frau hinüber, nachdem er seinem Bruder heruntergeholfen hatte, legte seinen Arm um sie und küsste sie auf die Schläfe. „Ich darf meinen Bruder nicht verlieren."

Ethan murmelte: „Ich komme schon klar, aber du musst mich vielleicht vor dem Umfallen bewahren, Marcas. Hilf mir bitte hinein."

Shaw warf ein: „Morgen findet das Fest statt. Bis dahin muss er geheilt sein."

Marcas half Ethan, sich vorwärtszubewegen

und schaute Jennet mit großen Augen an, als Ethans Knie nachgaben.

Jennet versicherte ihm: „Er wird wieder gesund werden. Es war schwierig, ihn in einer Höhle im Dunkeln zu behandeln. Wir werden die Wunde waschen und einen neuen Verband anlegen."

Brigid lief neben Jennet, als sie den Brüdern in die Burg folgten. „Wie geht es deinem Vater? Besser?"

Jennet seufzte und teilte ihre Meinung Brigid mehr durch den Seufzer als durch ihre Worte mit. „Es geht ihm nicht gut, und wir wissen nicht, warum. Ich werde es später erklären. Zuerst müssen wir uns um Ethan kümmern."

Sobald sie ihn untergebracht hatten, gab Brigid Nonie Anweisungen, was sie brauchten. Die Magd eilte hinaus, um alles zu holen, während Ethans Brüder sich in die große Halle verabschiedeten. Tara zog ihren Stuhl an Ethans Bett und berührte ihn beinahe, aber er reagierte schnell.

„Nein, nur Jennet. Sonst niemand. Bitte."

Tara meinte: „Aber ich werde Vorsicht walten lassen und ganz sanft sein, Ethan."

„Nur Jennet, bitte."

Jennet berührte Taras Schulter und sagte: „Bitte lass mich das machen."

„Aber du siehst erschöpft aus, Jennet."

Brigid stellte sich hinter Tara. „Er mag die Berührung von Fremden nicht."

Ethan sah Brigid an und nickte kurz zum Dank. „Ich vertraue Jennet. Wir verstehen uns."

Tara nickte mitfühlend und lenkte ein: „Jennet, bitte sag uns, wie wir dir helfen können."

Jennet setzte sich und ließ Ethan sein Hemd ausziehen, wobei sie ihr Bestes tat, um ihre Faszination für die Muskeln seiner Arme, seinen flachen Bauch und die feine Haarlinie zu verbergen, die zu etwas anderem unter seinem Plaid führte. „Ich muss sie wieder aufstechen, aber kannst du mir bitte ein paar Fragen beantworten?"

„Natürlich", sagte er, und sein Blick fixierte Jennet.

„Ist es jetzt weniger schmerzhaft, gleich oder schlimmer?"

Er sah sie finster an und meinte dann: „Berühre die Verletzung mit dem Leinentuch, dann sage ich es dir."

Sie tat wie geheißen, und es schien ihn nicht zu stören, bis das Leinen den äußersten Rand der Wunde berührte, die Stelle, an der der Pfeil eingedrungen war.

„Ist der Pfeil abgebrochen?", erkundigte sich Brigid.

Ethan erwiderte: „Ich habe ihn herausgerissen, um den Idioten zu verfolgen, der mich angegriffen hat."

Tara sah von Brigid zu Jennet. „Könnte die Spitze noch drin sein? Könnte das der Grund für den Eiter sein?"

Es war, als stünde ihre Mutter hinter ihr, als würde sie sie ermutigen, alle Möglichkeiten in Betracht zu ziehen. „Mama hat das schon mehrmals gesehen. Wir müssen im Inneren nach der Spitze des Pfeils suchen."

„Tu, was du tun musst", sagte Ethan.

„Ethan, das wird wehtun. Aber sobald wir die Pfeilspitze entfernt haben, sollte der Schmerz nachlassen."

„Solange es die Sache in Ordnung bringt, kann ich es ertragen. Aber macht bitte schnell."

Jennet nickte und griff nach einem Instrument, mit dem sie kleine Teile aus den seltsamsten Stellen herausziehen konnte. „In Ordnung."

Die Tür öffnete sich und Nonie trat ein. „Hier ist alles, was du wolltest, und ich habe Bier für Ethan mitgebracht."

„Tolle Idee, Nonie. Ethan, nimm ein paar Schlucke, bevor ich anfange. Ich werde inzwischen alles vorbereiten." Um ehrlich zu sein, brauchte sie etwas Zeit, sich zu beruhigen. Sie war nervös, und die Situation war ähnlich wie die, in der sie vor Kurzem gesteckt hatte. Alles, woran sie denken konnte, war ihr Vater und wie schrecklich das gewesen war. Die Vorstellung, wie Ethan versuchen würde, sie zu schlagen, ließ sie fast in Tränen ausbrechen.

„Jennet" sagte Ethan und setzte den Becher mit dem Bier ab. „Sieh mich an, bitte."

Sie richtete ihren Blick auf ihn und versuchte, das Schaudern zu unterdrücken, das sie zu durchlaufen drohte. Seine Stimme, die so sanft war wie keine andere, die sie je gehört hatte, beruhigte sie augenblicklich. „Jennet, ich verspreche, dass ich dich nicht schlagen werde. Egal, wie sehr es weh tut, ich würde dich nie zu schlagen versuchen, wie es dein Vater getan hat. Also verbanne das aus deinem Kopf."

Sie starrte in seine grauen Augen, die die

Farbe eines wunderbaren schottischen Himmels hatten, der mit weißen Wolken übersät war. Jennet spürte, wie sie ruhiger wurde, weil sie ihm vertraute. „Ich weiß, dass du mir nicht wehtun wirst, Ethan." Aus den Augenwinkeln sah sie, wie Brigid Tara anstupste. Wahrscheinlich hatten sie die Bemerkung über den Versuch ihres Vaters, sie zu schlagen, gehört, aber sie hatte keine Zeit für Erklärungen.

„Mach schnell. Hab keine Angst und mach einfach weiter."

Sie nickte. „Ich bin bereit." Sie setzte die Spitze des sauberen Dolches an den Rand seiner Wunde, wo die eitrige Flüssigkeit sich gesammelt hatte. Als sie fast fertig war, goss sie sauberes Wasser darüber und spülte die Flüssigkeit in eine Schale. Danach tupfte sie die Wunde mit einem Leinentuch trocken und beobachtete seine Reaktion auf die sanfte Berührung.

An einem Ende der Wunde zuckte er zusammen, also sagte sie: „Ethan, ich werde mit einem Werkzeug nach dem Ende des Pfeils suchen. Es könnte noch in dir stecken. Mama hat mir gesagt, solche Reste können Fieber verursachen, wenn sie nicht entfernt werden." Wie einfach wäre es gewesen, wenn ihr Vater von einem Pfeil getroffen worden wäre.

Ethan schloss die Augen. „Nur zu."

Sie tastete sich so schnell wie möglich vor und mied zunächst die schmerzhafteste Stelle, doch dann setzte sie ihr Instrument direkt in der Mitte der Wunde an.

Ethan schrie, und sie riss die Augen auf. „Da

ist es. Ich habe es gefunden, Ethan. Ich muss nun das Instrument so positionieren, dass ich das Pfeilstück greifen und entfernen kann. Bitte bewege dich nicht." Sie arbeitete vorsichtig, um nicht zu riskieren, dass ein weiteres Stück abbrach und zurückblieb. Als sie glaubte, es zu haben, drückte sie die Zange zusammen und zog es heraus. „Ich habe die Spitze. Ethan, ich habe die Ursache für dein Fieber gefunden. Die Spitze des Pfeils hatte sich in dein Fleisch gebohrt."

„Gut, denn ich weiß nicht, wie viel ich noch ertragen kann." Sein Blick ging zurück zur Wunde. „Berühre sie noch einmal, und ich schaue, ob ich einen Unterschied bemerke."

Sie legte ein frisches Leinenstück auf dieselbe Stelle, aber er zuckte nicht zusammen. „Ethan, tut es dir da nicht mehr weh?"

„Nein, es tut gar nicht mehr wirklich weh. Du hast mich geheilt, Mädchen."

„Ich bin so froh, Ethan. Schließ die Augen und ruh dich aus." Als sie mit dem Verband an seiner Schulter fertig war, wusste sie, dass er jetzt in der Lage sein würde, die Nacht ruhig durchzuschlafen. Und sie betete, dass das Fieber verschwinden würde, sobald die Salbe zu wirken begann.

Danach drehte sich Jennet zu ihren lieben Cousinen um und bemerkte: „Ich glaube, wir haben es geschafft. Ich werde mich ausruhen gehen, sobald ich etwas zu essen gefunden habe."

Sie ging mit ihren Cousinen in die große Halle und war überrascht, wie viele Menschen dort versammelt waren. Einige schlenderten herum, andere saßen in Gruppen zusammen und unterhielten sich. Marcas stand auf, sobald sie eintraten, und begleitete Brigid, Tara und Jennet zu einem Tisch, an dem Shaw, Padraig und Torcall saßen.

„Seid gegrüßt", sagte sie, wenn auch nur halbherzig. Jetzt, wo sie glaubte, Ethan tatsächlich geholfen zu haben, fühlte sie sich erschöpft.

Kaum hatte sie sich gesetzt, brachte Edda ihr eine Schüssel mit Eintopf, den sie dringend brauchte. „Vielen Dank, Edda. Nach einem Speiseplan, der nur aus Haferkuchen und Brot bestand, bin ich ziemlich ausgehungert."

Sie aß langsam und genoss Jinnys schmackhaftes Gericht, doch dann wurde ihr Blick auf eine seltsame Reaktion von Padraig gelenkt. Sein Blick blieb an jemandem hängen, der die Treppe herunterkam.

„Nun, wer ist denn diese Schönheit, die sich zu uns gesellt?", fragte er, stand auf und bot der Frau seinen Stuhl an.

„Das ist unsere Schwester Gisela. Komm ja nicht auf die Idee, ihre Nähe zu suchen. Sie ist bereits vergeben", mahnte Marcas.

Gisela setzte sich und erwiderte: „Ich bin nicht vergeben. Hör nicht auf meinen Bruder. Und wer bist du?"

„Padraig Grant, zwar der jüngste unter meinen männlichen Geschwistern, aber wie in vielen anderen Dingen auch, hebt man sich das Beste für den Schluss auf." Er verbeugte sich vor ihr und sagte dann zu Jennet: „Du hast mir nicht gesagt, dass sich diese seltene Schönheit hier versteckt.

Und ich spüre auch einen scharfen Verstand."

Gisela warf ihr Haar zurück und sagte: „Da ich die Jüngste von vier Geschwistern bin, will ich deine Behauptung keinesfalls bestreiten."

Padraig lächelte. „Ich glaube, wir haben viel zu besprechen, Mädchen. Ich freue mich darauf."

Jennet verdrehte die Augen, stand von ihrem Stuhl auf und verkündete: „Ich gehe zu Bett."

KAPITEL SECHZEHN

E THAN TRAT IN den Sonnenschein hinaus, um nach Jennet zu suchen. Er hatte bis zum Mittag des nächsten Tages geschlafen, aber er fühlte sich jetzt viel besser. Er hatte bereits einen Blick unter seinen Verband geworfen und war überrascht, dass dort kaum Flüssigkeit zu sehen war. Stattdessen sah er nur ein wenig getrocknetes Blut und war zuversichtlich, dass sich seine Wunde im ersten Stadium der Heilung befand.

Er verdankte Jennet sein Leben.

Als Erstes wollte er sehen, ob er gesund genug war, um wieder mit Pfeil und Bogen zu schießen. Es war an der Zeit, zur Normalität zurückzukehren. Vor Eddirdale Castle bauten die Verkäufer bereits ihre Stände auf, um das Fest am Nachmittag vorzubereiten.

Ethan liebte die Zeit der Feste. Er hatte sie vermisst. Als sein Clan vergiftet worden war, als ihre Brunnen mit giftiger Milch verseucht gewesen waren, hatte es keine Feste gegeben. Sie hatten mehr als die Hälfte ihres Clans verloren, darunter das Clanoberhaupt und seine Frau, Ethans Eltern. Er hatte gesehen, wie viele krank geworden waren, so krank, dass sie sich erbrechen mussten hatten und sich kaum noch auf den Beinen halten konnten.

Er war nicht krank geworden, aber er hatte erfahren, dass das an seiner Vorliebe lag, sein Wasser vor dem Gebrauch abzukochen. Das hatte ihn gesund gehalten, aber seine Nichten und Neffen sowie seine Geschwister waren alle krank gewesen. Er hatte sein Bestes getan, um sich um die zu kümmern, die er hatte erreichen können, und sonst hatte er einen Großteil seiner Zeit damit verbracht, Clanmitglieder zu beerdigen.

Lange Zeit war niemand in die Nähe des Matheson-Clans gekommen, bis sie die Ursache des Fluchs entdeckt hatten. Dies war das erste große Fest seit der Aufhebung des Fluchs, und er freute sich über die bunten Farben, die Schausteller und Musiker, die Essensstände und andere Dinge. Es würde schön sein, das Lächeln auf den Gesichtern der Menschen zurückkehren zu sehen. Die meisten Leute kamen von befreundeten Clans – Milton, MacHeth, Ross, MacKinnie – und alle würden am Ende des Abends zu gebratenem Wildschwein gemeinsam Bier trinken.

Er bahnte sich seinen Weg durch die Stände und Banner, während der Geruch von gekochtem Essen bereits die Luft schwängerte. Er freute sich an den Ständen und Waren.

Überrascht hielt er an, als er von einem ihm unbekannten Mann angehalten wurde. „Wer ist der Heiler hier? Wie ich sehe, wart Ihr kürzlich bei einem."

„Wer seid Ihr?"

Der Mann hatte einen kleinen Jungen von etwa sechs Jahren bei sich. „Mein Name ist Rune, und ich übe mich seit vielen Jahren in der Kunst des Heilens. Ich bin nach Black Isle gekommen, weil ich gehört habe, dass ihr hier einen Fluch hattet und ich euch helfen wollte. Aber jetzt höre ich, dass ich nicht mehr gebraucht werde. Ist das richtig?" Er war ganz in schwarz gekleidet. Sein langes Haar ebenfalls schwarz, durchbrochen von einer einzelnen weißen Strähne an einer Seite. Ansonsten sah der Mann gewöhnlich aus.

„Aye, eine Lady vom Clan Matheson ist eine ausgezeichnete Heilerin, und sie hat zwei Cousinen, die ebenfalls für ihre Heilkünste bekannt sind." Ethan nannte noch keine Namen, da er sich noch nicht sicher war, ob dieser Mann vertrauenswürdig war. „Wer ist das?" Der Junge, der neben dem Mann stand, hatte ebenfalls dunkles, langes Haar, allerdings mit einem Rotstich. Ethan lächelte ihm freundlich zu.

„Das ist mein Sohn, Runi. Ich bilde ihn auch zum Heiler aus. Ich würde gerne mit den Heilerinnen sprechen, wenn ich darf. Könntet Ihr sie mir vorstellen?"

Ethan kratzte sich am Kinn. Er war noch immer vorsichtig. „Macht Ihr Euren eigenen Stand auf?"

„Aye, ich möchte anderen meine Dienste anbieten. Aber es sieht so aus, als müsste ich zu einem anderen Clan weiterziehen."

„Es gibt viele Clans ohne Heiler. Baut Euren Stand auf, und ich bin sicher, die Heilerinnen werden Euch finden. Ich vermute, andere

Clanchefs werden sich ebenfalls an Euch wenden. Der Fluch hat uns alle verängstigt. Der beste Platz zum Aufbauen ist dort drüben." Er deutete auf eine Stelle, an der andere ihre Waren ausstellten. Es gab überall bunte Banner, die sich im schottischen Wind bewegten.

Ethan ging anschließend weiter und steuerte den Bereich an, in dem sich die Kampfübungsplätze befanden – obwohl sie heute nicht viel üben würden. Dieser Fläche würde höchstwahrscheinlich von Lebensmittelverkäufern eingenommen werden. Ethan fand, was er zu finden gehofft hatte: Seine beiden Brüder standen dort und sprachen mit einigen ihrer Wachen und Padraig.

Als sie Ethan sahen, hörten sie sofort auf zu reden. Ethan fragte sich, auf was er da wohl gestoßen war. „Stimmt etwas nicht?"

Marcas antwortete: „Vielleicht. Ethan, können wir unter vier Augen sprechen?" Er schob Ethan zur Seite, damit niemand ihr Gespräch mithören konnte. „Du siehst viel besser aus. Wie geht es dir?"

„Meine Wunde ist am Verheilen, und ich scheine kein Fieber zu haben."

„Jennet ist also eine gute Heilerin?"

„Aye, das ist sie." Ethan blickte seinen Bruder an, den er seit so vielen Jahren vergötterte. Er konnte an dem Blick seines Bruders erkennen, dass etwas nicht stimmte, also wartete er auf die Fortsetzung.

„Bist du an Jennet interessiert?"

„Aye."

„Hast du ihr das gesagt? Möchtest du sie heiraten?" Marcas trat zurück und verschränkte die Arme vor sich.

„Ich habe es ihr gesagt, aber wir haben noch nicht über Heirat gesprochen. Ich werbe um sie, und sie ist auch an mir interessiert, aber ich muss es langsam angehen. Das weißt du doch, oder?"

„Aye, du brauchst dich nicht zu beeilen. Du darfst nicht glauben, dass ich dich dränge, es ist nur so…" Marcas scharrte mit den Füßen und schaute auf den Boden.

„Was ist los, Marcas? Habe ich etwas falsch gemacht?"

„Nein, ganz und gar nicht. Ich fühle mich nur verpflichtet, dich zu warnen, Ethan. Die Mädchen vom Milton-Clan sind hier. Die drei, die dich geärgert haben, als du jünger warst. Glaubst du, dass sie dich weiterhin belästigen werden? Es ist schon lange Zeit her."

Ethan erstarrte, als ihn diese Nachricht traf. Sein Kopf füllte sich mit verschiedenen Erinnerungen, einige gut, andere schrecklich, und er wusste nicht, wie er die Gedankenflut, die durch seinen Kopf jagte, kontrollieren sollte.

Er konzentrierte sich darauf, nur an Cori zu denken. Sie war diejenige, die er am interessantesten fand, die er für schön gehalten hatte. Auch wenn ihre letzte Begegnung nicht gut geendet hatte, so hatte er doch schon frühere gemeinsame Momente mit ihr gehabt, die ihm gefallen hatten.

Cori war die einzige Frau, von der er seinem Bruder gesagt hatte, dass er sie heiraten wolle.

Und er hatte es damals ernst gemeint. Das stimmte nun nicht mehr, aber es war vor langer Zeit einmal wahr gewesen. Er hatte Marcas auch nie den wahren Grund für das Ende ihrer Beziehung genannt – nämlich, dass er sie im Bett nicht befriedigt hatte.

In seinen Gedanken tauchten auch immer wieder Visionen ihrer beiden Freundinnen auf. Alva und Dunn, die ihn verspottet und ausgelacht hatten, sodass es ihm so schlecht gegangen war, dass er am liebsten nach Hause gelaufen und nie wiedergekommen wäre.

Sie hatten ihn ohne seine Einwilligung geküsst und angefasst, und das war ihm sehr unangenehm gewesen.

Sie hatten es gewagt, seine Männlichkeit zu berühren. Seine nackte Haut. Das war etwas, das er gehasst hatte und das er nie wieder erleben wollte.

„Ethan, du musst ihre Untaten vergessen. Sie waren das Werk verquerer Köpfe, die sich vorgenommen hatten, Menschen zu quälen und sich über sie lustig zu machen. Sie benutzten die Fehler anderer, um ihre eigenen zu überdecken."

„Das hast du mir schon oft gesagt, Marcas", murmelte Ethan und starrte auf seine Hände.

„Glaubst du es denn nicht?"

Er blickte zu seinem Bruder auf. „Doch. Sie waren jung und töricht. Und Cori hatte wirklich nichts damit zu tun."

„Und sie hätte dich vielleicht geheiratet, wenn ihre beiden Freundinnen nicht so viel Aufhebens um all das gemacht hätten. Ihre hartnäckigen

Sticheleien, die sich zu Lügen entwickelten, wie es oft geschieht, wenn Gerüchte sich verbreiten, haben die Leute ihres Clans dazu gebracht, dich anders wahrzunehmen. Aber das spielt jetzt keine Rolle mehr, nicht wahr? Du hast Jennet."

„Du hast recht. Ich werde nicht zulassen, dass sie mich noch einmal ärgern."

„Vielleicht wollen sie sich dafür entschuldigen, was sie dir angetan haben. Das sollten sie auch. Cori musste sich für nichts entschuldigen, soweit ich mich erinnere, außer dafür, dass sie sich schlechte Freundinnen ausgesucht hat."

„Aye. Ich werde mit Cori und den anderen sprechen. Ich möchte nicht, dass sich diese Geschichte nach dem Ende des Festes in Klatsch und Tratsch verwandelt." Genau das würde er tun. Es war an der Zeit, diese Farce zu beenden.

„Du bekommst gleich deine Chance", gab Marcas Bescheid. „Cori und die anderen kommen direkt auf dich zu. Ich bleibe, wenn du willst."

„Bitte. Ich bin mir zwar sicher, dass ich allein zurechtkomme, aber bleib bitte so lange bei mir, bis wir wissen, was sie vorhaben."

Marcas nickte, und Ethan drehte sich um. Sein Blick blieb auf Cori haften, und er war überrascht, dass sie noch hübscher aussah, als er sie in Erinnerung hatte. Ihr dunkelblondes Haar war sehr schön und erregte sicher den Neid vieler Mädchen.

„Sei gegrüßt, Ethan. Meine Güte, du hast dich aber verändert, seit wir uns das letzte Mal gesehen haben." Cori sah ihn von oben bis unten an, ihr Haar war zu einem Zopf geflochten, der ihr fast bis zur Taille hing. Ihre blauen Augen strahlten vor Freude, ihn zu sehen, oder zumindest hoffte er, dass das der Grund für ihr Lächeln war. Sie trug ein dunkelrotes Kleid, das sich hübsch um ihre Kurven schmiegte. Es war ein schönes Kleid, aber Jennet sah in ihren Hosen noch schöner aus.

Alvas Stimme hatte einen spöttischen Ton, den er nicht mochte. „Ethan Matheson, du bist erwachsen geworden, nicht wahr? Wenn du jemanden suchst, der dich später befriedigt, dann bin ich gern dazu bereit."

Er betrachtete sie mit halb zusammengekniffenen Augen und fragte sich, was ihre Absicht war. Alvas Persönlichkeit hatte sich nicht verändert. Sie hatte eine herablassende Art und behandelte andere immer so, als wären sie unter ihrer Würde. Ihre Taille war deutlich breiter geworden, aber ihre Zunge war gleich geblieben. Er vermutete, dass sie darauf hoffte, ihn noch einmal in Verlegenheit bringen zu können. Er würde das zu verhindern wissen.

Dunn war eine noch größere Überraschung. Sie trug ein gelbes Kleid, das aussah, als gehöre es ihrer Mutter. Sie hatte abgenommen und sah aus wie ein Gerippe. Hätte er raten müssen, wo sie wohnte, hätte er vermutet, dass sie auf Matheson-Land gelebt hätte und wegen des Fluchs krank geworden wäre. Ihr dunkles Haar war von grauen Strähnen durchzogen, die sie älter als Alva und Cori aussehen ließ.

„Ich bin nicht interessiert, Alva, aber ich danke dir für das Angebot. Es gibt hier viele, die sich um dich kümmern können."

Dunn schmunzelte und warf ein: „Vielleicht interessierst du dich ja für mich, Ethan."

Er musste zugeben, dass es befreiend war, sie so zu sehen – wie sie sich verändert hatten. Während sie noch eine gewisse Macht über ihn gehabt hatten, als er noch ein Junge war, bedeuteten sie ihm jetzt gar nichts mehr. Ihre Meinung war ihm egal, und wenn er die Wahl hätte, würde er keine Zeit mit ihnen verschwenden. Seine Eltern hatten ihn jedoch gelehrt, zu jedem, der den Matheson-Clan besuchte, höflich zu sein, also tat er, was seine Mutter ihm beigebracht hatte.

Als er die beiden noch einmal eingehend betrachtete, musste er sich fragen, warum sie so unschön gealtert waren, während Cori hübscher war als je zuvor. „Keine von euch beiden ist verheiratet?"

„Ich bin es", gab Dunn zu, „aber ich bin meinem Mann egal. Ich habe ihm zwei Söhne geschenkt, also kann ich machen, was ich will. Treffen wir uns hier, wenn die Sonne untergegangen ist?"

„Nein", entgegnete Ethan und achtete darauf, dass sein Tonfall neutral blieb. „Ich bin nicht interessiert."

„Was? Nach dem Kuss, den ich dir gegeben habe, und der Art, wie ich dich berührt habe, musst du doch im Laufe der Jahre oft an mich gedacht haben." Dunn sah ziemlich entrüstet aus, verschränkte die Arme und reckte ihr Kinn trotzig ein Stück vor.

„Ich bin sicher, dass er meine Behandlung bevorzugte, Dunn."

„Ich habe keinen eurer Küsse zu schätzen

gewusst, aber das ist schon lange her, also habe ich schon vor langer Zeit beschlossen, das zu vergessen."

Marcas mischte sich ein: „Gute Idee, Ethan. Ich würde das Gleiche tun, Ladys, sonst könntet ihr es bereuen."

Alva raffte ihre Röcke und schlenderte davon. „Ich habe kein Interesse an euch Mathesons. Ich denke, ich werde zu meinem Clan zurückkehren."

Zu Ethans Überraschung folgte Dunn ihr auf dem Fuß. „Ich auch."

Marcas meinte: „Ich lasse euch beide allein. Ich sehe, dass Torcall mir ein Zeichen gibt. Ich muss sehen, was los ist. Cori, es war schön, dich wiederzusehen."

Marcas verabschiedete sich, so dass er und Cori alleine waren. Cori sah zu ihm auf und sagte: „Ich habe dich vermisst, Ethan. Ich hatte immer gehofft, du würdest mich aufsuchen und mich bitten, deine Frau zu werden."

„Das erscheint mir sehr seltsam, Cori. Das letzte Mal, als wir miteinander gesprochen haben, warst du überhaupt nicht nett zu mir."

„Ich weiß. Ich war jung und töricht. Vergiss meine Worte, ich habe sie nicht so gemeint. Du warst sehr nett und rücksichtsvoll – ein Gentleman, den man zum Mann nehmen sollte."

„Warum hast du nicht geheiratet?"

„Das habe ich, aber mein Mann ist gestorben. Er war Wächter gewesen und hatte sich beim Üben eine Wunde zugezogen. Ich wurde mit zwei Jungs zurückgelassen, die ich jetzt gerne loswerden würde, wo ihr Vater doch tot ist.

Vielleicht können wir uns auf dem Fest wieder näherkommen. Das würde ich nämlich gerne, Ethan. Ich habe dich immer geliebt." Cori klimperte mit ihren hellen Wimpern und verzog ihre Lippen zu einem Schmollmund.

Ihre beiden Freundinnen hatten in seinen Augen schon lange ihren Reiz verloren, Cori jedoch nicht. Er erinnerte sich daran, wie er sich als Jüngling gefühlt hatte, wenn er ihre hübschen Augen und Kurven betrachtet hatte. Er hatte ihre ganze Erscheinung schöner gefunden als die aller anderen. Doch nun nahm er sich die Zeit, sie genau zu mustern, mit einer gewissen Lebenserfahrung – anstatt mit den Augen eines liebeskranken Jungen. Ihre Haut war noch immer schön, und ihre blauen Augen waren reizend, und beides löste ein vertrautes Ziehen in seinem Bauch aus. Aber dieses Mal war es anders, obwohl er nicht wusste, warum.

Irgendetwas schien nicht zu stimmen, aber er konnte nicht unhöflich sein und weggehen, ohne etwas zu sagen. „Es tut mir leid, vom Tod deines Mannes zu hören, aber ich muss weiter. Ich habe Aufgaben für meinen Bruder zu erfüllen. Wir bauen unseren Clan wieder auf, damit er stärker wird als je zuvor." Er drehte sich auf dem Absatz um und entfernte sich, bevor sie ihn zu etwas zwingen konnte, was er nicht wollte.

Er stieß fast mit Jennet zusammen und konnte sich gerade noch fangen. „Gut, ich habe dich gesucht, um nach deiner Wunde zu sehen, Ethan."

Ethan nickte nur und betete, dass Cori kein weiteres Wort sagen würde, aber sein Gebet blieb unerhört. Leider sagte Cori das Schlimmste, was überhaupt möglich war.

„Ethan, ich liebe dich noch immer. Ich werde dich immer lieben."

Jennet blickte Cori an, ohne ein weiteres Wort zu sagen.

„Glaub ihr kein Wort, Jennet."

Dem finsteren Blick auf Jennets Gesicht nach zu urteilen, tat sie es aber doch.

KAPITEL SIEBZEHN

JENNET WUSSTE NICHT, was sie sagen sollte. „Verzeiht, dass ich störe. Ich wusste nicht, dass du an jemandem interessiert bist…"

Er hob die Hand, um ihre Gedanken zu unterbrechen. „Jennet, ich bin nicht an ihr interessiert. Ich habe sie früher einmal gemocht, als ich fünfzehn war, aber unsere Wege haben sich getrennt, und ich bin froh darüber. Sie hat zwar ihre Gefühle mit gegenüber bekundet, aber sie werden nicht erwidert."

„Sie ist ein schönes Mädchen. Blaue Augen und blondes Haar."

„Was kümmert es mich, welche Farbe die Augen haben, wenn dahinter nichts als Gerissenheit steckt? Ich bevorzuge Augen, hinter denen sich ein intelligenter und mitfühlender Geist verbirgt. Die Farbe spielt für mich keine Rolle."

Jennet musste zugeben, dass er immer besser darin wurde, die richtigen Dinge zur richtigen Zeit zu sagen.

„Wie heißt sie?"

„Cori. Und sie hat zwei Freundinnen namens Alva und Dunn."

Da dämmerte es ihr. „Ach, das sind die, die dich vor so langer Zeit belästigt haben?"

„Aye. Alva und Dunn waren die beiden, die mich dort berührt hatten, wo mich niemals jemand ungefragt berühren sollte, und sieh nur, was diese Erfahrung aus mir gemacht hat. Bis heute fürchte ich mich davor, dass jemand unter mein Plaid greift und mich berührt."

Jennet trat einen Schritt zurück und schaute ihm in die Augen. „Ist das der einzige Grund, Ethan? Denn wenn ja, gibt es eine einfache Lösung."

„Was?"

„Trag Hosen. Du musst kein Plaid tragen, und ich denke, deine Brüder würden es verstehen. Niemand kann dich durch eine Hose berühren."

„Ich habe meinen Vater einmal danach gefragt, und er hat es mir verboten, aber er ist jetzt nicht hier. Vielleicht werde ich genau das tun."

Jennet lächelte ihn an: „Ich glaube, du kannst jetzt aufatmen. Erzähl mir von deiner Wunde. Ich möchte sie begutachten und dann einen weiteren Verband auflegen."

Ethan schaute auf seine Schulter. „Es ist kein Blut mehr da, und ich habe auch keine Flüssigkeit herauslaufen sehen. Es sieht so aus, als würde sie bald heilen."

„Oh, das ist ein gutes Zeichen. Wenn das wahr ist, werde ich bis heute Abend oder sogar morgen nichts daran machen."

„Das klingt gut. Es gibt einen neuen Heiler, der daran interessiert ist, die drei Heilerinnen, die wir hier haben, kennenzulernen."

„Wahrhaftig? Wie heißt er?"

„Er hat sich als ‚Rune' vorgestellt. Er ist gekommen, um unserem Clan im Kampf gegen den Fluch zu helfen, aber da wir jetzt geheilt sind, sagte er, würde er sich den anderen Clans vorstellen und nach einem suchen, der einen Heiler benötigt."

„Wo ist er hin?" Sie sah sich in der wachsenden Menschenmenge um. Viele errichteten Buden mit Waren, die sie verkaufen wollten, andere bauten hinter den Verkaufsständen wiederum Zelte auf, um darin zu schlafen. Viele Menschen kamen zu den Festen auf Black Isle wegen der Waren oder aus Freude am Handeln.

„Er ist dort drüben und baut ein Zelt auf. Ich werde es dir zeigen."

Sie schlängelten sich durch die farbenfrohen Auslagen, während der Duft von frisch gebackenem Brot, Obstkuchen und anderen Speisen durch die Luft schwebte. Jeder, an dem sie vorbeikamen, verströmte die Freude, die ein Fest mit sich brachte. Es gab mehr Essen als ein Clan in einer Woche zu sich nehmen konnte, und gleichzeitig schien alles genau richtig zu sein. Die Stimmung war ausgelassen und unbeschwert – ein Clan, der seinen Reichtum an Gütern zur Schau stellen konnte, obwohl der Fluch noch nicht lange her war. Es war bald Zeit für die Mittagsmahlzeit. In der Regel begann sie ein oder zwei Stunden nach der Ankunft aller Gäste.

Ethan näherte sich Rune, der einen Platz gefunden hatte, um sein Zelt aufzubauen, wobei ihn sein Sohn unterstützte. Ethan half mit den

Zeltstangen, während Jennet zusah. Rune und Runi waren beide dankbar. „Das hat uns die Arbeit erleichtert. Vielen Dank, Ethan."

„Es ist mir ein Vergnügen. Ich habe eine der Heilerinnen mitgebracht, um sie Euch vorzustellen. Das ist Jennet Ramsay."

„Ramsay? Kennt Ihr Brenna Ramsay? Seid Ihr miteinander verwandt?" Rune schien überrascht zu sein, dass sie eine Ramsay war.

„Aye, sie ist meine Mutter."

„Brenna ist eine gute Heilerin, eine der besten in Schottland. Vielleicht können wir uns einmal länger unterhalten. Die Zutaten für unsere besten Umschläge und Tränke vergleichen, unser Wissen teilen. Ich bin auf der Suche nach einer guten Heilerin."

Jennet fragte in ihrer typischen unverblümten Art: „Warum?"

„Um sie mir zur Frau zu nehmen. Ich denke, wir würden viel gemeinsam haben. Seid Ihr verfügbar, Mädchen?"

„Aye", antwortete Jennet.

Im gleichen Atemzug sagte Ethan: „Nein."

Rune hob die Augenbrauen, aber es war Jennet, die sprach. „Ich bin offiziell mit niemandem verlobt."

Ethan schaltete sich ein: „Aber ich interessiere mich in hohem Maße für sie."

„Gut, ich halte Abstand, aber ich würde trotzdem gerne mit Euch über Behandlungsmöglichkeiten sprechen, wenn es Euch nichts ausmacht."

Ethan sah sie an und nickte. „Tu das. Besprich mit ihm, was du willst, und wir sehen uns dann in der großen Halle, es sei denn, du möchtest, dass ich dich dorthin begleite."

„Nein, ich bin sicher, dass ich in Sicherheit bin, Ethan. Es sind zu viele Menschen hier, als dass ich mir Sorgen um einen Überfall machen müsste."

Ethan nickte und ging, seine große Gestalt überragte alle anderen.

Rune wartete, bis Ethan ein Stück entfernt war, bevor er zu ihr sprach. „Nehmt Euch vor ihm in Acht, Mädchen. Wenn er um Euch wirbt, denkt lieber zweimal darüber nach."

Jennet versuchte nicht, ihr Stirnrunzeln zu verbergen. „Warum sollte ich bei Ethan vorsichtig sein? Er ist ein guter, ehrenhafter Highlander."

„Wir haben vor langer Zeit einmal hier gelebt, und ich war schon seit mehreren Jahren nicht mehr hier. Aber ich erinnere mich, dass er einer anderen versprochen war. Zumindest gibt es ein Mädchen, das glaubt, dass er ihr gehört. Und ich kann in Euren Augen sehen, dass er mehr als ein Freund für Euch ist. Zumindest ist es das, was Ihr Euch erhofft."

„Ich weiß nicht, wie Ihr zu einer solchen Einschätzung kommt." Eigentlich wollte sie dem Mann ihre Meinung über ihre Sicht der Unterschiede zwischen Männern und Frauen sagen, aber sie wurde davor bewahrt, sich mit ihm zu streiten. Brigid und Tara traten auf sie zu.

Tara meldete sich zuerst zu Wort. „Noch ein Heiler? Wie schön, Euch hier zu sehen. Es gibt viele Clans, die einen Heiler suchen. Milton, Ross, MacHeth und andere. Sie sind sehr darauf bedacht, einen eigenen Heiler auf ihrem Land zu haben, nachdem der Matheson-Clan so viele Menschen verloren hat. Manche Clans möchten sogar am liebsten zwei Heiler."

„Dann werde ich viele Orte besuchen können. Vielleicht zuerst den Milton-Clan oder Ross."

„Wir wünschen Euch viel Glück. Wir müssen uns jetzt die Verkaufsstände ansehen, denn ich brauche neue Bänder und etwas Stoff", erklärte Brigid und führte Jennet von dem Mann weg. „Komm, wir müssen reden."

Jennet war das recht, und so folgte sie Brigid und Tara, die sich darauf freuten, ihre liebe Cousine wiederzusehen. „Wir wollten mit dir allein sein, damit wir über deinen Vater sprechen können. Padraig sagte, er habe dich und Ethan allein im Wald gefunden. Ich weiß, was unsere beiden Väter dazu sagen würden, also musst du uns alles genau erzählen. Wir können am Bach spazieren gehen", schlug Brigid vor.

Jennet ging davon aus, dass sie allen gegenüber ehrlich sein musste, und sie sah keinen Grund, etwas auszuschmücken oder zu beschönigen. In gewohnter Deutlichkeit erzählte sie ihnen, was passiert war. „Ich hatte die Absicht, meinen Vater zu heilen, aber es ist mir nicht gelungen. Er hat versucht, mich zu schlagen, aber Torrian hat ihn aufgehalten. Ich war so wütend und traurig, dass ich davongelaufen bin. Dann bin ich Ethan begegnet."

„Moment mal!", unterbrach sie Tara, griff nach ihrer Hand und zerrte sie zu einem nahen Felsen, der groß genug war, dass sie alle darauf sitzen konnten. „Du kannst nicht einfach etwas überspringen und so tun, als wäre nichts passiert. Du hast einen großen Teil ausgelassen, und ich will alles wissen."

Brigid nickte. „So ist es, Cousine. Jetzt erzähl uns alles." Sie setzte sich und schlug die Beine übereinander. Sie trug Hosen, da sie gerade vom Bogenschießen gekommen war.

Jennet zuckte mit den Schultern. „Da gibt es nicht viel zu erzählen."

„Doch, das gibt es. Fang an", forderte Tara, und ihr Blick verriet Jennet, dass sie nicht nachgeben würde. Tara nahm eine Flasche mit Wein aus ihrem Korb und reichte sie herum. „Ich dachte, wir könnten uns heute einmal etwas gönnen."

Jennet nahm einen kleinen Schluck und ließ den Geschmack des süßen Weins auf ihrer Zunge vergehen. „Also gut. Papa hatte noch immer Fieber, und er kam kaum aus dem Bett. Mama war sehr besorgt. Er hatte noch immer eine Wunde, aus der viel Eiter floss, also schlug ich vor, sie gründlich zu reinigen. Das gefiel ihm nicht, und er hob die Hand, um mich zu schlagen, als ich versuchte, an der schmerzhaftesten Stelle zu arbeiten." Sie hielt inne, blickte in den grauen Himmel und zwang sich, ihre Tränen zu unterdrücken. „Ich wurde so wütend, dass ich meine Taschen packte, zum Stall rannte, mein Pferd holte und davongaloppierte. Ich wurde von Banditen angegriffen, aber Ethan kam und bewahrte mich vor einer schrecklichen Nacht."

Brigid und Tara sahen sich entgeistert an, dann blickten beide wieder zu Jennet. Tara, sichtlich entsetzt über ihre Erklärung, oder das Fehlen einer solchen, fragte: „Ist das alles, was du zu sagen hast? Du wurdest überfallen und fast vergewaltigt, und mehr hast du dazu nicht zu sagen? Hattest du nicht schreckliche Angst?" Tara packte sie an den Schultern und ließ sie nicht mehr los, schüttelte sie fast. „Jennet, bitte sag uns alles, was geschehen ist, um die Last auf deinem Herzen zu erleichtern."

„Entführt zu werden ist traumatisierend", stimmte Brigid zu. „Du musst doch mehr darüber erzählen können. Hattest du nicht so viel Angst, dass du geweint hast oder fast in Ohnmacht gefallen bist? So war es mir damals gegangen."

„Aye, ich hatte Angst, aber ich hatte auch nicht viel Zeit, um groß darüber nachzudenken. Ich habe das Gleiche getan wie immer, ich habe die Bastarde überlistet, genau wie damals, als wir noch klein waren, Brigid. Es war nicht anders. Ich habe an das gedacht, was mit Bearchun passiert war, und habe mir etwas ausgedacht, das die vier Männer auf der Stelle verscheuchen würde."

„Vier?", fragte Brigid und machte ein so grimmiges Gesicht, als würde sie die Bastarde selbst umbringen wollen.

„Aye, aber ich habe mir etwas einfallen lassen, und es hat bei drei von ihnen funktioniert."

Tara zeigte mit dem Finger auf Jennet. „Eines Tages wirst du in echte Schwierigkeiten kommen, weil du einfach nicht glaubst, dass dir jemand wehtun könnte. Du denkst, du bist nicht hübsch genug, dabei bist du es. Du bist wunderschön. Was glaubst du, warum die vier Männer dich gefangen haben? Du musst verstehen, dass du dich nicht immer mit deinem Verstand aus allem herausholen kannst."

Jennet starrte auf ihre Hände, denn sie hatte keine schnelle Antwort parat. Ihre Mutter sagte ihr das schon seit Jahren. Aber sie war die unattraktivste unter ihren Cousinen – Sorcha, Brigid, Tara, Kyla, Elizabeth, Catriona, die Liste ließe sich beliebig fortsetzen.

„Was war mit dem vierten Mann?", fragte Brigid, die noch immer fassungslos war.

„Er ist zurückgekommen. Ethan hat mich vor ihm gerettet." Sie warf einen Blick auf Brigid, dann auf Tara. „Ich gebe zu, als sie endlich weg waren, war ich ziemlich erschüttert. Aber als ich noch mittendrin war, dachte ich ständig über Möglichkeiten nach, wie ich entkommen könnte."

„Was war mit der Geschichte von Bearchun? Sicherlich ist die Sache mit dem Blut – dass man bei seinem Anblick in Ohnmacht fallen wird – nur bei bestimmten Menschen nützlich."

„Ich habe mir etwas anderes ausgedacht", erklärte Jennet, beugte sich vor und hob einen Ast auf, der von einem Baum gefallen war. Sie begann, die Blätter abzureißen, um sich auf etwas anderes konzentrieren zu können.

„Was?" Tara hob die Hand, um ihre Kehle zu bedecken, als hätte sie Angst zu fragen. Taras Mutter machte die gleichen Bewegungen. „Und ich habe ein bisschen Angst davor, die Geschichte zu hören, aber ich bin sicher, dass wir sie noch früh genug erfahren werden."

„Wie bist du auf eine Idee gekommen,

während du gefangen gehalten wurdest?", fragte Brigid. „Dein Verstand ist erstaunlich, Jennet. Sogar als wir noch klein waren. Ich war immer verängstigt und habe geschrien, während du dir schauerliche Geschichten ausgedacht hast und mich gleichzeitig beruhigt hast. Erzähl doch mal, was du den Banditen weisgemacht hast."

Jennet holte tief Luft, blickte in die Wolken, und ein kleines Lächeln schlich sich auf ihr Gesicht, als sie daran dachte, wie sie die Bastarde überlistet hatte. Sie hatte ihre eigenen Ängste gegen sie verwendet. „Ich habe mir überlegt, was Männern am wichtigsten ist und was sie am meisten fürchten. Da es sich um ein und dasselbe handelte, war es leicht, auf eine Idee zu kommen."

„Was ist Männern am wichtigsten?" Taras verwirrter Blick erinnerte Jennet daran, dass sie in Sachen Männer und Frauen genauso unschuldig war wie sie selbst. Aber ihre Tante und ihr Onkel hatten sichergestellt, dass sie den Umgang mit Männern lernte. Und da war noch Tante Gwyneths Neigung, bösen Männern einen spitzen Pfeil zwischen die Beine zu schießen.

„Ihre Eier."

Tara prustete den Schluck Wein heraus, den sie gerade getrunken hatte. Sie spuckte ihn zum Glück auf den Boden und nicht auf ihre Kleidung. Dann starrte sie Jennet an. „Mal ehrlich. Bitte. Was du sagst, ist lächerlich."

„Ach, ja? Ein Mann fürchtet sich mehr als alles andere davor, in die Eier getreten zu werden, weil das so schmerzhaft ist. Und alle sind unglaublich stolz auf das, was zwischen ihren Beinen ist, als ob ihr eigenes Ding attraktiver wäre als das der anderen. Abgesehen von der Haarfarbe, wo kann da ein Unterschied sein?"

Brigid spuckte nach dieser Bemerkung ihren eigenen Wein aus. „Jennet, ich habe dich noch nie solch vulgäre Dinge sagen hören."

„Gewöhn dich dran. Ich mag es. Ich habe den Männern erzählt, dass ich eine Hexe sei, sie alle verflucht und prophezeit, dass eine Schlange mit gespaltener Zunge in der Nacht unter ihre Plaids schlüpfen und ihnen den Hodensack spalten würde."

Tara hob ihr Kinn an und runzelte die Stirn. „Ich schätze, ich bin zu naiv, denn ich verstehe nicht, warum sie so etwas dermaßen erschrecken sollte, dass sie weglaufen. Die Schlange würde *mich* erschrecken, aber nicht sie."

Brigid hielt sich den Mund zu und brach in einen Kicheranfall aus. „Das ist brillant, Jennet. Ich wünschte, ich hätte deinen Verstand."

„Erklärt es mir. Ich verstehe das nicht. Bitte?" flehte Tara.

„Weil ein Mann zwei Eier hat, und wenn sie nicht verbunden sind, stoßen sie bei jeder Bewegung aneinander, so dass er ständig Schmerzen hätte."

Jennet ergänzte: „Noch schlimmer, wenn man rennt."

Die drei lachten eine Weile weiter, bis Brigid vor lauter Lachen die Tränen herunterzulaufen begannen. Aber dann hörte sie abrupt auf und runzelte die Stirn. „Aber das hat nur drei erschreckt? Warum nicht den vierten?"

Jennet zuckte mit den Schultern. „Er sagte, er würde das Risiko eingehen wollen. Dann habe ich auf die Blasen an meiner Hand von der Kerze gezeigt und ihm offenbart, dass ich gerade die Pocken hätte."

„Das hat ihn nicht aufgehalten?"

„Nein, er sagte, er hätte sie schon gehabt. Dann hat Ethan mich gerettet."

Brigid schaute verblüfft drein, aber dann sagte sie: „Ich kann es nicht fassen, dass du allein weggelaufen bist. Und ich kann nicht glauben, dass die Ramsay-Krieger nicht hinter dir her waren."

„Vielleicht waren sie es noch nicht. Ich glaube nicht, dass sie mich da auf der Burg schon vermisst hätten. Ich gehe oft reiten, wenn ich wütend oder traurig bin. Meine Mutter weiß das. Und mein Vater war so aufgeregt, dass er Torrian, Kyle und Gregor beschäftigt hielt."

Tara erwiderte: „Mag sein, aber auf eines kannst du dich verlassen. Deine Brüder werden bald Ramsay-Krieger hierher schicken. Sie werden erraten, dass du hierher nach Black Isle gekommen bist. Und sie werden dich gleich zurückbringen wollen."

„Damit werden sie ein Problem haben."

„Warum?", fragte Brigid.

„Weil ich nie wieder zurückgehen werde."

KAPITEL ACHTZEHN

SPÄTER AM NACHMITTAG schlenderte Ethan zwischen den Verkäufern umher. Er kaufte sich eine Fleischpastete und stellte sich dann an den Rand des Platzes, um die ankommenden Festteilnehmer zu beobachten. Sie hatten nicht mehr so viele Menschen auf Matheson Castle gesehen, seit der Fluch sie getroffen hatte. Er könnte wetten, dass viele von sehr weit her gekommen waren, sogar aus Cromarty. Dutzende Menschen schlängelten sich über den Marktplatz und kauften Lebensmittel, Bänder, Stoffe, aber auch Waffen und Kräuter. Die verschiedenen Farben der Plaids hellten die Stimmung auf, und Lachen schallte über das Land. Es war ein wunderbares Getümmel, das er schon lange nicht mehr gesehen hatte.

Er nahm zwei Bissen von der Pastete und war überrascht, wie köstlich sie war, dann zuckte er zusammen, als jemand von hinten auf ihn zukam.

Eine weibliche Stimme flüsterte: „Hmmm, du trägst Hosen. Willst du damit verhindern, dass ich dich unter deinem Plaid anfasse? Mit den Dingern können wir uns nicht so schnell für ein

Stelldichein verziehen, aber vielleicht hast du ja auch kein Interesse mehr."

Er drehte sich um und war nicht überrascht, Alva dort stehen zu sehen. Er sah sich nach ihren Freundinnen um, aber sie war allein. „Was willst du?" Innerlich dankte er Jennet für ihre Idee. Er war in der Tat froh, dass er Hosen anstelle seines Plaids angezogen hatte.

„Ich möchte, dass du meine Freundin heiratest. Sie will dich unbedingt zum Mann, obwohl ich nicht weiß, warum. Cori war viele Monde lang wütend auf uns, wegen dem, was wir mit dir gemacht haben. Sie wollte dich danach heiraten – ungefähr ein Jahr später – aber als die ganzen Gerüchte anfingen, wollte ihre Familie es nicht erlauben. Jetzt wird sie es tun. Du musst ihren Vater um ihre Hand bitten. Du wolltest sie schon einmal, es sollte also nicht allzu schwierig sein."

„Ich bin nicht mehr interessiert. Ich habe ein Auge auf jemand anderen geworfen."

Der Ausdruck in ihren Augen verwandelte sich. Sie schien aufgebracht zu sein, aber das würde seine Meinung nicht ändern. „Brigids Cousine? Nur weil Marcas eine Ramsay geheiratet hat, heißt das nicht, dass du das auch tun musst. Sie ist nicht schön anzusehen, vergiss sie besser. Deine Frau sollte von einem Black-Isle-Clan kommen."

„Aber ich mag sie lieber."

Alva beugte sich vor und flüsterte: „Du vergisst sie besser, oder ich werde einen Weg finden, sie loszuwerden."

Ethan spürte eine unbekannte Kraft in sich aufsteigen, die so etwas nicht zulassen wollte.

Sein Vater hatte ihn gelehrt, Frauen mit Respekt zu behandeln, aber diese hier hatte das nicht verdient. „Das würde ich an deiner Stelle nicht tun. Wenn Jennet etwas zustößt, werde ich dich mit einer Armee von Bogenschützen verfolgen. Wir werden alle Angehörigen des Milton-Clans angreifen, aber ich werde direkt auf dich zielen."

„Der Milton-Clan ist viel stärker als der Matheson-Clan. Ihr würdet uns niemals besiegen."

Ethan lehnte sich näher an sie heran. „Der Matheson-Clan war nach dem Fluch schwach, aber wir erholen uns jeden Tag mehr – wir werden stärker. Und wir haben viele Verbündete, die wir um Hilfe bitten können."

Sie ließ sich von ihm nicht beirren und rückte näher an ihn heran, so dass ihre Nase fast seine berührte. „Was auch immer passiert, es wird so schnell gehen, dass du keine Zeit haben wirst, deine Verbündeten zu rufen. Bis sie eintreffen, wird es für deine Süße zu spät sein."

Dann lächelte sie, stemmte die Hand in die Hüfte, wirbelte herum und ging davon.

Da kam Shaw auf Ethan zu, Torcall dicht hinter ihm. „Was zum Teufel sollte das denn? Du hast doch nicht etwa was mit Alva, oder? Du wärst ein Narr, wenn es so wäre."

„Nein, aber es macht ihr Spaß, mich zu ärgern. Du wirst dich freuen zu hören, dass ich mir keine Gedanken mehr über sie mache." Ethan meinte es ernst. Er glaubte ihr kein Wort. Selbst wenn Cori an ihm interessiert war, hatte er es ihr bereits erklärt, dass er ihr Gefühle nicht teilte, so dass sie ihn in Ruhe lassen würde. Und jetzt, wo er Hosen trug, machte er sich auch keine Sorgen mehr um seine anderen Ängste.

Shaw sah ihr nach, sein Gesichtsausdruck skeptisch. „Hat sie dich bedroht?"

„Nein, sie hat Jennet bedroht. Sie will, dass ich Coris Vater um ihre Hand bitte. Ich sagte ihr, dass ich nicht interessiert sei. Ich wünschte, sie würden mich alle in Ruhe lassen. Sie haben keinen Einfluss mehr auf meinen Verstand, Shaw. Ich bin fertig mit ihnen."

Shaw warf einen Blick auf Torcall. „Ethan, du weißt, dass Alvas Bruder sehr mächtig ist. Er reist zwar viel herum, aber wenn er hier ist, führt er die Milton-Krieger an. Und sein Freund kommt aus einem anderen Clan. Sie könnten viele Krieger herbeirufen. Du solltest in Alvas Nähe vorsichtig sein. Sie ist ein bisschen verschlagen, wenn es um Männer und Drohungen geht. Und soweit ich weiß, wird ihr Bruder alles tun, was sie verlangt."

„Er hat recht, Ethan. Ludan ist genauso dumm wie sie. Er will immer nur kämpfen, und der Grund dafür ist ihm egal. Du musst Jennet warnen und sie während des Festes im Auge behalten. In einer so großen Menge kann viel passieren."

„Ich danke dir, Shaw. Ich werde auf sie achten, obwohl ich nicht weiß, wo sie gerade ist. Wisst ihr es?"

„Wir haben sie mit Brigid und Tara unter einem Baum sitzen sehen. Das letzte Mal, als wir sie gesehen haben, lachten sie so laut, wie ich sie noch nie lachen gehört habe. Drüben bei dem Bach, aber das ist schon eine Weile her."

Ethan sagte: „Dann werde ich sie bald finden."

Jennet schritt mit ihren beiden Cousinen über den Hof und war froh, wieder bei ihnen zu sein. Doch wie immer, wenn die Welt in Ordnung zu sein schien, kehrte dieses ungute Gefühl über die Situation mit ihrem Vater zurück. Ging es ihm wieder besser? Verachteten sie alle, weil sie davongelaufen war? Sie würde es nie erfahren.

Tara meinte: „Ich kann es nicht fassen, dass du das Land der Ramsay ganz allein verlassen hast. Mein Vater würde mich umbringen, und meine Mutter würde mich zwingen, einen ganzen Mond lang in der Halle zu bleiben und ihren Vorträgen zuzuhören. Das würde mich dann auch umbringen."

„Ich war von mir selber überrascht, als ich mich beruhigt hatte. Ich hatte es getan, ohne nachzudenken."

Brigid widersprach: „Jennet, du tust nie etwas, ohne nachzudenken. Noch nie in meinem Leben habe ich gesehen, dass du etwas tust, ohne es vorher gründlich zu überdenken. Dein Geist ist ständig in Bewegung, du denkst nach und entwirfst laufend Pläne. Sag mir die Wahrheit, warum bist du gegangen?" Sie blieb stehen und nahm Jennets Hände in die ihren. „Du warst immer meine beste Freundin. Warum bist du davongelaufen und hast dein Leben in Gefahr gebracht?"

Verdammt, sie stand kurz davor, wieder zu weinen. Seit ihr Vater krank geworden war, hatte sie öfter geweint als in den letzten zehn Jahren davor. Sie kämpfte gegen die Tränen an, die ihr über die Wangen zu laufen drohten, und fürchtete sich vor den Schluchzern, die sie durchschütteln würden, bis sie keine Tränen mehr hatte. Ihr Vater war ihr treuer Freund gewesen, der einzige Mensch, der immer an sie geglaubt hatte.

Egal, wie töricht sie erschien.

Egal, wie gedankenlos sie war.

Egal, was für ein Gebräu sie in der Kammer ihrer Mutter kreiert hatte.

Selbst als sie dem König von Schottland das Hühnerblut als Beweis dafür übergeben hatte, dass Torrian Davina nicht die Jungfräulichkeit genommen hatte, war ihre Mutter wütend gewesen, aber ihr Vater hatte sie liebevoll umarmt und geküsst. Zwar war es ihr und Brigid verboten gewesen, ohne die Anwesenheit ihrer Mutter experimentelle Operationen an Tieren durchzuführen, aber die Tatsache, dass ein Mann sie um zwei Ampullen Hühnerblut angefleht hatte, war ihr wie ein guter Vorwand erschienen, das tote Huhn zu untersuchen.

Damals hatte sie die Tragweite ihrer Tat nicht verstanden, aber jetzt schon. Torrian wäre ohne ihr Handeln gezwungen worden, in eine niederträchtige und hinterhältige Familie einzuheiraten.

Brigid nahm ihre Hand und zog sie zu einer Bank im Burggarten, in dem keine Festbesucher erlaubt waren. „Warum, Jennet? Du erzählst mir nicht alles."

Jennet schloss die Augen und flüsterte: „Es war

nicht so sehr die Tatsache, dass das, was ich beim ersten Mal versucht hatte, nicht funktioniert hatte, es war der Blick in seinen Augen. Ich habe meinen Vater enttäuscht. Er hasst mich für das, was ich getan habe. Ich weiß, dass ihr beide denkt, dass ich froh darüber bin, anders zu sein, dass ich stolz darauf bin, wie schnell ich denken kann, aber wenn ich nicht die bedingungslose Liebe meiner Mutter und meines Vaters spüre, fühle ich mich schlecht." Die Tränen gewannen schließlich die Oberhand, und sie ließ sich gegen ihre Cousine fallen und umarmte sie fest, was sie sonst nie tat. „Und ich vermisse dich, Brigid."

Das war es. Sie hatte es gesagt. Sie hatte bereits ihre beste Freundin verloren. Wenn sie ihren Vater und ihre Mutter verlieren würde, wäre sie ganz allein. „Ich brauche jemanden, der an mich glaubt – und an die seltsamen Dinge, die ich tue."

Sie weinte ein wenig weiter, bevor Brigid sich zurücklehnte und sagte: „Ich werde immer an dich glauben, Jennet. Dass ich mit Marcas verheiratet bin, bedeutet nicht, dass ich dich nicht mehr lieb habe. Ich hoffe sogar noch immer, dass wenigstens eine von euch" – sie blickte von Jennet zu Tara – „einen seiner Brüder heiratet. Jennet, ich glaube, Ethan passt perfekt zu dir. Bei Shaw bin ich mir noch nicht sicher, Tara, aber ich hoffe, dass du ihn noch besser kennenlernen wirst."

Jennet lehnte sich zurück und zog ein Leinenstück aus einer der Taschen, die in ihr Gewand eingenäht waren. Sie putzte sich die Nase und stopfte es wieder hinein. „Ich muss mit dem Weinen aufhören."

Brigid grinste. „Ich habe dich noch nie so oft weinen sehen. Als wir entführt worden waren, war ich diejenige, die geschluchzt hat, während du stark geblieben bist." Sie spielte mit einzelnen Strähnen von Jennets Haar, die sich aus ihrem Zopf gelöst hatten. „Ich weiß, dass es eine schwere Zeit für dich war – meine Heirat, die Krankheit deines Vaters – aber ich glaube ganz fest in meinem Herzen, dass sich alles für dich einrenken wird. Dein Herz ist zu gut, Jennet, und du verdienst alles Glück der Welt. Du bist der fleißigste Mensch, den ich kenne."

„Ich wünschte, jemand würde uns sagen, wie es Onkel Quade geht", warf Tara ein. „Vielleicht geht es ihm bereits viel besser dank dem, was du getan hast. Du musst bedenken, dass Menschen Dinge tun, wenn sie krank sind, die sie sonst nie tun würden. Vor allem, wenn sie starke Schmerzen haben. Dein Vater fühlt sich wahrscheinlich schrecklich wegen dem, was er getan hat."

Brigid fügte hinzu: „Er erinnert sich vielleicht nicht mehr daran, dass er dich schlagen wollte. Ich erwarte in ein oder zwei Tagen einen Boten."

Sie wurden von einer schönen blonden Frau unterbrochen, die direkt auf Jennet zuging, als würde sie selbst in der Burg wohnen. Da sie aus einem anderen Clan stammte, fragte sich Jennet, wie Cori sie im Garten gefunden hatte. Ethans frühere Flamme marschierte zielstrebig auf sie zu. Jennet hatte die Frau bereits kennengelernt, aber jetzt sah sie viel verstörter aus als vorhin.

Cori verschränkte die Arme und forderte: „Du

musst gehen. Ich habe die Gerüchte über dich gehört, du Hexe. Jetzt weiß ich, warum Ethan kein Interesse mehr an mir hat. Du hast ihn mit einem Hexenzauber belegt. Und ich habe auch schon von deinen anderen Zaubersprüchen gehört. Du bist böse." Sie wandte sich an Brigid. „Ich weiß, dass du die Ehefrau des Clanoberhaupts bist, und ich vertraue dir, aber diese Frau, was immer sie für dich ist, ist böse. Sie ist eine Hexe." Sie packte Brigids Arm und verdrehte ihn. „Schick sie weg."

Jennets Wut nahm überhand. Wie konnte diese Schlampe es wagen, ihre Freundin anzufassen! Plötzlich erinnerte sie sich an eine Bewegung, die ihr Bruder ihr beigebracht hatte, packte Coris Arm und verdrehte ihn ebenfalls, wobei sie gleichzeitig Druck gegen ihre Beine ausübte. Das führte dazu, dass Cori zu Boden fiel. Dann drehte Jennet Cori auf den Rücken und drückte sie fest gegen den Boden.

„Bedrohe nie wieder mich noch jemand anderen aus meinem Clan."

„Das war dumm von dir", zischte Cori zwischen zusammengebissenen Zähnen. „Das wirst du noch bereuen."

Brigid erhob sich: „Geh nach Hause, Cori. Ich werde Marcas bitten, dich vor unsere Tore zu begleiten. Du bist hier nicht mehr willkommen. Lass sie aufstehen, Jennet." Brigid zog ihren Dolch zwischen den Falten ihres Rocks hervor. „Geh zum Tor."

Cori drehte sich noch einmal um: „Fasst mich nicht an. Ich werde gehen, aber ihr werdet dafür bezahlen. Darauf könnt ihr euch verlassen."

Jennet erwiderte: „Geh jetzt, oder ich verfluche dich, dass dir jedes Haar auf dem Kopf ausfällt."

Cori stieß einen leisen Schrei aus, fasste sich an den Kopf, als wolle sie Jennets vermeintlichen Fluch damit aufhalten, und eilte dann zu den Toren.

„Sie hat kein Rückgrat", bemerkte Jennet und sah ihr nach.

Tara wandte sich an Jennet und mahnte: „Du musst vorsichtig sein. Sie könnte Ärger machen. Geh nirgendwo alleine hin."

Brigid sagte: „Jennet, ich habe dich noch nie so erlebt. Dein Verstand arbeitet pausenlos und denkt sich immer so kluge Antworten aus, aber das war ein direkter körperlicher Angriff. Das ist so untypisch für dich. Bedrückt dich etwas anderes? Willst du mir erklären, warum du das getan hast?"

Jennet verdrehte die Augen. Brigid hatte recht, wie immer, weil sie sie so gut kannte. Sie musste tief in sich selbst hineinfühlen, um eine Erklärung für ihr Verhalten zu finden. „Vielleicht bin ich es leid, dass die Leute auf Black Isle Menschen angreifen, die ich liebe. Hierher zu kommen hat mir ein anderes Leben gezeigt, eines, das ich nicht wirklich verstehe. Aber sie musste aufhören, dich zu belästigen, Brigid. Mir hat es nicht gefallen, dass sie dich bedroht hat."

Brigid kicherte: „Mir hat es auch nicht gefallen. Höllenfeuer! Sie ist ganz schön dreist."

Jennet konnte sich nicht erklären, warum sie so fühlte, wie sie fühlte. Beschützerinstinkt, schätzte sie. Aber sie würde nicht zulassen, dass Cori sie oder Brigid bedrohte.

Die dumme Schlampe machte ihr keine Angst.

KAPITEL NEUNZEHN

ALS ETHAN DURCH die Tore schritt, traf er auf Cori, die kurz stehen blieb und zischte: „Ich liebe dich noch immer, Ethan. Aber dieses Mädchen ist dumm und gefährlich."

„Warum sagst du so etwas?" Er konnte nicht umhin zu bemerken, dass Cori ein wenig zerzaust aussah, ihr Kleid an einigen Stellen schief an ihrem Körper hing und schmutzig war, als wäre sie gestürzt. „Ist etwas passiert? Du siehst ein bisschen komisch aus."

„Es ist egal, wie ich aussehe. Ich warne dich vor dem Mädchen mit den Goldsträhnen im Haar. Sie ist eiskalt und rücksichtslos."

„Warum glaubst du, sie so gut zu kennen?" Ethan erkannte den wahren Grund für Coris Worte. Shaw würde vermuten, dass sie eifersüchtig auf Jennet sei. Konnte das sein? Es war ein Gefühl, das er nicht verstand, aber seine Brüder liebten es, von zwei Mädchen zu reden, die um denselben Mann buhlten.

„Weil ich es weiß. Nur deshalb. Ich habe die Gerüchte gehört, und wenn du sie mir vorziehst, machst du einen schrecklichen Fehler." Sie strich sich ein paar Haarsträhnen aus dem Gesicht, drehte sich auf dem Absatz um und ging davon.

Ethan wusste nicht, was er davon halten sollte, aber er würde es herausfinden. Shaw hatte angehalten, um mit Marcas zu sprechen, also winkte er ihm zu und ging weiter, um Jennet zu suchen. Die Frauen waren nicht in der Nähe des Bachs gewesen, also dachte er, er würde im Hof nachsehen. Er war schon fast durch das Tor, als er einen Ruck an seinem Hemd spürte. Er drehte sich um, in der Erwartung, einen seiner Brüder zu sehen, aber es war der Junge namens Runi, der Sohn des Heilers Rune.

„Was ist los?", fragte er.

Runi blickte ihn ernst an und sagte dann: „Das Mädchen, das Euch gefällt. Seid vorsichtig. Auf sie kommst Ärger zu."

„Woher willst du das wissen? Und woher weißt du, welches Mädchen ich mag?"

Runi hatte dunkelrotes Haar und ein freundliches Lächeln, aber weise Augen. Es war, als ob er etwas wüsste, was er nicht ausdrücken konnte. „Ich habe dich mit ihr gesehen. Die Hübsche mit dem braunen Haar und den goldenen Strähnen darin. Schwierigkeiten kommen auf sie zu."

„Jetzt?"

„Nein, aber bald."

Ethan kniete sich hin, um dem Jungen in die Augen schauen zu können. „Und warum bist du dir da so sicher, Runi?"

„Weil ich Dinge sehen kann. Hier." Er zeigte auf seinen Kopf. „Wenn ich schlafe, träume ich

Dinge, die manchmal wahr werden. Sie war in meinem Traum. Das hat mir nicht gefallen. Papa sagte mir, ich solle dich warnen. Er sagte, ich sei ein wahrer Seher."

„Was ist in deinem Traum passiert?"

„Irgendwas mit Wasser. Das ist alles, woran ich mich erinnere. Ich muss jetzt zurück zu Papa." Mit einem Lächeln drehte er sich um und lief durch die Menge.

Ein Seher. Sein Vater war sich nie sicher gewesen, ob er an Seher glaubte, aber viele Menschen taten es. Tara hatte gesagt, ihre Schwester sei eine Seherin, also sollte er vielleicht mit ihr reden. Er bahnte sich einen Weg durch die Menge, die sich nun in den Hof in Richtung des Schweinbratens bewegte, der bald serviert werden sollte. Als er den Hof betrat, blieb eine Gruppe von Leuten stehen und schauten ihn an, als wäre er das Clanoberhaupt oder trüge ein Wildschwein auf seinen Schultern. Warum starrten sie ihn so an?

Er konzentrierte sich auf die Leute, die stehen blieben und ihn angafften, ohne auch nur den geringsten Versuch zu unternehmen, ihre Neugier zu verschleiern, und fragte sich, was er getan hatte, um seine Mitmenschen zu einer solchen Unhöflichkeit zu veranlassen. Er hörte Geflüster und sah Finger, die auf ihn zeigten. Das Geflüster handelte von einem Mädchen. Er spitzte die Ohren und schenkte den Gerüchten nun seine volle Aufmerksamkeit.

Er bewegte sich langsam und verfolgte jedes Gespräch, das er hören konnte.

„Er möchte eine der Heilerinnen heiraten."

„Sie sagte, sie sei eine Hexe."

„…viel Schweinebraten für uns alle."

„Man sagt, sie wird alle Miltons verfluchen."

„Ludan traut ihr nicht. Er hat es unserem Laird gesagt."

„Weiß Matheson, dass sie eine Hexe ist?"

„Sie will auf Black Isle leben."

„… muss sie davon abhalten …"

Er konnte nur Bruchstücke von den Gesprächen aufschnappen, aber er war sich einer Sache sicher: Das Gerücht, Jennet sei eine Hexe, war allgegenwärtig, und er wusste, dass Gerüchte, wenn sie einmal entstanden waren, nur schwer aufzuhalten waren. Es war, als wären sie alle im Wald gewesen, als sie den Banditen gesagt hatte, sie sei eine Hexe, und gedroht hatte, sie zu verfluchen.

Er hatte das Glück, Tara aus den Augenwinkeln zu sehen. Die jungen Frauen befanden sich im Garten, abseits der Menschenmenge, die sich wegen des Schweinebratens im Hof tummelte. Ein Zaun schützte den Kräutergarten. Er ging auf sie zu und tat sein Bestes, die Gespräche von vorhin auszublenden, um sich nicht zu sehr aufzuregen, auch wenn es schwierig war.

Als er nahe genug war, rief er ihnen zu. „Jennet, geht es dir gut?"

„Aye" antwortete sie und errötete zart. „Ich habe von meinem Vater gesprochen. Ich bin ein wenig emotional geworden. Ich wünschte, ich wüsste, wie es ihm geht. Du siehst aufgeregt aus. Was ist los?"

„Glaubt ihr an Seher?" Unter diesen Umständen

beschloss er, direkt zur Sache zu kommen. Wenn tatsächlich Gefahr im Verzug war, durfte er keine Zeit verlieren. Er öffnete das Tor zum Kräutergarten und schritt den Weg hinunter. Vor der Bank, auf der Brigid und Jennet saßen, blieb er stehen. Tara stand an einem Baum gelehnt.

Jennet sah Tara und Brigid an und schürzte die Lippen. Die Fältchen zwischen ihren Augenbrauen wurden immer tiefer.

Tara mischte sich sofort ins Gespräch ein. „Das tue ich auf jeden Fall. Meine Schwester, Riley, ist eine Seherin. Warum fragst du?"

„Glaubst du, dass jeder Traum deiner Schwester wahr wird?"

„Nein. Manchmal erscheinen ihr die Dinge im Traum, manchmal im Wachzustand. Aber diese sind viel beunruhigender. Es ist oft so, dass es sich um eine tote Person handelt, die versucht, mit jemandem zu sprechen, der noch lebt. Bist du einer Seherin begegnet?" Tara trat näher heran, ihr Interesse an dem Thema war geweckt. Ihre Sommersprossen auf der Nase waren im Tageslicht viel deutlicher zu sehen. Ethan waren sie vorher nicht aufgefallen, aber Tara war ziemlich hübsch.

Aber nicht so hübsch wie Jennet.

Ethan fuhr fort. „Der neue Heiler, den wir getroffen haben, hat einen Sohn – er ist Seher. Rune hat ihn geschickt, um mir zu sagen, dass er letzte Nacht geträumt hat, dass Jennet in Schwierigkeiten geraten würde."

„Inwiefern?", fragte Brigid und drückte Jennets Hand.

„Das hat er nicht gesagt. Nur, dass es etwas

mit Wasser und der Heilerin mit den goldenen Strähnen im Haar zu tun hat."

Brigid und Tara drehten sich beide um und blickten Jennet an. Tara stieß einen überraschten Schrei aus.

„Ich glaube nicht alles, was ich höre, Ethan. Ich könnte mir einen Knöchel verstauchen, und Runi hätte dann schon recht. Es muss nicht unbedingt etwas wirklich Schlimmes sein", gab Jennet zu bedenken.

„Du musst sehr vorsichtig sein, Jennet. Shaw sagte, ich muss dich warnen." Ethan war besorgt, aber er wollte Jennet nicht noch mehr beunruhigen, als sie es ohnehin schon war. Die Sorge um ihren Vater war wahrscheinlich schon anstrengend genug für sie, aber sie musste die Situation begreifen… und auch, warum er sie nicht allein lassen konnte.

„Wovor?"

„Cori möchte mich heiraten, und meine Brüder befürchten, dass sie Alva dazu bringen wird, ihrem Bruder zu sagen, dass er dich loswerden soll. Shaw hat gesagt, ich solle dich warnen, weil Alva normalerweise ihren Willen bekommt – und Cori auch. Er sagte, du solltest nie allein ausgehen, solange du hier bist. Jetzt, wo der Seher gesagt hat, dass du in Schwierigkeiten geraten könntest, denke ich, dass ich den Rest des Abends an deiner Seite bleiben sollte. Du brauchst einen Beschützer."

„Ethan", seufzte sie, „ich brauche keinen Beschützer."

„Doch, das tust du", unterbrach sie Tara. „Und

wir werden uns nicht davon abbringen lassen." Sie hob den Finger und zeigte auf ihre Cousine. „Cori war eben hier, Ethan, und wir wissen genau, was sie vorhat. Sie hat es uns gesagt."

Brigid fügte hinzu: „Und nach diesem Besuch und der Warnung des Sehers stimme ich beiden zu." Sie wandte sich an Jennet. „Erlaube Ethan einfach, den Rest des Abends an deiner Seite zu sein." Brigid hob dabei die Hände, als wollte sie sagen, dass jeder Widerstand zwecklos war.

Jennet wollte mit ihnen streiten, doch dann fiel ihr Blick auf zwei Personen in der Menge. Sie wurde blass, und die Angst in ihren Augen schürte in Ethan den Wunsch, jemanden umzubringen.

„Was ist los?", fragte Brigid, die das Gleiche wie Ethan bemerkte.

Ethan drehte sich um, um zu sehen, was ihr einen solchen Schrecken eingejagt hatte. Als er sah, was sie erblickt hatte, entsprach der Ausdruck auf seinem Gesicht dem ihren. Zwei der vier Männer, die Jennet im Wald überfallen hatten, kamen schnell näher.

Tara ergriff Jennets Hand. „Was ist los, Jennet? Sag es uns. Bitte!"

„Wer ist das?" flüsterte Brigid und strich mit ihrer Hand über Jennets Rücken. „Sag uns einfach, wer."

„Dünn und Rotschopf."

„Wer?" Brigid schaute in die Menge.

Ethan wusste nicht, was er tun sollte. Sollte er ihnen nachgehen oder bei Jennet bleiben? Er beschloss, genau das zu tun, was alle ihm gesagt hatten. Er würde an Jennets Seite bleiben, um sie zu beschützen. „Ich bleibe bei dir, Jennet. Ich werde sie nicht an dich heranlassen."

„Wen?" Tara knetete fast panisch ihre Hände.

„Zwei der vier Männer, die sie angegriffen haben. Sie sind hier." Er warf einen Blick über die Schulter zurück und fügte dann hinzu: „Oder sie waren es. Jetzt sind sie weg."

Jennet flüsterte: „Sie sind einfach verschwunden."

KAPITEL ZWANZIG

JENNET WAR ERSCHÖPFT. Ethan hatte sein Wort gehalten und war den Rest des Abends bei ihr geblieben. Niemand hatte sich ihnen genähert, den sie nicht kannten, und auch sonst war sie von niemandem belästigt worden. Weit nach Einbruch der Dunkelheit waren viele der Krieger betrunken, und sie hatte einige Mädchen dabei erwischt, wie sie mit ihren Röcken raschelten, um den einen oder anderen Mann zu verführen. Aber die Atmosphäre hatte sich von spielerisch und leicht zu dumpf und alkoholgeschwängert verändert. Viele Männer suchten sich einen Baum, um sich darunter zu legen, und begannen zu schnarchen, sobald ihr Kopf den Boden berührte.

Einige machten sich nun auf den Weg zu ihren Zelten auf den Feldern rund um Matheson Castle, was darauf hindeutete, dass die Nacht fast vorüber war. Als sich die Menge vor den Toren zu zerstreuen begann, sagte Ethan zu Jennet: „Vielleicht hast du genug? Ich schon. Ich würde es vorziehen, in die große Halle zu gehen, um etwas Ruhe zu haben."

„Aye. Wenn du nichts dagegen hast, würde ich gerne in meine Kammer gehen. Ich bin sehr müde, und der Tag war anstrengend. Macht es dir etwas aus?" Sie blickte zu ihm auf und ihre Blicke trafen sich.

„Nein, es macht mir nichts aus. Ich begleite dich zu deiner Kammer, damit du in Sicherheit bist."

Sie wünschte, sie könnte sich an ihn lehnen und ihn bitten, den Arm um sie zu legen, aber sie fürchtete, er würde nein sagen. Vielleicht war seine Umarmung von vor ein paar Tagen nur eine Ausnahme gewesen und seine alten Ängste hatten sich wieder eingestellt. Sie würde es nicht wagen, dies ausgerechnet jetzt zu prüfen. „Wie hat es dir gefallen, Hosen anstelle deines Plaids zu tragen?"

„Viel besser. Danke für die Idee." Er lächelte sie an, und in ihrem Bauch flatterten Schmetterlinge auf, obwohl sonst nichts passierte.

Ihre Wünsche waren nicht zu viel verlangt, fand sie. Ein Kuss, Händchenhalten, eine Umarmung.

Aber wie konnte sie eine Beziehung zu einem Mann aufbauen, der Angst vor Berührungen hatte?

Ethan begleitete sie zu ihrer Kammer über der Treppe. Als sie sich umdrehte, um ihm zu danken, dämmerte ihr etwas – etwas, das sie beschämte. „Ethan, wie geht es deiner Wunde? Ich habe sie gar nicht mehr untersucht, weil wir so beschäftigt waren."

„Keine Sorge. Ich habe den Verband abgenommen, nachdem ich mich im See gewaschen habe. Sie heilt gut, und ich habe keine Schmerzen mehr. Du brauchst dir keine Sorgen zu machen. Was auch immer du getan hast, hat funktioniert."

Das war die beste Nachricht, die sie seit Langem gehört hatte. „Gut, das freut mich." Sie blickte zu ihm auf, um zu sehen, ob er ihr einen Kuss geben würde, aber sie konnte an dem Abstand, den er zwischen ihnen hielt, erkennen, dass das kaum passieren würde. „Ich danke dir, Ethan. Bis Morgen."

Ethan nickte und wandte sich ab. Jennet trat in ihre Kammer und schloss die Tür. Ihre Gedanken waren bei dem Mann mit dem langen, dunklen Haar und den grauen Augen, die bis in ihre Seele sehen konnten. Wie gerne hätte sie seine Brust berührt, ihn weiter erkundet. Er war ein ehrenwerter Mann, einer mit Prinzipien, einer, der sie für immer beschützen würde. Vielleicht hatte ihr Vater ja recht.

Aber konnte sie einen Mann heiraten, der sich nicht gerne berühren ließ? Sie nahm an, dass sie ihn mit der Zeit daran gewöhnen könnte, aber was, wenn nicht? Ohne Berührungen würde es keine Kinder geben.

Sie dachte an seine Wunde und daran, wie sehr sie es genossen hatte, ihn berühren zu können, ohne sich Gedanken über seine Reaktion machen zu müssen. Sie hatte darauf geachtet, das Leinenquadrat über ihren Fingern zu halten, um seine Haut nicht zu berühren, aber sie hatte seine Wärme durch das Leinen hindurch spüren können… Sie hatte seine Wärme durch das Plaid hindurch genossen, als sie nachts nebeneinander geschlafen hatten.

Es fiel ihr schwer, das Verlangen zu unterdrücken, das sie zu verzehren drohte, und ausgerechnet wegen eines Mannes, der Berührungen hasste.

Seine Wunde war schneller verheilt als alle anderen, die sie je gesehen hatte, und sie war froh darüber.

Nachdem sie sich das Gesicht gewaschen hatte, zog sie ihr Nachthemd an und warf noch ein paar Holzscheite ins Feuer, da Tara noch nicht da war. Dann ging sie ins Bett und war sicher, dass sie schnell einschlafen würde.

Ein paar Stunden später wachte sie auf und war überrascht, dass sie verschlafen hatte, wie Tara ins Bett gekommen war. Sie drehte sich um und wollte wieder einschlafen, aber es gelang ihr nicht. Es gab einfach zu viele Dinge, die ihr durch den Kopf gingen.

Plötzlich wurde ihr klar, was es mit Ethans Wunde auf sich hatte.

Sie war noch immer überrascht, dass sie so schnell geheilt war. Sie dachte an die Situation zurück, daran, wie sie hatte suchen müssen, bis sie das Stück des abgebrochenen Pfeils gefunden hatte. Ethan hatte gesagt, dass es die Stelle war, die ihn am meisten schmerzte, doch sobald sie das Stück Pfeil entfernt hatte, hatte der Schmerz nachgelassen.

Könnte man dasselbe auf die Wunde ihres Vaters übertragen?

Sie musste nachdenken, aber sie wollte Tara nicht wecken, also verließ sie die Kammer und ging die Treppe hinunter in die große Halle. Als sie dort ankam, war sie froh zu sehen, dass die Halle größtenteils leer war. Die Glut im Kamin strahlte noch etwas Wärme aus. Sie hatte Pantoffeln angezogen, um ihre Füße warm zu halten, und so schritt sie vor der Feuerstelle auf und ab, während ihr Theorien über die Heilung ihres Vaters durch den Kopf gingen. Ein paar Wachen schliefen auf dem Boden, aber sie ignorierte ihre Schnarchlaute. Sie würde sie nicht wecken.

Sie und ihre Mutter hatten die Möglichkeit zwar erörtert, dass sich noch etwas in der Wunde ihres Vaters befinden könnte, hatten sich aber schwer getan, eine Erklärung dafür zu finden. Es war mit Sicherheit kein Pfeil, damit kannte sich ihre Mutter aus. Ihre Mutter hatte auch erzählt, dass sie beim ersten Mal, als sie seine Wunde gereinigt hatte, Schmutz und Kies herausgespült hatte, weil er im Wald gestürzt war. Sie erinnerte sich, dass ihre Mutter gesagt hatte, dass es viel auszuspülen gegeben hatte.

Am zweiten Tag hatte sie dasselbe getan, und ihr Vater hatte es ihr erlaubt. Die schrecklichen Schmerzen waren erst eine Woche später aufgetreten. Zu diesem Zeitpunkt hatte er niemandem mehr erlaubt, die Wunde zu berühren.

Was, wenn ein Stück Blatt oder ein Stein oder etwas anderes darin steckte? Könnte die Wunde ähnlich wie die von Ethan sein?

Vor lauter Aufregung wollte sie sofort nach Hause reiten, um ihren Verdacht zu überprüfen.

Wenn sie richtig lag, war es ihr egal, ob ihr Vater sie schlug, solange er dadurch wieder gesund wurde.

Sie merkte, dass die ganze Aufregung in ihrem Kopf in ihr den Drang auslöste, sich zu erleichtern, also musste sie sich zuerst darum kümmern. Sie ging in Richtung des am weitesten entfernten Aborts. Sie hoffte, dass niemand dort war, denn sie schätzte es, dabei allein zu sein.

Jemand war bereits dort. Als sie zum anderen Abort neben der großen Halle ging, war sie ziemlich überrascht zu sehen, dass auch dieser besetzt war. Je weiter sie ging, desto stärker wurde der Drang. Er wurde so stark, dass sie sich nicht sicher war, ob sie sich noch länger halten konnte.

Es gab noch einen Abort im Hof, der nahe an der Mauer lag, weit weg von allem. Sie seufzte zufrieden, als sie ihn leer vorfand, erledigte ihre Bedürfnisse und trat hinaus. Sobald sie jedoch fünf Schritte gegangen war, wurde sie mit einem Stein auf den Kopf geschlagen.

Ihre Welt wurde schwarz.

＊＊＊

Ethan wachte auf, als sein Bruder ihn anbrüllte. „Ethan, steh auf!" Shaw stand an der Tür, und Marcas befand sich am Ende seines Bettes.

„Was ist los?", fragte er und rieb sich den Schlaf aus den Augen.

„Jennet ist verschwunden. Zieh dich an. Wir schicken eine Patrouille los, um sie zu suchen. Hast du eine Ahnung, wer sie entführt haben könnte?"

Ethan sprang aus dem Bett und zog sich in Sekundenschnelle seine Hose, ein Hemd und seine Stiefel an. Er nahm einen Schluck Wasser, wirbelte es im Mund herum, spuckte aus und wandte sich dann an seinen Bruder, während er die wenigen Minzblätter kaute, die er noch vom Vortag übrig hatte. „Es gibt mehrere Verdächtige."

„Wer?", fragte Marcas.

„Cori hat ihr gedroht, und ich vermute, dass sie Alvas Bruder um Hilfe gebeten hat. Ich habe ihn zwar noch nie getroffen, aber ich habe gehört, dass er großen Ärger machen kann."

„Sonst noch jemand?", fragte Marcas und führte sie die Treppe hinunter. Er schnappte sich ein Stück Käse vom Tisch, brach es in drei Stücke und teilte es mit seinen Brüdern, während sie durch die Tür in Richtung der Ställe gingen. Kurz bevor er die Tür zuschlug, rief Marcas den Männern, die noch immer in der großen Halle lagen, zu: „Die Sonne ist aufgegangen. Es wird Zeit, dass ihr geht. Ab nach Hause, ihr alle."

„Marcas, das gefällt mir nicht. Gestern Abend sind mir zwei Männer aufgefallen, die sie auf dem Weg hierher überfallen haben. Ich dachte, es seien Banditen, aber sie waren gestern Abend immer noch hier. Sie waren in der Menge verschwunden, bevor ich ihnen nachgehen konnte." Ethan hatte ein ungutes Gefühl im Bauch, das ihm nicht gefiel. Er war nicht an Cori interessiert. Er wollte Jennet, und nur Jennet. Er musste sie finden.

„Was sollen wir tun, Marcas? Ich muss sie finden." Seine Zuversicht schwand schneller, als ihm lieb war.

Marcas wandte sich an seine Wachen: „Wir treffen uns im Stall. Wir haben zu tun."

Ethan fügte an: „Wir brauchen so viele, wie wir finden können. Ich werde die Männer im Hof wecken, während du mit denen sprichst, die bereits im Stall sind." Ihre Wege trennten sich, und Ethan ging im Hof umher, wobei er denen, die noch schliefen, mit dem Fuß einen kleinen Tritt gab. Es war ein einziges Durcheinander, aber das war im Moment nicht seine Sorge. Er musste so viele Männer wie möglich finden, um ihnen bei der Suche nach Jennet zu helfen.

Torcall trat zu ihnen, sein Schwert an der Seite. „Ich bin hier, um zu helfen. Ich werde alle unsere Krieger und Bogenschützen versammeln."

„Ich habe alle, die ich kenne, zusammengerufen. Wir sollen Marcas bei den Ställen treffen. Weißt du, ob noch jemand fehlt?"

Torcall schüttelte den Kopf. „Ich habe alle zusammengetrommelt. Ich bin sogar zurück in die Halle gegangen, um noch ein paar zu wecken, die sich kaum bewegt haben. Aber wir werden an deiner Seite sein, Ethan. Mach dir keine Sorgen."

Padraig gesellte sich zu ihnen, als sie den Stall erreichten, und blickte die versammelten Mitglieder des Clans an. „Ich habe gehört, dass meine Cousine verschwunden ist. Was ist hier auf Black Isle los? Noch ein dummer Mann, der einer Ramsay nachstellt? Ich hoffe doch, dass Onkel Logan mit seiner Truppe bald hier ist. Natürlich werde ich helfen, wo ich kann. Ich bin zwar kein Bogenschütze, aber ich wurde von einigen der besten Schwertkämpfer im ganzen

Land ausgebildet.“

„Gut. Ich weiß nicht, wo sie ist, aber wir könnten alle Männer gebrauchen“, antwortete Marcas. „Wie viele hast du, Shaw? Alvery hat Mundi losgeschickt, um die Wachen hinter der Burg zu sammeln. Wir nehmen so viele mit, wie wir können.“

Shaw antwortete: „Ich habe schon zehn hier versammelt. Wenn Mundi die von hinter der Burg mitbringt, sollten wir eine Menge Leute dabei haben. Wir versuchen seit mehr als einer Viertelstunde, noch mehr Männer zu wecken. Aber wir können nicht warten. Wir müssen uns beeilen, sonst könnten wir die Spur verlieren. Wir nehmen die, die in der Lage sind zu kämpfen, und Mundi kann die nächste Gruppe bringen, wenn sie sich versammelt hat. Ich wünschte, wir hätten die Bogenschützen von Ramsay Castle noch bei uns.“

„Gavin und Merewen haben mehrere Bogenschützen ausgebildet, bevor sie abgereist sind. Sie werden uns helfen“, beteuerte Marcas.

Alvery kam aus den Ställen. „Wir machen die Pferde fertig. In welche Richtung sollen wir reiten?“

Marcas blickte Ethan an, der schnell sagte: „Wir reiten zum Clan der Milton.“

Nach einer halben Stunde waren sie bereit, und die erste Gruppe machte sich auf den Weg entlang der Küste in Richtung des Milton-Clans.

„Warum möchtest du entlang der Küste reiten, Ethan?“

„Weil ich das Gefühl habe, dass sie in der Nähe

von Wasser ist." Er wollte nicht zugeben, dass er begann, Runi zu glauben, aber er konnte seine Warnungen nicht in den Wind schlagen.

Shaw erwiderte: „Das reicht mir nicht, Ethan. Ich kenne dich besser. Du hast einen Grund, warum du diesen Weg entlangreiten willst. Wenn wir nicht alles wissen, können wir auch nicht helfen."

„Na gut, aber es wird dir nicht gefallen. Ich habe gestern etwas gehört, und es dann ignoriert. Jetzt bereue ich es."

Shaw lenkte sein Pferd neben Ethan. „Ich glaube dir, was immer es ist."

„Ein junger Seher kam mitten auf dem Fest zu mir und sagte, dass Jennet in Schwierigkeiten geraten würde. Als ich mehr wissen wollte, konnte er mir nicht mehr sagen, als dass Wasser im Spiel sei."

Marcas meinte: „Er hatte damit recht, dass sie in Schwierigkeiten ist, also sollten wir auch in der Nähe des Wassers bleiben."

Padraig fragte: „Lebt der Clan Milton in der Nähe von Wasser?"

„Aye, ihr Land ist sehr nahe an der Küste, aber das gilt auch für Clan MacHeth."

„Und genau dorthin reiten wir. Wir werden zuerst das Land der MacHeth passieren und sollten dann vor Einbruch der Dunkelheit das Land des Milton-Clans erreichen." Marcas bestieg sein Pferd und gab Alvery das Zeichen zum Aufbruch.

Der Weg war nicht weit von der Küste entfernt, wo einige Boote zum Fischen auf dem Meer waren. Es würde zwei Stunden dauern, bis sie Milton Castle erreichten, aber sie mussten auf dem ganzen Weg über wachsam sein. Sie trafen auf einige, die sich ihren Truppen auf dem Weg anschlossen, was Ethan ein wenig mehr Mut machte, gegen den Milton-Clan oder denjenigen, der Jennet entführt hatte, zu kämpfen.

Er wusste, dass sie ein starkes Mädchen war, also glaubte er, dass sie unversehrt sein würde, aber nach allem, was sie durchgemacht hatte, konnte selbst die stärkste Frau schwach werden. Wäre er nur gestern Abend vor ihrer Tür geblieben.

Er hatte sie alleine gelassen.

Sie erreichten MacHeth-Land und alles war ruhig. Marcas und Ethan ritten zu den Toren der Burg. „Habt Ihr irgendwelche Gefangenen gemacht, MacHeth?" erkundigte sich Marcas.

Der Wachmann blickte von der Mauer herab. „Wir haben keine Gefangenen. Der größte Teil unseres Clans ist auf Eurem Fest und noch nicht zurückgekehrt. Nach wem sucht Ihr?"

Marcas erwiderte: „Ein junges Mädchen wurde aus unserer Burg entführt."

Der Wächter schnaubte, als sich das Clanoberhaupt zu ihm gesellte. „Matheson, ich bin sicher, dass viele Mädchen vermisst werden. Ihr wisst ja, wie Feste ablaufen. Ich hörte, es war ein schönes Fest, mit gutem Essen und vielen Händlern. Warum seid Ihr so besorgt? Das ist nicht ungewöhnlich nach einem Fest. Vielleicht hat jemand eine Braut gestohlen." Er kicherte.

Marcas kicherte nicht. „Das Mädchen ist die Cousine meiner Frau – die Nichte von Logan

Ramsay, und er ist auf dem Weg hierher."

„Scheiße", stieß der Laird aus. „Wir werden ein Dutzend Männer mit Euch schicken, aber die meisten sind noch nicht kampffähig. Ramsay wird sie finden, da bin ich mir sicher."

Ein anderer Wachmann kam an die Mauer und sprach mit seinem Laird.

Ethan wollte wissen, was er sagte, aber der Mann war zu leise. Als er das Gespräch beendete, wandte sich das Clanoberhaupt an Marcas und sagte: „Ihr müsst in Richtung Milton Castle reiten. Ich habe gehört, dass sich dort eine Gruppe wegen eines Mädchens, das etwas mit Hexerei zu tun haben soll, versammelt hat. Könnte das Euer Mädchen sein?"

Marcas fluchte leise. „Aye, ich danke euch. Wenn Ihr Ramsay-Krieger seht, schickt sie in diese Richtung."

„Das werden wir tun. Viel Glück, Matheson. Ich habe eine Handvoll Leute, die ich hinter Euch herschicken werde."

Marcas wandte sich an seinen Bruder und bedeutete ihm, dass sie weiterreiten sollten. „Wir werden vor Einbruch der Dunkelheit da sein, Ethan. Mach dir keine Sorgen."

Sie waren fast auf Milton-Land, als laute Geräusche von der Küste kamen. Die Patrouille verteilte sich und bewegte sich leise, in der Hoffnung, etwas Aufschlussreiches mitzubekommen, und sie wurden belohnt.

Sie hatten die Quelle des Geräuschs fast erreicht, als ein seltsames Licht, das sich über dem Wasser spiegelte, Ethans Aufmerksamkeit erregte.

„Was ist das?", fragte er und deutete in Richtung Horizont.

„Ich weiß es nicht." Marcas gab ihnen ein Zeichen, so leise wie möglich zu sein.

Shaw flüsterte: „Ich höre etwas."

Sie stiegen ab und banden ihre Pferde an einem Strauch an, dann schlichen sie sich näher. Das Licht kam von der anderen Seite des Wassers, nicht von der Burg.

„Still", flüsterte Shaw und hielt eine Hand hoch.

„Scheiße!", schimpfte Padraig.

Marcas sah ihn fragend an: „Was?"

Padraig lenkte sein Pferd auf einen höheren Punkt, um eine bessere Sicht zu haben. „Ich sehe, was da los ist, und ich hoffe, dass ich mich irre. Das sind Fackeln am Wasser, auch wenn es noch nicht ganz dunkel ist."

„Was sind das für Geräusche?", wollte Mundi wissen.

Padraig schüttelte den Kopf. „Irgendetwas, das ich nicht ganz verstehen kann."

„Ich weiß, was es ist", warf Ethan ein, und sein Herz schlug ihm bis zum Hals. „Sie rufen etwas im Chor."

Alle wurden still und hörten wieder zu, dann sahen sie sich gegenseitig an.

Einige schüttelten den Kopf, ohne die Worte zu verstehen, aber Ethan hörte sie. Er nickte, und ein mulmiges Gefühl durchströmte seinen ganzen Körper. Es war so stark, dass er am liebsten in die andere Richtung davonlaufen wollte. Aber natürlich konnte er Jennet nicht im Stich lassen.

„Was, Ethan?", drängte Marcas.

„Ich kann nur ein Wort sicher hören, aber die anderen kann ich erraten", sagte er und wünschte sich, er würde sich irren.

„Sag uns, was du hörst!"

„Die Hexe. Tötet die Hexe. "

KAPITEL EINUNDZWANZIG

JENNET ERWACHTE MIT Kopfschmerzen. Sie konnte das Meer riechen. Wo war sie? Ihre Hände und Füße waren gefesselt.

„Sie ist aufgewacht!" Zwei Männer traten zu ihr und zogen sie auf die Beine.

Reihenweise starrten sie wütende, unversöhnliche Gesichter an, viele mit Fackeln in der Hand, und ihr Körpergeruch war fast so stark wie der Gestank des Meerwassers. Ihre Gedanken rasten, und sie versuchte herauszufinden, was zum Teufel sie mit ihr vorhatten.

Sie trugen alle dasselbe Plaid… sie vermutete, es handelte sich um Milton-Plaids, aber sie war sich nicht sicher. Offensichtlich hatte man ihr einen Schlag auf den Kopf versetzt, sie gefangen genommen und weggebracht. Das Fest hatte eine wichtige Rolle in ihrem Plan gespielt, sie vom Matheson-Clan wegzubringen. Da die Tore offen gewesen waren, konnten die Entführer sich ungehindert durch die Menge bewegen. Niemand hätte etwas bemerkt.

Sie hatte einen großen Fehler begangen, als sie nach draußen gegangen war, um den Abort zu benutzen, anstatt zu warten, bis drinnen einer frei wurde. Nach den Drohungen, die sie im Laufe des Tages gehört hatte, hätte sie drinnen bleiben sollen.

„Tötet die Hexe! Tötet die Hexe!"

Die Menge johlte im Chor, während zwei Männer sie an den Armen griffen und zum Wasser schleppten. Sie wehrte sich dagegen, aber da ihre Hände und Füße gefesselt waren, war jede Bewegung nutzlos. Ein großes Floß schwamm auf dem Wasser. Sie schleppten sie zum Ufer, wobei ihre Pantoffeln über die rauen Felsen schürften. Ein Steg führte über den Strand zur Plattform – er war aus Holz und reichte weit ins Wasser hinaus.

Eine Stimme kam von hinten. „Zieh ihr das an."

Sie drehte sich um und blickte direkt in die Augen einer wütenden Frau. „Warum tust du das? Was habe ich dir getan?"

„Wir haben dir gesagt, du sollst Ethan in Ruhe lassen. Er gehört Cori. Doch das ist nur eins deiner Vergehen. Du übst Hexerei aus und verdrehst ihm den Kopf, obwohl er meine liebste Freundin Cori liebt. Du wirst ihn nicht noch einmal ablenken." Die Männer zwangen sie in ein Gewand aus Sackleinen, die Menge wurde mit den Sprechchören immer lauter, die Stimmung wurde immer wütender und aufgeregter. Jennet blickte in die Augen der Menschen und sah nichts als Hass und einen Zorn, wie sie ihn noch nie gesehen hatte. Sie waren alles andere als freundlich zu ihr, schubsten sie, zerkratzten ihre

Haut. Das Kleidungsstück fühlte sich so rau auf ihrer Haut an, dass sie vermutlich bluten würde, bevor sie sich davon befreien konnte.

„Tötet die Hexe! Tötet die Hexe!"

„Ertränkt sie, ertränkt sie, ertränkt sie!", schrien andere. Die Menge bestand hauptsächlich aus Männern, aber gelegentlich sah sie auch ein Mädchen in der Menge, das die Faust in die Luft streckte und mit den Männern schrie.

Was hatte sie dieser Frau jemals angetan? Gelähmt vor Angst, fiel ihr wenig ein, was sie ihren Anklägern hätte sagen können. Das Sackleinen schabte über ihre Haut, Blut tropfte durch die Löcher an ihrem Arm herunter.

Vielleicht war das ja ihre Absicht. Wenn sie blutete, würde sie mehr Fische anlocken. Das Kleidungsstück hatte mehrere merkwürdige Taschen, die an der Taille eingenäht waren, obwohl sie keine Ahnung hatte, wofür diese seltsamen Taschen gedacht waren.

„Es wurde genug mit der Gefangenen geredet", rief eine männliche Stimme in die Menge und brachte sie sofort zum Schweigen. Die Stimme kam ihr seltsam bekannt vor, aber sie klang ziemlich weit entfernt, so dass sie nicht wusste, wem sie gehörte.

„Ludan, ich habe dir gesagt, dass ich bei ihr ein Wörtchen mitreden muss."

„Du hältst den Mund und mischst dich nicht ein, Alva." Der Mann schritt auf sie zu und drängte sich dabei durch die Menschenmenge.

„Bruder, ich war diejenige, die dir gesagt hat, dass sie hier ist. Ohne mich hättest du es nie erfahren, also habe ich ein Mitspracherecht bei ihrem Schicksal."

Die Menge teilte sich, und zwei Männer traten vor; sie erkannte beide.

Rotschopf und Dünn, dessen richtiger Name Harry war.

Rotschopf, oder Ludan, wie sie jetzt wusste, trat näher an sie heran und strich ihr mit dem Finger über die Wange. „Deine Zeit ist bald vorbei, Mädchen, das mit gespaltener Zunge spricht. Ich hätte dich gern gekostet und dir beigebracht, wie sich Frauen zu verhalten haben, aber ich will nichts mit Hexen zu schaffen haben."

„Gib ihr eine Ohrfeige, Ludan. Mach ihr klar, wer hier das Sagen hat."

Ludan brüllte: „Halt die Klappe, Alva. Das ist eine Angelegenheit, die von Männern geregelt werden muss. Sie mag dir Unrecht getan haben, aber das ist mir egal. Sie hat uns mit einem bösen Fluch gedroht, und sie muss sterben, bevor sie ihn aussprechen kann."

„Sie hat auch Cori gedroht, sie zu verfluchen. Sie drohte, dass ihr alle Haare ausfallen würden. Lass nicht zu, dass sie das mit mir macht. Mama hat gesagt, du sollst mich gegen jeden beschützen, der mich bedroht, Ludan. Sag Harry, er soll mich mitmachen lassen." Ihre Stimme nahm den weinerlichen Ton eines verwöhnten Kindes an.

Ludan ging zum Ende der Wasserplattform und band ein Seil an den Pfahl, der die Plattform verankerte. An den Enden des Seils waren vier Steine befestigt.

Ein Kribbeln lief Jennet über den Rücken, als

sie das Seil und die Ziegelsteine betrachtete und begann, zu begreifen.

Die Konstruktion war dazu da, sie unter Wasser zu halten. Die Steine hatten fast genau die Größe der Taschen des Überwurfs, der ihr angezogen worden war.

Sie schloss die Augen, sprach ein kurzes Gebet und dachte dann: *Ethan, wo bist du?* Jemand würde ihr Fehlen bald bemerken. Sie wünschte sich, dass Tara aufwachen und ihr leeres Bett bemerken würde, wünschte sich, dass sie die Treppe hinuntergehen und nach ihr suchen würde.

Irgendjemand würde sicherlich nach ihr suchen.

Aber im Moment musste sie sich auf ihren eigenen Verstand verlassen, um da herauszukommen.

Denk nach, denk nach!

Cori mischte sich ein: „Vielleicht geht das zu weit, Ludan." Dann flüsterte sie, als ob Jennet sie nicht hören könnte: „Mach ihr einfach nur Angst. Dann wird sie Ethan mir überlassen."

Ludan blieb hart. „Nein. Sie wird dafür bezahlen, was sie und andere Ramsay-Frauen getan haben. Ich habe von einer gehört, die Männern Pfeile in die Eier schießt. Auch sie muss aufgehalten werden. Ich werde dir gleich alle Anklagepunkte gegen das Mädchen nennen."

Ludan stellte sich auf einen Felsen in der Nähe des Wassers, großspurig und bereit, eine Ankündigung an die Menge zu machen. „Hört mich an! Dies ist der Prozess gegen eine gewisse Jennet Ramsay. Sobald die Anklagepunkte verkündet worden sind, wird sie eine Prüfung bestehen müssen, um zu beweisen, dass sie keine Hexe ist. Wenn sie versagt, wird sie aus einem Boot gestoßen und mit Ziegelsteinen beschwert, sodass sie nie wieder auftauchen wird."

„Aber wenn sie eine Hexe ist, kann sie sich selbst befreien!"

„Nein, wir haben einen weißen Stein mit dem Kreuzzeichen, der ihre Hexerei verhindern wird. Er wird sie bis auf den Grund der Förde ziehen und ihre Haut auf dem Weg nach unten verbrennen. Und wir haben noch eine andere Form des Schutzes." Dann rief Harry: „Bringt es nach vorne."

Drei Männer trugen ein weißes Holzkreuz und schlugen es in den Boden neben der Plattform ein.

„Aber was ist, wenn sie uns alle verflucht?", rief eine andere Stimme.

„Das weiße Kreuz wird uns beschützen."

„Dann fangt an. Bringt sie ins Wasser, bevor sie irgendetwas anstellen kann." Zahlreiche Zuschauer gaben dieser Person johlend recht und stimmten schließlich einen weiteren Sprechchor an. „Tötet die Hexe, tötet die Hexe…"

Ludan hob seine Arme, um die Menge zu beruhigen. „Um dies zu Ende zu bringen, müssen wir zuerst alle ihre Verbrechen vortragen."

„Sprich weiter" forderten einige, während die anderen still wurden.

„Jennet Ramsay, du wirst beschuldigt, in deinem kurzen Leben mehrfach Hexerei betrieben zu haben. Für jedes der folgenden Vergehen erhältst du einen Stein in dein Gewand. Erstens: Weil du vier unschuldigen Männern mitten in der Nacht mit einem Schlangenbiss in ihre Eier gedroht hast. Zweitens: Du hast Ethan Matheson mit einem Zauberspruch belegt, damit er dich anstelle seiner Verlobten Cori Milton zur Frau nimmt. Drittens: Die Androhung eines Zaubers gegen Cori Milton, damit ihr die Haare ausfallen. Viertens: Eine Tat, die vor Jahren geschehen ist, die aber viele bezeugt haben; du hast einen Mann auf deinen Fluch hin in Ohnmacht fallen lassen."

Sie hatten von Bearchun gehört.

„Was sagt ihr, Angehörige des Milton-Clans?"

„Schuldig, schuldig, schuldig!"

Jennet tat das Einzige, was ihr einfiel: Sie begann zu singen. Sie benutzte ihre eigenen erfundenen Worte, die sie seit ihrer Jugend eingeübt hatte. Ab und zu fügte sie Wörter hinzu, die die anderen verstehen konnten.

„…Schlange mit gespaltener Zunge…"

„…eine Strähne nach der anderen verlieren…"

Sie fuhr fort, ihre eigene Stimme war leise im Vergleich zu der der Menge, aber schließlich hörten sie sie. Cori schrie: „Halt sie auf, Ludan!"

Die Menge wurde unruhig, und es kam erneut zu einem Tumult.

Plötzlich ertönte lautes Gebrüll hinter der Menschenmenge.

Ethan. Ihr geliebter Ethan trat vor. Er sah ihr in die Augen, um sie zu trösten, um sie wissen zu lassen, dass er da war und dass alles bald vorbei sein würde. Die Menge teilte sich und ließ Ethan, Marcas und Shaw bis ans Ufer.

Coris Gesicht erhellte sich, und sie sagte: „Ethan. Du bist wegen mir gekommen."

„Lass sie gehen und ich werde dich heiraten, Cori."

„Nein, Ethan. Du musst das nicht tun. Bitte." Die Welle der Begeisterung, die Jennet verspürt hatte, verwandelte sich augenblicklich in Entsetzen, als sie begriff, was Ethan gerade gesagt hatte. Sie wollte ihre Freiheit, aber nicht zu diesen Bedingungen.

Ein Mann mit ähnlichem Knochenbau gesellte sich zu Cori, trat dann vor und rief: „Ihr seid alle Zeugen, dass dieser Mann meine Schwester heiraten will."

„Cori, warum tust du das? Egan", sagte Marcas zu dem Mann neben ihr. „Es gibt keinen Grund, eine Ehe zu erzwingen. Sie war schon einmal verheiratet. Und diese ganze Situation hat nichts mit Jennet zu tun. Sie hat dir nichts getan. Ethan wollte dich nicht heiraten, und es war dir egal. Eure Vergangenheit sagt sehr viel über eure Beziehung aus."

„Aye, wir hätten geheiratet, wenn Alva und Dunn ihm nicht so dumme Streiche gespielt hätten. Seitdem habe ich aber meine Meinung geändert. Er ist ein guter Mann, und ich möchte ihn mir zum Ehemann nehmen."

Alva rief: „Hör auf, mich für deine Probleme verantwortlich zu machen. Wir müssen beweisen, dass sie eine Hexe ist."

„Was redest du da, Alva? Sie ist keine Hexe." Ethan trat näher heran, aber Ludan stellte sich vor sie.

„Doch, das ist sie, Ethan. Sie hat dich mit dem Zauberspruch belegt. Ich habe gehört, dass sie überall gehext hat, auch, als sie jünger war. Sie ist diejenige, die dich vor Jahren verhext hat, damit dich niemand berühren kann. Es ist alles ihre Schuld, und ich kann es beweisen."

„Du hast den Verstand verloren, Alva. Jetzt lass sie frei, oder ich werfe dich ins Wasser." Er trat einen Schritt näher an Jennet heran, so dass sie sich fast berührten.

Jennet wusste nicht, wie ihr geschah. Umgeben von Milton-Männern standen Cori und Alva hinter ihr. Ethan, Marcas und Shaw standen Ludan und seinen Männern gegenüber und stritten um ihre Befreiung, aber sie waren nur drei Männer. Wenn sie wüsste, was passieren würde, könnte sie sich vielleicht eine Flucht ausdenken, aber sie hatte keine Ahnung, welche Prüfung man für sie geplant hatte. Soweit sie wusste, waren solche Tests in Hexenprozessen in der Vergangenheit immer unmögliche Aufgaben gewesen. Sie waren zum Scheitern verurteilt und führten garantiert zum Tod der Angeklagten. Das war das einzige Ergebnis, das die Menge zufriedenstellen würde.

„Halte dich von meiner Schwester fern. Aber wenn du dir so sicher bist, stell die Hexe auf die Probe. Du wirst den Beweis sehen, und du kannst es nicht ändern."

„Gut. Jennet wird den Test bestehen. Sie ist keine Hexe. Wie läuft die Probe ab, und wie kann ich wissen, dass der Test nicht manipuliert wird?"

Alva schritt mit verschränkten Armen voran, bis sie vor den beiden stehen blieb. „Ich erkläre dir gerne den Test, Ethan. Jeder weiß, wenn eine Hexe einen mit einem Zauberspruch belegt, kann sie einen nicht mehr berühren, oder sie verbrennt einem die Haut damit. Ihr Zauber macht dich unantastbar, also lasst uns alle sehen, ob die Hexe dich berühren kann, Ethan."

Jennet sah Ethan an, und ihr Magen schlug noch heftigere Purzelbäume, als er es ohnehin schon getan hatte. Jetzt machte er sogar Rückwärtssaltos, sodass sie sich am liebsten gekrümmt hätte, um die Krämpfe zu lindern.

Ethan dachte über die Falle nach, in die er gerade getappt war. Er konnte Jennets Berührung nicht ertragen. Wenn sie also Alvas Test durchführten und Ethan zurückzuckte, bedeutete das also in den Augen der Menschenmenge, dass Jennet eine Hexe war, die ihn mit einem Zauber belegt hatte.

Und sie würde zum Tode verurteilt werden.

„Zieh dein Hemd aus, Ethan", forderte Alva. Cori stellte sich neben sie, ihre Augen weit aufgerissen in Erwartung der Prüfung. Jeder in beiden Clans wusste, dass Ethan keine Berührungen ertragen konnte. Sie erwarteten alle, dass er es nicht zulassen würde.

Würden sie recht haben? Jennet blickte zu ihm auf, als er sein Hemd auszog, bereit, sich und sie diesem Test zu unterziehen.

Alva blickte von seiner Brust zu Jennet. „Jetzt, Hexe. Du musst seine Brust mit deiner Hand berühren, sie flach auf seine Brust legen, und wenn er zurückweicht oder dich wegstößt, dann ist dein Schicksal besiegelt. Du wirst mit den Steinen in deinen Taschen ins Boot gebracht und über Bord geworfen."

Marcas legte eine Hand auf die Schulter seines Bruders. „Du schaffst das, Ethan."

„Ein Zucken, Ethan, deiner Brust oder deines Gesichts – jede Bewegung wird die Wahrheit verraten."

Ludan ergriff eines von Jennets Handgelenken und löste das Seil, um ihre Hand zu befreien. „Nur zu, Hexe. Berühre ihn. Und lass deine Hand zwei Minuten lang liegen."

Jennet sah zu Ethan auf und machte einen kleinen Schritt nach vorn. Ihre Blicke trafen sich, und sie spürte einen Anflug von Vertrauen. Sie vertraute ihm, und er würde ihr aus dieser Situation heraushelfen, auch wenn er dabei das Gesicht verziehen würde. Jennet kämpfte gegen die Tränen an, die ihr in die Augen steigen wollten, doch sie weigerte sich, Alva oder Cori diese Genugtuung zu geben. Sie hob ihre Hand und zuckte bei den plötzlichen lauten Rufen der Menge zusammen.

„Berühr ihn, berühr ihn, berühr ihn!" Sie schätzte, dass die Menge wahrscheinlich mehr als hundert Menschen zählte, mehr als der Matheson-Clan abwehren konnte, also war die Berührung tatsächlich der einzige Ausweg.

Jennet hob ihre Hand, bereit, ihre Finger zart auf Ethans Brust zu legen, aber im letzten Moment ergriff Ludan ihre Hand und schlug sie gegen Ethans Haut.

Das würde garantiert dafür sorgen, dass er zurückschreckte.

KAPITEL ZWEIUNDZWANZIG

O BWOHL ER VON der Geste von Alvas
Bruder überrascht wurde, tat Ethan alles in
seiner Macht Stehende, um sich nichts anmerken
zu lassen.

Und er zuckte auch nicht zusammen. Ihre
Finger berührten sein Brusthaar, und er fürchtete,
er würde sich verkrampfen, aber ihre weiche
Haut zog ihn magisch an. Ihre Handfläche war
schweißnass, ihr Blick traf seinen, sie waren wie
gebannt voneinander.

Er blickte in ihre braunen Augen und wusste
plötzlich, was Liebe war. Jennet war die Frau, die
er von ganzem Herzen liebte. Er hatte ihr die eine
Angst anvertraut, die ihn so lange gelähmt hatte,
und er wusste nun, dass sie ihn nie verletzen oder
in Verlegenheit bringen würde. Sie würde seine
Probleme nie gegen ihn ausspielen.

Als sie vor der schreienden Menge standen,
traf ihn eine weitere Erkenntnis. Er hatte sein
ganzes Leben lang auf Jennet Ramsay gewartet.
Er war zwar immer ein bisschen anders gewesen,
aber seine Mutter hatte ihm oft gesagt, dass es
da draußen ein Mädchen für ihn geben musste.

Sie hatten nur zueinander finden müssen, und das hatten sie jetzt.

Die Liebe, die er in ihren Augen sah, erwärmte ihn.

Er liebte Jennet so sehr, dass er alles tun würde, um ihre Sicherheit zu gewährleisten. Er würde Cori heiraten, wenn das bedeuten würde, dass Jennet in Frieden leben könnte.

Er betrachtete es als ein kleines Opfer nach dem Vergnügen, das es ihm bereitet hatte, an ihrem Leben teilzuhaben, wenn auch nur für kurze Zeit.

Er liebte Jennet, also würde er Cori heiraten.

Alva schrie: „Zuck schon zurück, du Bastard! Sie muss sterben!"

Dann brach die Hölle los. Ein Pfeil flog durch die Luft und traf Alva in die Brust, gefolgt von einem weiteren Pfeil, der Dünn genau zwischen die Augen traf. Ethan packte Jennet und zog sie an sich, aber er wurde von einer Gruppe von zehn wütenden Männern angegriffen. Die Menge war außer Kontrolle geraten. Ethan versuchte, sie nicht loszulassen, aber in dem darauffolgenden Tumult verlor er sie aus seinen Armen.

Er blickte sich um, aber alles, was er sah, waren Männer, die auf jeden mit einem Matheson-Plaid einschlugen. Weitere Pfeile wurden abgefeuert, aber nicht genug.

Wo war Jennet? Wohin zum Teufel war sie verschwunden?

Dann sah er sie. Ludan hatte sie gepackt und zerrte sie die Plattform hinunter zum Boot. Ein anderer Mann hielt sie fest, während Ludan ihre

Handgelenke fesselte und Steine in die Taschen ihres Gewandes steckte. Sie biss den Mann, der sie festhielt, und trat Ludan heftig, aber da ihre Hände und Füße gefesselt waren, konnte sie sich nicht richtig wehren. Sie warfen sie ins Boot, und Ludan begleitete sie, während die anderen zurückblieben. „Tötet die Hexe!", brüllte er, während er das kleine Boot in die Förde schob.

„Wehr dich, Jennet. Ich werde dich retten!"

Er kämpfte pausenlos und musste einen Schlag nach dem anderen einstecken, nur weil er seinen Dolch nicht erreichen konnte. Doch dann geschah etwas Wundersames. Die Luft füllte sich mit einem Pfeil nach dem anderen, der durch die Nachtluft flog. Das Surren der Pfeile wurde sogleich nur noch von Schreien und Heulen übertönt, als die Pfeile ihr Ziel fanden.

Eine laute altbekannte Stimme drang durch die sich zurückziehende Menge. „Wie kannst du es wagen, meine Nichte anzurühren!" Logan Ramsay war mit seinen Bogenschützen eingetroffen.

Ethan schlug mit der Faust in zwei Gesichter, zwei weitere wurden von Ramsay-Pfeilen getroffen, und die restlichen vier oder fünf flohen.

Ethan steuerte direkt auf die Förde zu. Er tauchte ins Wasser und steuerte auf Jennet zu. Ludan ruderte das Boot wie wild, als hätte er hundert Boote hinter sich. Ethan schwamm schneller als je zuvor, seine Arme flogen durch das Wasser, im Wettstreit mit Ludans Ruderkünsten.

Als er näher kam, hörte Ludan ihn und rief: „Ich werde sie über Bord werfen. Es wird zu spät sein, Matheson."

Jennet schrie jeden Namen, der ihr einfiel. *Ethan, Gavin, Onkel Logan, Marcas.*

Ethan war schon fast neben dem Boot, als das Schlimmste passierte. Obwohl Jennet strampelte und sich wehrte, so gut sie konnte, stieß Ludan sie über Bord. Ethan folgte ihr in die Tiefe, seine Arme griffen nach allen Seiten, in der Hoffnung, sie zu finden. Selbst mit offenen Augen konnte er kaum etwas sehen. Dann spürte er, wie ihr Haar gegen ihn strich, und er griff danach, aber ihr Gewicht zog ihn mit sich hinunter.

Zu viele Steine.

Er schlang seine Arme von hinten um sie. Er spürte, wie sich ihre Beine auf und ab bewegten, aber sie konnte nichts gegen die Fesseln tun. Er zwang sich, langsamer zu werden und nach den Steinen zu greifen.

Einen nach dem anderen nahm er aus ihren Taschen. Als er fast keine Luft mehr hatte, stieß er sich vom Grund der Förde ab, hielt sie fest und versuchte, sie nach oben zu ziehen. Als er merkte, dass er allein kämpfte, erinnerte er sich plötzlich an die Fesseln an ihren Beinen und löste sie. Jetzt strampelte Jennet neben Ethan an die Oberfläche, beide stießen dabei an ihre Grenzen und überwanden sie.

Ethan brach zuerst durch die Wasseroberfläche und keuchte heftig, während er Jennet neben sich hochzog. Er rollte sich auf den Rücken, um sie zu stützen, während er ihr die losen Fesseln von den Händen riss.

Als er sich umsah, entdeckte er in einiger

Entfernung das Boot. Er half Jennet, dorthin zu schwimmen und sich an der Bordwand festzuhalten, während sie noch immer nach Luft schnappten. Er zog ihr Seetang aus dem Haar, und sie lächelten sich an, dankbar, dass sie überlebt hatten. Ethan beugte sich vor und küsste ihr Haar, drückte ihre Schulter und zog sie dicht an sich heran, um sie zu umarmen. Er brauchte keine Angst mehr zu haben, Jennet zu berühren. Dann hob er sie ins Boot, und sie schrie auf, als sie merkte, dass Ludan tot war. Ein Pfeil steckte tief in seinem Herz. Ethan hörte die Stimme seines Bruders aus einem anderen Boot, das nicht weit entfernt war.

Ethan schaffte es dank Ludans Gewicht, ins Boot zu klettern, ohne dass es umkippte, und sobald er darin saß, zerrte er Jennet auf seinen Schoß und hielt sie fest.

„Ich möchte nie aufhören, dich zu berühren, Mädchen."

Sie blickte zuerst zu ihm auf, dann legte sie ihre Arme um seine Taille und umarmte ihn fest. „Ich kann nicht glauben, wie schnell mich diese Steine unter Wasser gezogen haben. Vielen Dank, Ethan, dass du hinter mir hergeschwommen bist."

„Aber natürlich, Mädchen", gab er zurück, erwiderte die Umarmung und legte sein Kinn auf ihren Kopf. „Ich hatte Angst, dass ich zurückzucken würde, aber das ist nicht passiert. Ich weiß auch, warum. Du bist die Frau, von der meine Mutter immer gesagt hatte, dass ich sie eines Tages treffen würde. Diejenige, die sich nicht an meinen kleinen Macken stört und selbst

Macken hat." Ein anderes Boot bewegte sich in ihre Richtung – sie hatten ihre Ruder schon längst verloren. „Ich glaube, Marcas ist auf dem Weg."

Jennet hob ihren Kopf, lehnte sich aber weiter an ihn. Er konnte ihr Zittern spüren.

Er war noch keineswegs bereit, sie loszulassen.

Marcas kam in die Nähe des Bootes und fragte: „Ihr seid beide wohlauf? Jennet? Dein Onkel schreit wie ein Wilder."

„Mir geht es gut, dank Ethan."

„Hier, bindet dieses Seil fest, und ich ziehe euch ans Ufer."

Als sie am Ufer ankamen, jubelten die Ramsay- und Matheson-Krieger. Brigid und Tara waren gerade angekommen und saßen noch auf ihren Pferden. Padraig sprach als erster mit Jennet. „Du hast Onkel Logan fast wieder einen seiner Anfälle beschert, als er die Gesänge gehört hat. Was zum Teufel ist passiert, dass sie dich für eine Hexe gehalten haben?"

Logan kam auf sie zu. Ethan hielt Jennets Hand und führte sie zurück in Sicherheit, während er sich einen Weg durch die Krieger bahnte und die Toten und Verwundeten erblickte. Die Matheson- und Ramsay-Krieger kümmerten sich um ihre Verwundeten, fesselten die Feinde und luden sie auf Karren, um sie nach Milton Castle zu bringen. Logan hielt ihr ein Ramsay-Plaid hin. Ethan nahm es und legte es ihr um die Schultern. Sie hielt ihn auf und sagte: „Warte, bitte. Ich will zuerst dieses schreckliche Kleidungsstück ausziehen."

Ethan half ihr, den Überwurf zu lösen, und sie warf es zurück in Richtung der Förde. „Es sollte verbrannt und nie wieder benutzt werden."

Logan zog eine Augenbraue hoch und fragte: „Eine Hexe? Wahrhaftig? Ich weiß, dass dieser törichte Bearchun das dachte, aber wie hast du diese Leute davon überzeugt, dass du eine Hexe bist?"

„Ich möchte jetzt nicht darüber sprechen, Onkel, aber vielen Dank, dass du mir zu Hilfe geeilt bist." Sie zitterte und ließ sich gegen Ethan fallen. „Ich möchte nur zurück nach Matheson Castle. Du hast doch keine schlechten Nachrichten von Papa, oder?"

„Nein. Es geht ihm unverändert, und er fühlt sich schlecht, weil er dich so unverzeihlich behandelt hat. Wir reden morgen weiter. Ihr müsst zu einer Feuerstelle gehen." Als er einen anderen Mann in der Gruppe bemerkte, blieb er kurz stehen. „Grant, was zum Teufel machst du hier?"

Padraig zuckte mit den Schultern. „Ich war unterwegs und habe meine Cousine mit einem fremden Mann gesehen. Ich dachte, ich schaue mir das mal an." Dann kicherte er und breitete die Arme aus. „Und dann bin ich einfach geblieben."

Logan murmelte: „Unterwegs, unterwegs. Was zum Teufel soll das bedeuten? Ich werde noch die ganze Geschichte hören wollen. Aber du bist noch immer hier. Muss ein Mädchen sein, das dir ins Auge gefallen ist."

Padraig gestand: „Vielleicht, aye."

Ethan setzte Jennet auf sein Pferd und stieg hinter ihr auf. Als sie in Richtung Matheson Castle aufbrachen, lehnte sie sich an ihn, und er genoss es.

Er versuchte, die Erkenntnis seiner Liebe zu ihr verdrängen, denn das bedeutete auch, sich mit der Tatsache abzufinden, dass er sie nicht heiraten durfte.

Als sie wieder auf Matheson Castle ankamen, feierten alle gemeinsam in der großen Halle. Die Männer von den Clans Ramsay und Matheson beglückwünschten sich gegenseitig zu ihrer erfolgreichen Mission, während die Mägde durch die Halle eilten und Fleischpasteten und Krüge mit Bier an alle verteilten. Jennet fand sich fröstelnd neben der Feuerstelle wieder, eingewickelt in ein Fell, den Blick auf Ethan gerichtet, der sich seinen Weg durch die Menge bahnte. Alle gratulierten ihm zur Rettung von Jennet, aber er wollte sich nur vergewissern, dass es ihr gut ging, und kehrte immer wieder zum Kamin zurück, um nach ihr zu sehen. Sie konnte nur nicken, weil ihre Zähne so sehr klapperten.

Brigid setzte sich neben sie und bemerkte: „Ethan hat dich wirklich gern. Niemand würde tun, was er getan hat, wenn er keine starken Gefühle für dich hätte. Ich muss zugeben, dass ich große Angst um dich hatte, aber ich wusste in meinem Herzen, dass sie dich retten würden. Ich muss sagen, als ich die Stimme meines Vaters gehört habe, hatte ich schon weniger Angst.

Die Ramsay-Krieger haben den Kampf für uns entschieden."

Tara stellte sich neben sie. „Du musst so viel Angst gehabt haben, als du über Bord geworfen wurdest."

Jennet konnte nur nicken. Sie zog es vor, nicht daran zu denken, denn die Erinnerung brachte die Panik zurück, die sie empfunden hatte, die Angst, unter Wasser zu sein und verzweifelt nach Luft zu ringen.

Tara sagte: „Du armes Ding. Du zitterst ja. Ich bringe dir etwas von Jinnys Kräuterbrühe, um dich aufzuwärmen."

Jennet nickte erneut und hoffte, dass sie die Schale fest genug halten konnte, um daraus zu trinken.

Ihr Onkel trat zu ihr, nachdem sie genug Brühe getrunken hatte, um ihr Zittern zu lindern. „Jennet, das war töricht von dir. Du warst immer diejenige, die vernünftig gehandelt hat. Warum bist du allein losgezogen, und wie hast du es ganz allein bis hierher geschafft?"

„Ich werde mich nicht mit dir streiten, denn du hast recht. Es tut mir leid, dass du wegen mir herkommen musstest, aber du warst nicht dabei. Papa hat mich fast geschlagen, und es wäre ein Schlag gewesen, der mich umgeworfen hätte. Und der Blick in seinen Augen war so hasserfüllt…"

„Nicht hasserfüllt, sondern wütend. In seinen Augen hast du dich ihm widersetzt. Er hat dir gesagt, du sollst etwas nicht tun, und du hast es trotzdem getan. Du erinnerst dich doch daran, dass er vor Torrian der Laird des Clans war. Solche

Männer sind daran gewöhnt, dass ihre Befehle befolgt und nicht in Frage gestellt werden."

„Stimmt, so hatte ich das noch nicht gesehen. Fühlt er sich schlecht deswegen?" Logan nickte. Die Last dieser Erfahrung mit ihrem Vater fühlte sich ein wenig leichter an. Dann fragte ihr Onkel: „Wirst du hier bleiben?"

„Nein, ich habe eine neue Theorie, deshalb würde ich gerne wieder nach Hause aufbrechen, aber heute nicht mehr. Die Reise wäre mir zu viel, wenn ich mich nicht etwas ausruhe. Es dämmert schon fast. Ich kann heute nicht zurückreiten. Wirst du noch einen Tag auf mich warten, Onkel?"

Onkel Logan beugte sich vor und küsste sie auf die Stirn. „Natürlich werde ich das. Ich bin froh, noch einen Tag mit Brigid zu verbringen. Ein oder zwei Tage, nicht mehr."

Jemand, den sie nicht erkannte, kam herein, um mit Ethan zu sprechen. Er folgte dem Fremden aus dem Saal und blickte vorher nicht einmal in ihre Richtung. Sein Gesichtsausdruck war ernst. Ihr Blick suchte die überfüllte Halle ab. Ethan war weg, Brigid unterhielt sich mit ihrem Vater, Tara war in ein Gespräch mit Shaw vertieft.

Wieder allein. Das war ihr Leben in Black Isle. Es gab keinen Grund, in der Halle zu bleiben. Sie war voll von Ramsay-Kriegern und Matheson-Wachen, die über die Schlacht sprachen, so wie alle Männer, wenn sie den Feind besiegt hatten. Sie wünschte, sie würde das Gleiche fühlen.

Müdigkeit überkam sie, und so beschloss sie, in ihre Kammer zu gehen und sich auszuschlafen.

Vielleicht würde am nächsten Morgen alles besser sein.

Im Moment war Ruhe das Einzige, was zählte.

Als sie die Treppe hinaufging, bemerkte es niemand. Es war, als ob sie mit der Wand verschmolzen wäre. Als sie schließlich die dicke Tür zu ihrer Kammer aufstieß, entfuhr ihr ein schwerer Seufzer, der fast ihre Tränen zum Fließen brachte, aber sie hielt sie zurück. Sie würde nicht mehr aufhören zu weinen und könnte nicht schlafen, wenn sie dem nachgab.

Sie zog sich aus, zog ein sauberes Nachthemd an, spülte sich den Mund aus und nahm ein paar Schlucke aus der Weinflasche auf der Kommode nebenan, dann fiel sie ins Bett.

Sie vermisste Bethia und ihre Mutter. Ein leichtes Klopfen weckte sie. Sie gähnte und murmelte: „Herein".

Die Tür öffnete sich, ein Lichtstrahl der Fackel im Gang erhellte die Kammer so weit, dass sie erkennen konnte, wer es war.

Brigid. Sie schloss leise die Tür und schlich zu den Betten hinüber, wobei sie eine Kerze auf die Truhe stellte, die sie mitgebracht hatte.

„Was ist los?", fragte Jennet.

„Nichts." Brigid ließ ihr Kleid auf den Boden fallen und zog das Nachthemd an, das sie auf dem Arm getragen hatte, dann schob sie Taras Bett an Jennets heran. „Wenn wir sie zusammenstellen, können wir heute Abend alle drei hier schlafen."

Jennet hatte keine Ahnung, was über ihre Cousine gekommen war, aber sie war zu erschöpft, um nachzufragen. Sie ließ sie einfach gewähren.

Brigid murmelte vor sich hin, wie sie es oft tat, wenn sie aufgeregt war. Jennet verstummte, wenn sie verzweifelt war, während Brigid immer weiter plapperte.

Brigid sagte: „Jennet, es tut mir so leid. Bitte verzeih mir. Als ich dich mit den Steinen in den Taschen an der Förde stehen sah, hätte ich beinahe auf mein armes Pferd gekotzt. Was habe ich nur über uns gebracht? Zugegeben, ich habe uns drei nicht entführt, aber ich habe mich in Marcas verliebt, und wir sind hier geblieben, und jetzt sind du und Ethan zusammen, und Shaw und Tara umgarnen sich. Ist Black Isle ein schlechter Ort für uns?"

„Nein", presste Jennet hervor. „Du bist glücklich, und ich freue mich für dich."

Brigid legte sich so hin, dass sie Jennet gegenüber lag, und zog die Bettdecke halb über sich. Sie hielt ihrer Cousine eine Hand hin.

„Ich möchte schlafen, wie wir es früher getan haben. Bitte."

Jennet lächelte. „Und dein Mann ist damit einverstanden?"

„Aye, das ist er. Ich habe ihm gesagt, dass ich die Nacht mit meiner Lieblingscousine verbringen muss, mit der, die mich immer beschützt hat, bevor Marcas auftauchte, der ich mehr als allen anderen vertraut habe, die mir stets zugehört hat und die mich immer unterstützt hat. Die, die ich liebe, die mich immer zum Lächeln bringt und auf die ich immer zählen kann. Die, die uns durch viele schreckliche Zeiten geholfen hat, als wir Kinder waren und die, die immer an meiner

Seite war."

Brigid schniefte und fügte dann hinzu: „Verzeih mir, dass ich nicht an *deiner* Seite war, als du mich gebraucht hast."

Jennet war überrascht aber gerührt von ihren Worten. Ihre Beziehung war schon immer etwas Besonderes gewesen, es war unmöglich für sie, sie zu beschreiben.

Brigid streckte Jennet lächelnd ihren kleinen Finger entgegen. „Bitte?"

„Bist du sicher, dass Marcas damit einverstanden ist?"

„Marcas wird fast die ganze Nacht wach sein und über den Sieg von heute Abend sprechen. Ich habe ihm gesagt, dass ich bei meiner Freundin und Cousine sein muss. Er hat nichts dagegen." Sie deutete mit dem Kinn auf ihren Finger.

Jennet streckte ihre Hand aus und verschränkte ihren kleinen Finger mit dem von Brigid, so wie sie früher immer zusammen eingeschlafen waren. Jennet hatte sich das damals als Schutz gedacht, damit keine von ihnen aus dem Bett entführt werden konnte. Wenn ein Bösewicht eine von ihnen fortschaffen wollte, würde die andere es sofort merken.

„Ich hab dich lieb, Jennet."

„Ich hab dich auch lieb, Brigid."

Vielleicht würde sich die Sache ja doch noch zum Guten wenden.

Jennet beschloss, am nächsten Morgen nach Hause zurückzukehren, und umarmte ihre

Cousinen. „Verzeiht mir, dass ich so schnell wieder abreise, aber ich muss zu meinem Vater, um zu sehen, ob ich ihm helfen kann."

Onkel Logan wandte sich an Marcas. „Zweimal mussten wir hierher kommen, um eurem Clan an der Förde den Arsch zu retten. Vielleicht lasse ich dieses Mal zehn unserer Krieger hier, um euch bei der Ausbildung eurer eigenen zu helfen. Ich möchte meinen nächsten Besuch auf Black Isle nicht an der Förde beginnen müssen, wie ich es dieses Mal getan habe, Matheson."

„Du weißt, dass wir immer ein paar gute Krieger zu schätzen wissen, bis wir unseren Clan wieder aufbauen können. Unsere Lager sind reichlich gefüllt mit Bier, sodass wir sie gut ernähren können", erwiderte Marcas.

„Ich werde mich mit Maule unterhalten, und er kann dann entscheiden, wer bleiben soll." Er war im Begriff, zu den Kriegern zurückzukehren. „Eine halbe Stunde, Jennet, dann reiten wir."

Ethan trat zu ihr: „Darf ich dich vor deiner Abreise noch kurz sprechen, Jennet?" Dankbar, dass er gekommen war, sagte sie zu ihren Cousinen: „Wir sehen uns sicher bald wieder."

Ethan führte sie zu ein Paar Bäumen in einiger Entfernung von den Ställen, wo sie ungestört reden konnten. Sie hinkte ein wenig, weil sie Schmerzen an ihrem Fuß hatte, aber sie war nicht zu schwer verletzt. Ethan sah nicht viel besser aus. Sie hatten kaum Gelegenheit gehabt, unter vier Augen zu sprechen, seit den Feierlichkeiten in der Halle am Abend zuvor, aber sie war ohnehin zu erschöpft gewesen, um ein Gespräch zu führen.

Sie wollte sich nach dem Vorfall auch nicht zu weit von der Gruppe entfernen. Sie hatte genug davon, überfallen zu werden. Von ihrem Onkel hatte sie erfahren, dass Cori noch immer auf Milton-Land war, Alva am Leben war und fluchte, weil sie ihren Bruder verloren hatte. Nichts war so ausgegangen, wie sie es erwartet hatten.

Ethan holte tief Luft, und Jennet gefiel es nicht, wie er sie jetzt ansah. Am vorherigen Tag waren seine Augen voller Liebe gewesen, und sie hatte gehofft, dass das auch so bleiben würde, jetzt, wo sie außer Gefahr waren. Aber vielleicht hatte sie etwas übersehen, denn Ethan sah in diesem Moment nicht wie ein glücklich verliebter junger Mann aus.

„Du weißt, dass ich tiefe Gefühle für dich hege, aber nach dem gestrigen Tag sind Dinge ans Licht gekommen, die ich nicht länger ignorieren kann. Du musst verstehen, dass ich meinen Brüdern versprochen habe, dich zu beschützen, als ich beschlossen habe, um dich zu werben. Leider gibt es im Moment nur eine Möglichkeit für mich, mein Wort zu halten."

Das gefiel ihr überhaupt nicht, und eine bange Vorahnung sagte ihr, dass sie jetzt weggehen sollte, weil seine Worte nicht angenehm sein würden.

„Der Laird des Milton-Clans hat gestern Abend einen Boten geschickt, um mich wissen zu lassen, dass er erwartet, dass ich mein Versprechen von gestern Abend einhalte. Er will, dass ich Cori innerhalb einer Woche heirate."

„Was?", fragte Jennet verwirrt.

„Erinnerst du dich, als ich gestern zu deiner

Rettung gekommen war? Ich hatte ihnen gesagt, sie sollen dich gehen lassen, und ich würde Cori heiraten. Sie erwarten nun, dass ich mein Versprechen halte. Sie haben dich freigelassen, also erwarten sie auch, dass ich meinen Teil erfülle."

„Das ist lächerlich, Ethan. Sie haben mich nicht freigelassen. Sie haben versucht, mich zu töten, und wenn du nicht gewesen wärst, hätten sie es auch geschafft. Sie können nicht erwarten, dass du dich daran hältst." Das erklärte den Fremden, der ihn gestern Abend aus der Halle begleitet hatte. Es war der Bote vom Clan Milton gewesen.

„Aber mein Versprechen war immer gewesen, dich zu beschützen. Der beste Weg, das zu tun und zu verhindern, dass so etwas noch einmal passiert, ist, dass ich Cori heirate. Ich glaube nicht, dass das Oberhaupt des Clans Milton oder Alva dich in Ruhe lassen werden. Sie haben unter anderem Ludan und Harry verloren. Sie sind ziemlich aufgebracht deswegen und geben dir die Schuld."

Sie war so fassungslos, dass sie nicht sprechen konnte, aber sie war nicht in der Lage, mit ihm zu streiten. Sie musste diese Neuigkeiten ihrem Vater überbringen, und sie musste das, was sie von Ethans Wunde gelernt hatte, nutzen, um ihn auf dieselbe Weise zu heilen.

„Wenn es das ist, was du zu tun wünschst, Ethan, dann füge ich mich." Sie wollte sich nicht fügen, aber wie konnte sie ihn bitten, sie zu heiraten? Das schickte sich nicht. Der Mann wählte seine Frau, und Ethan hatte seine gewählt.

Jennets Gefühle spielten wie immer keine Rolle.

Dann überraschte er sie, indem er nach vorne trat und sie in seine Arme nahm. Es tat ihr weh, seine Wärme zu spüren, weil sie wusste, dass sie ihr genommen werden würde. Sie wollte ihn wegstoßen, aber stattdessen lehnte sie sich gegen ihn und legte ihre Stirn an seine Brust. Sie würde ihn schmerzlich vermissen.

„Ich möchte, dass du weißt, dass ich dich liebe, Jennet. Diese ganze Situation hat mir diese Erkenntnis gebracht, auch wenn es mir schwerfällt, sie in Worte zu fassen. Du sollst nur wissen, dass ich immer dankbar sein werde, dich für so kurze Zeit in meinem Leben gehabt zu haben." Dann legte er einen Finger unter ihr Kinn, hob es leicht an und küsste sie. Es war ein unbeholfener Kuss, aber süß, und sie würde sich immer daran erinnern.

Sie würde sich immer an *ihn* erinnern.

„Auf Wiedersehen, Ethan." Sie wollte noch mehr sagen, aber die Worte kamen ihr nicht über die Lippen.

Ich liebe dich auch.

KAPITEL DREIUNDZWANZIG

JENNET WAR SO verwirrt wie noch nie in ihrem Leben, aber sie wusste, dass ihre wichtigste Aufgabe im Moment darin bestand, das Leben ihres Vaters zu retten.

Auf dem Weg machten sie eine Pause, und Onkel Logan bat sie, sich neben ihn auf einen Baumstamm zu setzen, um mit ihr zu sprechen. „Jennet, jetzt, wo du dich ausgeruht hast, hätte ich trotzdem gerne eine Erklärung für dein Verhalten. Du warst noch nie so unvorsichtig und töricht. Warum hast du Ramsay Castle ohne Begleitung verlassen?"

Er hatte dafür gesorgt, dass sie allein waren. Kyle, der Stellvertreter ihres Bruders, ließ die Männer ihr Essen in einem anderen Bereich zubereiten. Es gab einen schönen Fasan, den einer der Männer erlegt hatte.

„Onkel Logan, ich habe versucht, meinen Vater zu heilen. Alle waren da, um mir zu helfen, aber ich scheiterte, und als ich mich bemühte, erhob er seine Hand gegen mich. Er hat es nicht geschafft, mich zu schlagen, aber es wäre kein leichter Schlag gewesen. Mein Vater ist ein großer Mann.

Der Schlag hätte mich zu Boden geworfen und mir einige blaue Flecken beschert."

„Es war der Schmerz, der aus ihm sprach. Du musst das vergessen. Er hat mich losgeschickt, weil er deswegen so wütend auf sich ist. Er kann sich kaum daran erinnern, aber er weiß, dass er dich gezwungen hat, davonzulaufen. Er und ich wissen, dass es ein Wunder ist, dass du nicht von Banditen angegriffen wurdest. Ethan muss wegen dir zurückgekommen sein. Sie sagten, er sei mit dir angekommen."

„Das tat er, aber ich *wurde* von Schurken angegriffen. Das war eine Erfahrung, die ich nie wieder machen möchte, und Ethan hat mich gerettet. Drei konnte ich mit meinen vermeintlichen Hexentricks verscheuchen, aber der vierte ließ sich nicht beirren. Ethan hat mich vor ihm gerettet. Leider spielten meine Hexentricks auch eine Rolle bei den Anschuldigungen, denen ich auf der Förde ausgesetzt war. Ich bin dankbar, dass du gekommen bist, Onkel."

„Jetzt ergibt alles Sinn. Und bei diesem lächerlichen Hexenprozess ging es um diese Tricks?"

„Aye, einer der Männer, die mich angreifen wollten, war Alvas Bruder. Der Mann im Boot. Er wollte mich umbringen, weil er meine Zaubersprüche fürchtete. Und einer seiner Freunde war der andere Mann, der mit ihm getötet wurde. Sein Name war Harry, aber ich nannte ihn nur Dünn."

„Und die anderen beiden? Wo sind sie?", fragte Onkel Logan, ohne seinen Blick von ihr abzuwenden.

„Einer ist tot. Ich weiß nicht, wo der andere ist."

„Gut. Ethan hat sicher denjenigen getötet, der es gewagt hat, dich anzufassen, schätze ich. Er sollte tot sein."

„Das ist er auch."

„Du bist also weggelaufen, aber nun bist du mehr als bereit, mit mir zurückzukehren. Ich dachte, ich müsste dich zurückschleppen."

„Ethan wurde von einem Pfeil getroffen und bekam Fieber, ähnlich wie mein Vater. Erst ein paar Tage nach diesem Vorfall konnte ich sein Fieber stoppen. Ich habe vor, mit meinem Vater genau dasselbe zu tun. Ich weiß, dass er mich dann wieder anschreien und drohen wird, mich zu schlagen, aber dieses Mal werde ich nicht aufgeben. Ich werde weitermachen, bis ich finde, wonach ich suche."

„Wonach suchst du denn?"

„In seiner Wunde ist noch etwas drin. Da bin ich mir sicher. Ein Holzsplitter, ein winziges Stück Stein, ein Stück von einem Ast. Es könnte alles Mögliche sein, aber er hat einen Fremdkörper in sich, und er kämpft weiter dagegen an. Ich muss ihn herausholen."

„Jennet" sagte Logan und hob ihr Kinn an, damit sie ihm in die Augen sehen konnte. „Was immer du von mir verlangst, werde ich tun. Ich werde mit dir hineingehen und deinen Vater davon abhalten, dich zu schlagen. Ich glaube an dich, an deine Fähigkeiten, also werde ich dich unterstützen. Ich weiß, dass dein Vater dir später dafür danken wird. Wirst du mich holen lassen, wenn du mich brauchst?"

„Aye, Onkel Logan. Das werde dich."

„Versprochen?"

„Ich verspreche es."

Ihr Onkel fuhr fort: „Und dieses Mal werde ich ihm etwas von unserem besten Bernsteinwasser verabreichen, *uisge beatha*."

Das hob ihre Laune, denn das *Wasser des Lebens* war ein starkes Gebräu, das den Schmerz ihres Vaters sicherlich lindern würde. Sie wusste, dass es nur zu besonderen Anlässen hervorgeholt wurde, und Onkel Logan hatte offenbar beschlossen, dass dies einer dieser Anlässe war. „Ich würde mich darüber freuen, und ich bin sicher, dass Papa es auch freuen wird."

Sie aßen schweigend, während die Männer über eine andere Fehde in den Highlands sprachen, und über die Schlacht, die dort stattfand. Warum war das Kämpfen ein so beliebtes Thema bei ihnen? Sie konnte es nicht begreifen, aber bald schweiften ihre Gedanken zu anderen Dingen ab. Sie war beunruhigt über Ethans Entscheidung, Cori zu heiraten.

Vielleicht war es ein Segen. Obwohl er es geschafft hatte, sie zu berühren, wusste sie, dass es weiterhin schwierig für ihn sein würde, weil er sich daran gewöhnt hatte, Menschen auf Distanz zu halten. Als seine Frau hätte sie sich ständig damit auseinandersetzen müssen. Sie hätte vielleicht völlig versagt, und das wäre schmerzhafter als alles andere. Es stimmte schon, vielleicht wäre eine Frau, die mehr Erfahrung mit Männern hatte, eine gute Sache für ihn. Sie bemerkte nun, dass Ethans Glück ihr mehr bedeutete als ihr eigenes.

Die Einhaltung seiner Versprechen war ihm wichtig, das verstand sie. Er brach keine Regeln, um sie seinen Bedürfnissen anzupassen. Er befolgte sie immer ganz genau.

„Bist du traurig wegen Ethan?"

Sie konnte ihren Onkel nicht anlügen. „Ein kleines bisschen. Ich war überrascht, dass er Cori mir vorgezogen hat, und ich muss zugeben, dass es weh tut."

Sie wollte sich gerade hinlegen, als ihr Onkel ihr zuflüsterte: „Mach dir keine Sorgen. Er wird Cori niemals heiraten. Seine Brüder werden es nicht erlauben. Aber er muss sie erst als das sehen, was sie wirklich ist."

„Was nützt mir das jetzt?", fragte sie leise.

„Wenn er dich holen kommt – und das wird er – wird er keine Zweifel haben, und du auch nicht. Geh jetzt schlafen. Du musst morgen meinen Bruder heilen. Du und Ethan, ihr habt noch viel Zeit."

Ein Tag nachdem Jennet abgereist war, saß Ethan in der großen Halle und aß seinen morgendlichen Haferbrei, als Shaw mit wütendem Gesichtsausdruck hereinkam. „Sag mir, dass du nicht solch eine Dummheit begangen hast, Ethan."

Ethan blickte in das wutverzerrte Gesicht seines Bruders und bemerkte anhand der Tiefe seiner Röte, wie wütend er war. Shaw war demnach in diesem Moment wirklich wütend.

„Was denkst du denn, das ich getan habe?"

„Hast du Jennet gesagt, dass du Cori heiraten wirst?"

Marcas betrat die Halle und rief: „Alle anderen raus. Ich muss mit meinem Bruder allein sprechen."

Brigid und Tara öffneten die Tür der Heilkammer. Brigid fragte: „Was ist los, Marcas?"

„Das Problem ist, dass mein Bruder ein Narr ist. Ein großer Narr. Was hast du dir dabei gedacht, Ethan?"

Die beiden Brüder standen vor ihm, die Hände in die Hüften gestemmt. Tara stand dicht bei Shaw, Brigid neben ihrem Mann, während die anderen die große Halle verließen.

Ethan wartete, bis alle gegangen waren, um dann genau zu erklären, was passiert war. Sein Bruder ließ sich eindeutig von seinen Gefühlen leiten. Ethan war auch nicht begeistert von der Aussicht, Cori zu heiraten, aber es gab jetzt keinen Ausweg mehr. Er hielt immer sein Wort. Was sollte das ändern können?

Shaw setzte an: „Hast du zugestimmt, Cori zu heiraten und es Jennet gesagt, bevor sie fortgegangen ist?" Er hatte seinen Ton ein wenig gemildert, aber die Wut war noch immer an den hervorstehenden Adern auf seiner Stirn zu erkennen. Ethan fragte sich, ob seine eigenen Adern jemals auf diese Weise hervortraten.

„Um Jennet aus den Fängen der Miltons, insbesondere Ludans und Harrys zu befreien, habe ich ihnen versprochen, dass ich Cori heiraten würde. Das tat ich, als wir dort ankamen. Ihr habt es selbst gesehen. Es waren zu viele Männer, als dass wir hätten kämpfen können, also musste ich mir etwas anderes einfallen lassen."

Marcas erwiderte: „Aber nur weil du es angeboten hast, heißt das nicht, dass du sie heiraten musst. Sie haben sie danach nicht freigelassen."

„Doch, das muss ich. Ich habe mein Wort gegeben, dass ich Cori heiraten würde, wenn sie Jennet freilassen. Sie haben sie zwar nicht sofort befreit, aber Jennet ist jetzt frei. Deshalb muss ich Cori heiraten."

Brigid gab ein kleines Wimmern von sich. „Ethan, hast du das Jennet erzählt, bevor sie abgereist ist?"

Er nickte. „Sie hat es verstanden."

„Hast du ihr noch etwas gesagt?", wollte Tara wissen.

„Aye, ich habe ihr gesagt, dass ich sie liebe, aber dass ich Cori heiraten muss. Ich habe ihr erklärt, warum, und sie hat es verstanden."

Vier Stimmen riefen gleichzeitig: „Nein, das hat sie nicht".

Er war so verblüfft, dass er von allen vieren angeschrien wurde, dass er aufstand und zwei Schritte zurücktrat. „Aber sie hat gesagt, dass sie es verstanden hat."

Brigid drückte Marcas' Arm und meinte: „Wenn sie das gesagt hat, dann nur, weil sie deine Erklärung akzeptiert hat. Außerdem hatte sie es eilig, zu ihrem Vater zurückzukehren, um zu sehen, ob sie ihn heilen kann. Sie wollte also nicht mit dir streiten, bis ihr Vater auf dem Weg der Besserung ist."

„Ich dachte, sie hätte bereits versucht, ihn zu heilen und wäre gescheitert. Ich verstehe nicht, warum sie zurückgeritten ist."

Tara sprach mit ruhiger Stimme, etwas, womit die anderen zu kämpfen hatten, sodass Ethan ihr seine volle Aufmerksamkeit schenkte. „Sie glaubt, dass ihr Vater in der gleichen Situation ist wie du es warst. Erinnerst du dich nicht daran, wie sie das Stück Pfeil aus deiner Wunde herausgezogen hat und wie es deinen Schmerz gelindert hat? Und sie die Wunde dann verbunden hat? Sie glaubt, dass ihrem Vater dasselbe widerfahren ist, allerdings braucht sie jemand Stärkeren, um ihn festzuhalten. Da seine Wunde schon so lange besteht, sind die Schmerzen und die entzündete Stelle viel schlimmer als deine."

„Das ergibt Sinn. Ich hoffe, sie hat Erfolg." Er zog seinen Stuhl hervor, setzte sich wieder und nahm einen weiteren Löffel von seinem Haferbrei. Das Gespräch war beendet. Er bemerkte, dass Brigid Marcas eine Art Zeichen gab, also setzte sich Marcas neben ihn. „Du darfst Cori nicht heiraten."

„Aber ich habe dem Clan mein Wort gegeben."

„Liebst du sie?"

„Nein, ganz und gar nicht."

„Glaubst du, dass du mit ihr ein glückliches Leben führen wirst?", fuhr Marcas fort.

„Darüber habe ich noch nicht nachgedacht, aber wahrscheinlich nicht, wenn ich auf Milton Castle leben muss."

Marcas rieb sich das Kinn, sein Bart war etwas

struppig, so dass das Geräusch recht merkwürdig klang. „Ich weiß, dass du dein Wort gegeben hast, aber du musst es in diesem Fall nicht halten."

„Papa hat uns gesagt, dass wir immer unser Wort halten müssen."

„Aber nicht in diesem Fall", beharrte Marcas mit ruhiger Stimme. Die Adern an seinem Hals nahmen eine seltsame Form an, ähnlich wie die von Shaw vorhin.

„Warum nicht?"

„Weil du diese Verpflichtung unter Zwang eingegangen bist", brüllte Shaw und riss die Arme in die Luft.

Ethan stieß sich vom Tisch ab. „Ich verstehe nicht, was das bedeutet."

Tara stellte sich vor Shaw und verschränkte ihre Finger mit seinen. „Er möchte dich nicht anschreien. Du hast dieses Versprechen nur gegeben, weil du von den Miltons unter Druck gesetzt wurdest. Du dachtest, wenn du Cori nicht dein Heiratsversprechen geben würdest, würde Jennet sterben. Habe ich nicht recht?"

„Aye, das ist richtig."

„Wenn du also nicht geglaubt hättest, dass Jennet in Gefahr war, hättest du Cori dann dasselbe Versprechen gegeben?"

Ethan dachte einen Moment lang nach und versuchte, ihrem Gedankengang zu folgen. „Nein, das hätte ich nicht getan. Ich glaube, du meinst, ich hätte Cori nicht versprechen sollen, sie zu heiraten?"

Shaw schlug sich mit der Hand gegen die Stirn, dann ließ er Taras Hand los und ging wortlos auf und ab. „Es ist egal, was du gesagt hast", erklärte Tara, „denn sie haben Jennet gefangen gehalten. Das war falsch und verstößt gegen das schottische Gesetz, also ist alles, was in diesem Zusammenhang gesagt oder versprochen wurde, ungültig. Sie können dieses Versprechen nicht einfordern. Sie haben das Gesetz gebrochen."

„Ich bin also nicht Cori versprochen?"

„Nein. Ich werde es nicht zulassen", verkündete Marcas, dessen Gesichtsausdruck hart wie Stein war. „Du gehörst zu Jennet, und ich freue mich, dass du erkennst, dass du sie liebst."

„Aber Jennet ist weg."

„Dann musst du ihr hinterher reiten", flüsterte Marcas. „Das ist ein Befehl deines Lairds."

KAPITEL VIERUNDZWANZIG

A LS SIE AUF Ramsay Castle ankamen, führte Onkel Logan Jennet direkt in die Heilkammer ihrer Mutter. Er klopfte an die Tür, und ihre Mutter schrie vor Freude auf, sobald sie sie erblickte.

„Ich danke dir, Logan, dass du sie nach Hause gebracht hast." Sie umarmte ihre Tochter fest, und Jennet hätte beinahe geweint, aber sie musste stark bleiben, um ihren Vater zu retten.

„Brenna, wir haben zu tun. Wie geht es Quade?"

Ihr traten Tränen in die Augen, als sie flüsterte: „Es geht ihm schlechter, Logan. Sein Bein wird immer röter und röter – das gefällt mir gar nicht. Ich fürchte, ich muss es amputieren, um ihn zu retten, aber du weißt, dass ich das nur ungern tun würde."

„Dann werden wir ihn heilen. Jennet glaubt, dass sie weiß, was zu tun ist, also werde ich ihr helfen." Torrian kam aus der großen Halle zur Tür herein, und Onkel Logan rief ihm zu: „Torrian, hol MacAdam, Gregor und Maule. Bring auch deine Schwestern mit. Wir treffen uns hier in zehn Minuten."

„Darf ich ihn sehen?", fragte Jennet.

„Aye, aber er ist nur noch selten wach. Ich hoffe, er wacht für dich auf, weil er sich schuldig fühlt, dass er dich angeschrien hat."

Jennet betrat die Kammer und war überrascht, dass eine Fackel brannte. Ihr Vater lag zusammengekauert unter der Decke. Er hob den Kopf, um zu sehen, wer hereingekommen war, und murmelte: „Jennet?"

„Aye, Papa. Ich bin wieder zu Hause."

Er tat sein Bestes, um sich aufzusetzen, aber Onkel Logan musste ihm dabei helfen.

„Jennet, es tut mir leid, dass ich dich angeschrien habe. Ich hätte das nicht tun sollen. Ich weiß, du wolltest nur das Beste für mich. Und ich danke Gott für Torrian, der mich davon abgehalten hat, dich zu schlagen. Mir war nicht klar, was ich da beinahe getan hätte. Du weißt, dass ich dich nie schlagen würde, wenn ich bei klarem Verstand wäre, nicht wahr?"

„Ich weiß, Papa. Aber ich werde dich heilen. Ich bin mir ziemlich sicher, dass das, was ich in der letzten Woche erlebt habe, mir helfen wird, dich zu heilen. Aber es wird wehtun."

„Überall, nur nicht an dieser einen Stelle."

Jennet überlegte kurz und beschloss, dass sie ihren Vater nicht direkt anlügen wollte, also stellte sie ihm eine Frage. „Papa, geht es dir denn besser?" Schließlich ging es genau um jene Stelle.

„Nein. Das Fieber hält an. Ich habe keinen Hunger, deine Mutter zwingt mich zu essen, und ich verbringe die meiste Zeit mit Schlafen. Was ist los in der Welt, Logan?"

„Nichts, worüber du dir Sorgen machen müsstest, also trink das bitte." Logan reichte ihm den Kelch mit dem *Wasser des Lebens*.

Ihr Vater blickte den Kelch an. „Gerne. Vielen Dank."

Erfreut darüber, dass seine Aufmerksamkeit von ihr abgelenkt war, beschloss sie, ihre notwendigen Utensilien zusammenzusuchen, während die Brüder sich weiter unterhielten, um dem *uisge beatha* Zeit zum Wirken zu geben. Zwei Schüsseln, mehrere Leinenstreifen, Leinenstücke, den Umschlag ihrer Mutter mit der Salbe, um die Wunde danach zu verbinden, und Seife. Sie brauchte ein spezielles Instrument, um etwas aus der Wunde herauszuholen. Sie fand zwei verschiedene Zangen und legte sie auf eine nahe Truhe. Glücklicherweise gingen viele Leute ein und aus, was die Gedanken ihres Vaters wieder von ihr ablenkte.

Bitte, Gott, lass es funktionieren.

Als alle drinnen waren, fragte Onkel Logan: „Bist du bereit, Jennet? MacAdam, du hältst das kranke Bein. Kyle, das andere. Gregor, du gehst auf die andere Seite von ihm. Halte seinen Arm fest, damit er ihn nicht bewegen kann. Torrian, du springst ein, wo immer du gebraucht wirst. Wir müssen ihn alle festhalten, während Jennet ihre Arbeit macht."

Ihre Mutter sah von einem zum anderen, dann wieder zu Jennet. „Was genau hast du vor, Jennet?"

„Mama", antwortete sie mit gesenkter Stimme,

„dasselbe wie beim letzten Mal, aber ich höre nicht auf, bis ich gefunden habe, was in seiner Wunde ist. Da ist etwas, da bin ich mir sicher."

„Mädchen, er wird es nie erlauben. Ich habe es schon mehrmals versucht. Ich habe, seit er verletzt wurde, die Stelle immer und immer wieder gereinigt."

„Aber du hast aufgegeben – so wie ich auch. Diesmal gebe ich nicht auf."

Onkel Logan rief: „Jennet, bist du bereit? Lily, Bethia, bringt eure Mutter nach draußen."

„Logan, ich bleibe hier."

„Nein, das tust du nicht. Du wirst deine Tochter zu sehr ablenken."

Ihre Mutter ging zu ihrem Vater hinüber und legte ihren Kopf an seinen. „Nein, ich bleibe bei ihm."

„Bethia, bring deine Mutter hier raus."

„Nein, ich bleibe hier." Ihre Mutter erhob die Stimme.

Ihr Vater fragte: „Was ist hier los? Ich verstehe nicht, warum Brenna nicht bleiben kann. Was hat Jennet vor? Ich konnte eure Unterhaltung nicht hören."

Ihre Mutter drehte sich zu Jennet um und packte ihre Handgelenke. „Jennet, tu ihm nicht weh. Ich bitte dich. Ich liebe ihn zu sehr. Ich darf ihn noch nicht verlieren."

Onkel Logan brüllte: „Raus. Brenna, Bethia, Lily, Sorcha. Raus, ihr alle. Bringt Brenna raus und lasst sie nicht wieder rein. Und macht die Tür erst auf, wenn wir fertig sind."

Bethia ergriff einen Arm ihrer Mutter und Lily

den anderen. „Komm mit uns raus, Mama. Die Kinder sind alle hier draußen. Wir können mit ihnen etwas backen. Lass Jennet tun, was sie tun muss. Ich weiß, dass du ihr vertraust."

Als sie endlich weg waren, zog Jennet einen Hocker dorthin, wo sie ihn brauchte, und zog die Bettdecke zurück. Dann hob sie das Plaid ihres Vaters an, damit sie seine Wunde sehen konnte. „Papa, verzeih mir, aber ich muss das tun. Ich glaube, es wird dich retten. Du musst es nur ein paar Minuten ertragen, dann wird es vorbei sein."

„Na los, Jennet. Beeil dich." Er lehnte sich in seinem Bett zurück, starrte seinen Bruder an und bereitete sich darauf vor, sie gewähren zu lassen. Zumindest für den Moment.

Onkel Logan nickte den anderen Männern zu, als Sorcha wieder hereinkam. „Ich werde dir helfen, Jennet, wenn du etwas brauchst."

„Verzeih mir, Papa." Jennet stach in die Wunde und ließ die eitrige Flüssigkeit aus der Wunde abfließen. Rote, weiße, gelbe und grüne Flüssigkeiten vermischten sich, als sie auf die Leinenstücke und in die Schüssel flossen. Nach dem Abfließen tupfte sie die Wunde trocken, dann nahm sie ein anderes Leinenstück und ein weiteres Instrument, mit dem sie in die Wunde stach. Als sie die wunde Stelle berührte, brüllte ihr Vater – aber diesmal war sein Bruder das Ziel.

„Logan, lass mich los. Geht! Geht alle weg! Wo ist Brenna? Ich will meine Frau bei mir haben. Genug, Jennet. Der Schmerz ist zu groß. Brenna!"

Die Tirade ging weiter, aber Jennet ignorierte ihn. Aus den Augenwinkeln konnte sie sehen, wie die vier Männer darum kämpften, ihn festzuhalten, obwohl der Alkohol zu wirken begann und seine Bewegungen langsamer wurden. Ihr Vater brüllte weiter, aber ihr Onkel meinte nur: „Ignoriere ihn und tu, was du tun musst, Jennet. Hör nicht auf."

Sie säuberte die Wunde gründlich, konnte aber nichts finden, was ihm Schmerzen bereiten könnte, also wusch sie sie noch einmal. Dieses Mal blieb das Leinentuch an etwas hängen. Sie fuhr mit ihrer Hand darüber und spürte etwas Spitzes. Sie griff nach ihrer Zange und versuchte, sich zu beruhigen. Vielleicht hatte sie die Ursache des Fiebers gefunden. Sie tastete die Wunde ab, wo sie das spitze Ding gespürt hatte, und fand schließlich etwas Hartes. Sie packte es mit ihrer Zange und zog daran, so dass noch mehr Blut aus der Wunde floss. Das Geschrei ihres Vaters war schlimmer denn je, aber sie versuchte es erneut. „Sorcha, ich brauche noch mehr Leinen, um das Blut aufzusaugen. Wenn du hier das Blut auffangen könntest, würde das helfen."

Sorcha tat wie geheißen, und die beiden machten weiter, ohne das Schluchzen zu beachten, das sie von ihrer Mutter in der großen Halle hören konnten. „Ich glaube, ich habe etwas gefunden." Sorcha fing das Blut auf und Jennet zog an dem spitzen Fremdkörper. Sie bewegte ihn ganz langsam, denn sie wusste, dass sie das ganze Stück erwischen musste. Sie gab ihrem Instrument einen weiteren Ruck, und der Fremdkörper löste sich aus dem Bein ihres Vaters. „So. Das war's. Sorcha, tupfe das Blut ab, bis es aufhört zu fließen, und hol dann meine

Mutter."

Sie hielt das Objekt hoch, damit Onkel Logan und ihr Vater es sehen konnten. „Ihr könnt ihn loslassen. Ich werde ihm nicht mehr wehtun. Papa, ich habe den Fremdkörper gefunden. Das ist es, was dir all diesen Schmerz bereitet hat." Sie betrachtete das Ding genauer, und ihr Lächeln wurde breiter. Sie war erleichtert.

Torrian fragte: „Was zum Teufel ist das, Jennet?"

„Ein Holzsplitter. Etwas, das in seine Haut eingedrungen ist wie ein Schwert. Es ist sehr scharf, Papa, und jedes Mal, wenn du dich bewegt hast, ist es tiefer eingedrungen, schätze ich."

Ihr Vater sah sie an und rieb sich die Handgelenke, an denen er festgehalten worden war. „Jennet, der Schmerz ist schon fast weg. Es tut noch etwas weh, aber der stechende Schmerz ist weg."

„Wirklich, Papa?", fragte Gregor ungläubig.

„Jennet, du hast ein Wunder vollbracht."

Die Tür flog auf, und ihre Mutter stand da, schluchzend, das Gesicht tränenüberströmt. „Mama, schau, ich habe den Fremdkörper gefunden." Jennet hielt den Splitter, der etwa die Länge ihres großen Zehs hatte, ihrer Mutter vor die Nase. Ihre Mutter kam zu ihr herüber, betrachtete ihn kurz und umarmte sie dann.

„Gott sei Dank bist du zurückgekommen."

„Mama, kannst du hier fertigmachen? Legst du den Umschlag mit der Salbe drauf und verbindest die Wunde? Ich muss kurz nach draußen gehen."

„Aber sicher. Geh nur."

Die Tür öffnete sich erneut, und ihre Schwestern

und Cousinen drängten herein, alle gespannt darauf, zu sehen, was passiert war. Jennet machte sich auf den Weg zur Tür, aber das Letzte, was sie hörte, war Onkel Logan, der schrie: „Verlass nie wieder Ramsay Castle."

Sie lächelte und rief zurück: „Heute nicht, Onkel."

Jennet schritt geradewegs durch die Halle und ignorierte die Fragen der Leute, die noch immer hereinkamen, um zu sehen, was mit ihrem alten Laird geschehen würde. Hier auf dem Land der Ramsays sprachen sich Dinge schnell herum.

„Wie geht es ihm, Jennet?"

„Hast du ihn geheilt?"

„Du musst ihn heilen. Wir dürfen ihn nicht verlieren."

Sie ignorierte die anderen Clanmitglieder und ihre Cousins. Sie hatte ein bestimmtes Ziel vor Augen, also ließ sie sich nicht beirren und ging nach draußen, hinüber zum wunderschönen Garten ihrer Mutter. Kaum hatte sie sich hingesetzt, kamen ihr die Tränen, ihr ganzer Körper schüttelte sich. Sie war dankbar, dass sie genau das in der Wunde gefunden hatte, was sie vermutet hatte. Sie betete, dass sie das ganze Stück herausbekommen hatte und dass nicht noch mehr darin steckte.

Bethia tauchte auf, setzte sich neben sie und nahm ihre Hand in die ihre. „Gut gemacht, Schwester. Du wirst jetzt Papas Heldin sein. Meinst du, der Splitter war die Ursache? Wie hast du es herausgefunden?"

„Ethan. Er hatte einen Pfeil in die Schulter

bekommen und ihn sich einfach herausgerissen. Er hatte nicht bemerkt, dass noch ein Stück des Pfeils in der Schulter steckte. Er bekam Fieber, dann schreckliche Schmerzen, und ich beschloss, nach der Pfeilspitze zu suchen. Als ich sie fand, verschwanden seine Schmerzen schnell. Und genau an der Stelle, an der ich das Stück des Pfeils gefunden hatte, tat es am meisten weh. Ich vermutete, dass es bei Papa genauso sein könnte, aber da der Fremdkörper länger drin war, war die Situation viel schlimmer. Mehr Fieber, mehr Schmerzen, mehr Eiter."

„Brillante Idee." Bethia umarmte sie kurz und sagte dann die Worte, die Jennet gefürchtet hatte. „Jetzt erzähl mir von Ethan."

Sie hatte nicht vor, ihrer Schwester etwas zu verheimlichen. „Es gibt nichts zu erzählen. Er heiratet eine andere."

Bethia seufzte: „Oh, Jennet. Es tut mir so leid. Ich bin sicher, dass du deswegen enttäuscht bist."

Sie konnte nicht in Worte fassen, wie enttäuscht sie war. „Das bin ich, aber alles in mir ist gerade so aufgewühlt. Du wirst es später noch erfahren, aber ich wurde beschuldigt, eine Hexe zu sein." Sie erzählte ihrer Schwester in aller Kürze von der Reise zurück nach Black Isle, von den Banditen, von der Hexerei und davon, dass man sie in der Förde hatte ertränken wollen.

Bethia sagte mit fassungslosem Gesichtsausdruck: „Ich weiß nicht, ob ich lachen oder weinen soll. Das, was du mit den Wegelagerern gemacht hat, war brillant, liebe Schwester. Aber dass das Gleiche später zu deinem Nachteil verwendet worden ist, ist furchtbar. Du musst im Moment ein Wechselbad der Gefühle durchlebt haben. Du brauchst etwas Ruhe und Frieden. Ich bin froh, dass du zu Hause bist, und ich glaube, du hast Papa geheilt. Möchtest du für ein paar Tage bei mir wohnen?"

„Das würde ich gerne."

„Ich werde dich Ethan vergessen lassen. Du musst die neugeborenen Welpen sehen, die wir haben."

„Ich kann es kaum erwarten." Sie würde eine Weile bei ihrer Schwester bleiben, weil sie wusste, dass ihr gut tun würde.

Aber es war unmöglich, Ethan zu vergessen.

KAPITEL FÜNFUNDZWANZIG

DREI TAGE SPÄTER schritt Jennet durch die große Halle in Richtung der Kammer ihres Vaters. Es war an der Zeit, seine Wunde noch einmal zu untersuchen und festzustellen, ob das scharfe Stück Holz, das tief in seinem Fleisch gesteckt hatte, all diesen Schmerz verursacht hatte. Sie ließ ihren Mantel an der Tür zurück und hoffte, dass ihre Mutter auch da war.

Als sie ihren Blick durch die große Halle schweifen ließ, blieb sie überrascht stehen. Dort, drüben am Kamin, saß ihr Vater und spielte mit Lise, Liliana und Kyler. Lily und Kyle frühstückten an einem Tisch in der Nähe.

Sie blieb stehen, um ihn anzuschauen, und musste ihre Tränen zurückhalten, denn das Lachen ihres Vaters bereitete ihr mehr Freude als alles andere auf der Welt. Fast.

„Jennet!" Ihr Vater stand mit Hilfe seines Gehstocks auf, und obwohl er ein bisschen dünn war, war er noch immer groß und so gutaussehend wie immer.

„Papa. Du bist wach!" Sie eilte zu ihm hinüber und umarmte ihn vorsichtig.

Er trat einen Schritt zurück, um sie sich besser ansehen zu können. „Ich verdanke dir viel, Jennet. Danke, dass du mich geheilt hast. Entschuldige mein schreckliches Verhalten. Ich kann noch immer nicht glauben, was ich getan habe. Ich hoffe, du kannst mir verzeihen."

Ihre Mutter kam gerade aus der Küche und trug ein Tablett mit frisch gebackenen Früchtekuchen. Der Duft war himmlisch, aber Jennet sah etwas Schöneres, etwas, das sie schon lange nicht mehr gesehen hatte.

Ihre Mutter hatte ein breites Lächeln auf dem Gesicht. „Schaut mal, meine kleinen Lieblinge. Ich habe noch mehr Früchtekuchen für euch."

Lise und Liliana rannten zum Tisch, an dem ihre Eltern saßen. Kyle sagte: „Brenna, die Zwillinge brauchen nicht noch mehr Früchtekuchen. Sie hatten schon genug." Lise setzte sich auf die eine Seite von Kyle, Liliana auf die andere.

Liliana begann: „Aber Papa…"

„Wir haben nur…" fügte Lise hinzu.

„…jede einen gegessen. Und das ist ein…"

„…besonderer Tag, weil…"

„…Großpapa hier…"

„…bei uns ist."

Kyle hob die Hände und mahnte: „Ihr wisst, dass ich es nicht mag, wenn ihr mich so einkesselt. Eine auf jeder Seite, so dass ich ständig den Kopf drehen muss. Lily, warum lässt du sie das tun? Und ihr habt genug Süßigkeiten gegessen, alle beide."

Lily lachte, aber die Zwillinge hörten nicht auf.

„Großmutter sagte, jetzt…"

„…sei eine besondere Zeit…"

„…denn von den Beeren gibt es…"

„…so reichlich und…"

Er hob wieder die Arme und gab nach: „Gut. Esst so viel ihr wollt."

Die Zwillinge küssten ihn jeweils auf eine Wange und lachten: „Wir haben dich…"

„…lieb, Papa." Und schon waren sie weg auf der Suche nach ihren Früchtekuchen.

„Lily…"

Ihre Mutter sagte: „Jennet, ich bin so froh, dass du hier bist. Sieh nur, wie gut es deinem Vater geht, dank dir. Komm und iss etwas Brei und einen Früchtekuchen."

„Wenn die Zwillinge denn etwas für dich übrig lassen, Jennet." Kyle stand vom Tisch auf und gab Kyler ein Zeichen, ihm zu folgen.

Jennet schnappte sich einen Kuchen und nahm zwei Bissen von dem süßen Gebäck. Sie biss gerade erneut hinein, als sich die Tür öffnete. Gavin erschien mit einem breiten Grinsen im Gesicht. „Hier ist jemand, der dich sehen will, Jennet."

Er trat von der Tür zurück, und Ethan trat ein. Er trug ein dunkles Hemd und eine Hose, darüber sein Matheson-Plaid, und er hatte einen großen Blumenstrauß dabei.

Er warf einen Blick auf Gavin, der auf die Sitzecke zeigte. „Der große Mann, der in der Nähe des Kamins steht."

Ethan nickte Jennet zuerst zu und sagte: „Schön, dich zu sehen, Jennet. Ich habe dir das hier mitgebracht." Er hielt ihr die Blumen hin.

Mit einem Früchtekuchen in der einen Hand nahm sie die Blumen entgegen, konnte aber immer noch nichts sagen, weil sie noch immer fassungslos war.

„Ich bin jedoch gekommen, um mit deinem Vater zu sprechen." Er trat zu ihrem Vater und stellte sich vor ihn.

Lily kam herüber und flüsterte in Jennets Ohr. „Mach den Mund zu. Es sieht unschön aus, wenn er offen steht. Ich werde mich für dich um die Blumen kümmern."

Alle waren augenblicklich still geworden, sogar die Zwillinge, als Ethan sich anschickte, mit Jennets Vater zu sprechen. Alle Augen waren auf ihn gerichtet, neugierig auf das, was er zu sagen hatte. Die Tür öffnete sich und Marcas trat ein, gefolgt von Brigid, Shaw und Tara und Gisela mit Padraig.

Keiner sagte ein Wort.

„Mylord", begann Ethan zu ihrem Vater gewandt. „Mein Name ist Ethan Matheson. Ich habe viel Zeit mit Eurer Tochter verbracht, und ich habe mich aus vielen Gründen in sie verliebt. Sie ist ungewöhnlich weise für ihr Alter, hat einen wachen Verstand und ein gutes Herz, und ich hätte gerne Eure Erlaubnis, ihr den Hof zu machen, wenn ich darf. Ich gelobe, sie stets zu beschützen und immer ehrenhaft zu handeln."

Ihr Vater blickte mit einem breiten Lächeln zu ihr hinüber, dann richtete er seine Aufmerksamkeit wieder auf Ethan und erwiderte: „Da du laut meinem Bruder der Mann bist, der sie vor einem Hexenprozess und einem Haufen Steine, die sie in den sicheren Tod gezogen hätten, bewahrt hast, werde ich dir die Erlaubnis geben, um die du bittest, und wünsche euch beiden viel Glück. Bitte bleib ein paar Tage hier."

Die Menschen in der großen Halle brachen in fröhlichen Jubel aus, als Ethan auf Jennet zuging, seine Arme um sie schlang und sie küsste.

Jennet war sprachlos.

EPILOG

JENNET DREHTE SICH auf den Rücken und starrte zum Strohdach über ihrem Kopf hinauf. Sie war zufrieden, glücklich und hatte sich noch so entspannt gefühlt. „Hattest du nicht viel Ärger mit Cori und ihrer Familie? Sie wollte dich unbedingt heiraten, und ihr Bruder hat darauf bestanden."

„Nein, Marcas und Shaw haben mir klar gemacht, dass es nicht dazu kommen muss. Ich habe selbst mit Cori gesprochen und ihr erklärt, dass ich Gefühle für dich habe. Sie hat es verstanden."

Alles war fast perfekt. Ihre Mutter würde ihr sagen, dass sie zuerst hätten heiraten sollen, aber die Handfeste war zunächst genug.

„Bereust du es nicht?", fragte Ethan und zeichnete feine Linien über ihren Bauch.

„Nein, kein bisschen." Sie kicherte, als seine sanfte Berührung sie kitzelte.

Ethan runzelte die Stirn und fragte dann: „…, dass wir nicht zuerst geheiratet haben?"

Sie grinste und wiederholte: „Ich bereue nichts." Sie schaute zu ihm auf und fuhr mit ihrer Hand über sein Kinn, weil sie es liebte, ihn zu berühren.

„Bedauerst du nicht, dass du deine Jungfräulichkeit verloren hast, bevor wir verheiratet sind?" Ethan küsste ihre Fingerspitzen.

„Nein, wir haben die Handfeste gefeiert, wie so viele andere in meiner Familie auch. Tante Jennie, Lily, die Liste ließe sich endlos fortsetzen. Mein Vater wird dir nichts vorwerfen können. Und ich weiß, wenn ich bereit bin – wenn *wir* bereit sind – werden wir heiraten."

„Bedauerst du nicht, dass du mit mir nach Black Isle zurückgekehrt bist?"

Sie hätte fast laut aufgelacht, konnte es aber unterdrücken. „Nein. Ich würde es nicht wagen, hier mit dir zu liegen, wenn mein Onkel Logan auf demselben Land weilen würde. Es ist einfacher für mich, wenn ich meiner Mutter nicht in die Augen sehen muss, sobald wir diesen Raum verlassen. Wenn ich sie wiedersehe, sind wir entweder verheiratet oder stehen kurz davor." Sie seufzte glücklich. „Nein, das ist der perfekte Ort. Ein Cottage, das weit genug von Matheson Castle entfernt ist. Niemand weiß, dass wir hier sind."

Sie blickte zu seiner gerunzelten Stirn auf und fragte sich, wie er sich fühlte. „Bedauerst du etwas, Ethan?"

„Nein, auf keinen Fall."

„Fühlst du dich mit mir so sicher, dass ich dich überall und jederzeit berühren kann?" Er hob nachdenklich den Kopf, und sie nutzte den Moment, um sich daran zu erfreuen, wie befreiend es für sie beide war, ohne Kleidung zusammen zu liegen, zu experimentieren, sich zu berühren, einander einfach zu genießen.

„Aye, ich werde dir erlauben, mich zu berühren, wann immer du willst." Er beugte sich hinunter und küsste ihre Brustwarze, dann hob er lächelnd den Kopf. „Unsere gemeinsame Zeit gefällt mir sehr gut."

„Wir können nicht mit anderen darüber sprechen. Das weißt du. Wir müssen unser Geheimnis wahren, oder meine Cousinen werden uns innerhalb eines Tages verheiraten."

„Ich kann ein Geheimnis wahren, es sei denn, ich werde direkt gefragt. Ich kann meine Geschwister nicht anlügen."

„Na gut. Wir sollten uns vielleicht anziehen."

„Nein, bitte lass und noch ein bisschen hier bleiben."

„Warum?"

„Weil ich dich gerne glücklich sehe."

Sie war glücklich, glücklicher als sie es je für möglich gehalten hatte. Sie schaute sich in der Hütte um und betrachtete all die Dinge, die sie besonders machten. Die getrockneten Blumen, die von der Decke hingen, die Kerzen, die sorgfältig auf dem Kaminsims arrangiert waren, der Korb mit den warmen Fellen am Feuer, eine Schale mit duftenden Tannenzapfen auf dem Tisch daneben. All das schuf eine Behaglichkeit, die sie schon lange nicht mehr genossen hatten. Sie waren in eine Welt voller Schurken und Grausamkeiten gestoßen worden, in der Bedrohungen und Gefahren einen Großteil ihrer

Zeit in Anspruch genommen hatten, aber sie hatten überlebt.

Zusammen.

„Ich liebe dich, Ethan. Du musst aber nicht antworten. Ich bin bereit, zu warten."

„Es gibt keinen Grund, zu warten. Ich weiß bereits, dass ich dich liebe."

„Wie?"

„Weil ich das hier nur mit einer Frau machen kann, der ich vertraue. Mit Vertrauen kommt Liebe. Ich wünsche mir, dich immer an meiner Seite zu haben. Das ist Liebe, nicht wahr?"

„Aye, ich glaube, du hast recht." Sie lächelte wieder, ein ununterbrochenes Lächeln, das sie nicht unterdrücken konnte. Ihre Wangen begannen zu schmerzen. „Ich muss sagen, meine liebste Cousine Brigid hatte auch recht."

„Womit?"

„Ich habe in der Vergangenheit nicht genug gelächelt. Sie sagte, sie wolle mich wieder lächeln sehen."

„Du lächelst jetzt häufiger."

„Nur deinetwegen, Ethan. Meiner Cousine wurde also ein Wunsch erfüllt. Und mir auch."

Draußen schritten zwei Personen vorsichtig auf die Tür zu. Im letzten Moment hielt Padraig die Hand hoch, um Gisela aufzuhalten. „Jemand ist in unserer Hütte."

Giselas Augen weiteten sich, und sie riss ihn erschrocken zurück. Er folgte ihr und fragte sich, was sie so aufgeregt hatte.

Sie waren schon ein ganzes Stück gegangen, als er an ihrer Hand zog, um sie zu bremsen. „Gisela, was ist los? Das ist wahrscheinlich nur ein weiteres junges Liebespaar. Wir können später zurückkommen."

Gisela brach in Tränen aus. „Du verstehst das nicht. Ich darf mich hier draußen nicht erwischen lassen. Wir müssen uns trennen, bevor uns jemand sieht. Was ist, wenn die, die in der Hütte waren, schon wieder auf dem Rückweg sind?"

„Warum regt dich das so auf? Ich habe dich noch nie so gesehen. Wenn uns jemand sieht und unter Druck setzen will, werden wir heiraten. Das ist ganz einfach." Sein Blick suchte in ihrem Gesicht nach einem Anhaltspunkt dafür, warum sie so in Panik geraten war.

„Padraig, ich bin verlobt." Sie hielt seine Hand fest, als fürchtete sie, er würde weglaufen.

„Was? Das hast du mir nie gesagt. Warum hast du das vor mir geheim gehalten? Du musst die Verlobung lösen. Du wirst mich heiraten und sonst niemanden."

Sie brach in Tränen aus. „Weil mein Verlobter ein mieser Bastard ist. Ich hasse ihn, und schlimmer noch, ich fürchte, er wird dich umbringen."

Padraig verdrehte die Augen. „Er wird mich nicht umbringen. Ich kann ihn besiegen, so oder so. Trockne deine Tränen. Wer ist es? Ich werde ihn ausfindig machen."

„Nein, das kannst du nicht. Ich werde dir seinen Namen nicht sagen. Es wäre zu gefährlich."

Padraig hielt inne, strich ihr über die Wangen und küsste ihre Tränen weg. „Sag mir seinen

Namen, und ich stelle keine weiteren Fragen."

Sie schniefte, blickte zu ihm auf und flüsterte. „Man nennt ihn die Geißel von Black Isle."

ENDE

LIEBE LESER,
    Danke, dass Sie Jennets und Ethans Geschichte gelesen haben. Sie waren wirklich ein ganz besonderes Paar, und ich muss zugeben, dass es eines der schwierigsten Bücher war, die ich bisher geschrieben habe. Sie werden sich wahrscheinlich fragen, warum es keine Sexszenen gab. Es hätte sich einfach falsch angefühlt, und ich wollte nicht in die Privatsphäre von Ethan und Jennet eindringen.

Ich kann es nicht anders erklären, aber das hat meine Muse mir zugeflüstert.

Das wird bei Padraig und Gisela, meiner nächsten Geschichte in dieser Reihe, NICHT der Fall sein.

Viel Spaß beim Lesen,

Keira Montclair

keiramontclair@gmail.com

www.keiramontclair.net
http://facebook.com/KeiraMontclair/
http://www.pinterest.com/KeiraMontclair/

WEITERE BÜCHER VON KEIRA MONTCLAIR

DIE CLAN GRANT-SERIE

#1-BEFREIT VON EINEM HIGHLANDER-
Alex und Maddie
#2-HEILUNG EINES HIGHLANDER-
HERZENS-
Brenna und Quade
#3-LIEBESBRIEFE AUS LARGS-
Brodie und Celestina
#4-AUFSTIEG IN DIE HIGHLANDS-
Robbie and Caralyn
#5-DAS KNISTERN DER HIGHLANDS
-Logan and Gwyneth
#6 -MEIN VERZWEIFELTER
HIGHLANDER-
Micheil und Diana
#8-HIGHLAND HARMONIE-
Avelina and Drew

DER HIGHLAND CLAN

LOKI aus den Highlands – Buch Eins
TORRIAN aus den Highlands – Buch Zwei
LILY aus den Highlands – Buch Drei
JAKE aus den Highlands– Buch Vier
ASHLYN aus den Highlands– Buch Fünf
MOLLY aus den Highlands– Buch Sechs

JAMIE UND GRACIE aus den Highlands –
Buch Sieben
SORCHA aus den Highlands – Buch Acht
KYLA aus den Highlands – Buch Neun
BETHIA aus den Highlands – Buch Zehn
LOKIS WINTERREISE – Buch Elf
ELIZABETH aus den Highlands - Buch Zwölf

Die Bande der Cousins
1-Highland Rache
2-Highland Entführung
3-Highland Vergeltung
4-Highland Lügen
5-Highland Stärke
6.Highland Verehrung
7-Highland Treue
8-Highland Kraft

HIGHLAND HEILERINNEN
Der Fluch von Black Isle
Die Hexe von Black Isle

WEITERE BÜCHER
DIE VERBANNUNG DES HIGHLANDERS

HIGHLANDSCHWERTER
DER VERRAT DER SCHOTTIN
DIE SCHOTTISCHE SPIONIN
DIE JAGD DES SCHOTTEN
DIE PRÜFUNG DES SCHOTTEN
DIE TAUSCHUNG DES SCHOTTEN
DER ENGEL DER SCHOTTEN

ÜBER DIE AUTORIN

Keira Montclair ist das Pseudonym einer Autorin, die mit ihrem Ehemann in South Carolina lebt. Sie schreibt aufregende historische Romane, oft mit Kindern als Nebenfiguren.

Wenn sie nicht schreibt, verbringt sie gern Zeit mit ihren Enkelkindern. Sie hat als Highschool-Mathematiklehrerin, als Krankenschwester und als Büroleiterin gearbeitet. Sie liebt Ballett, Mathematik und Rätsel, lernt gern neue Dinge und hat Spaß am Erschaffen neuer Figuren, in die sich ihre Leser verlieben können.

Sie ist erst mit ihrem Werk zufrieden, wenn ihre Leser Tränen über ihre Geschichten vergießen, aber zum Schluss gibt es immer ein Happy End!

Ihre Bestseller-Reihe ist eine Familiensaga, die das Leben zweier mittelalterlicher schottischer Clans über drei Generationen hinweg verfolgt und mittlerweile über dreißig Bücher umfasst.

Kontaktieren Sie sie über ihre Website: *http:// www.keiramontclair.net.*